KB046006

8
친구 캐릭터는 어렵습니까?
Is it tough being "a friend"?
다테 야스시
그림 베니오

"그, 그만둬 리나!"

"자, 하자 류짱!
진심의 진심으로!
전력의 전력으로!"

"나, 여우 좋아해."

미야모토
치즈루

"주리야,
다음엔 성게가 먹고 싶어야."

Is it tough being "a friend"?

CONTENTS

CHARACTER

코바야시 이치로
'친구의 프로'를 자부하는 소년.

히노모리 류가
주인공 오브 주인공. 사실은 남장여자.

유키미야 시오리
학교의 아이돌 같은 존재.

아오가사키 레이
검의 달인인 쿨 뷰티.

엘미라 매카트니
빨간 머리의 요염한 소녀. 흡혈귀.

히노모리 쿄카
류가의 친여동생.

텐료인 아기토
주인공의 오라를 지닌 전학생.

미온
'나락의 삼 공주' 중 한 사람.

주리
'나락의 삼 공주' 중 한 사람.

키키
'나락의 삼 공주' 중 한 사람.

도철
【마신】 중 한 사람. 별명은 '텟짱'.

혼돈
【마신】 중 한 사람. 현재 그릇은 이치로.

궁기
【마신】 중 한 사람. 그릇은 아기토.

시즈마
사도와 흡혈귀의 피를 이어받은 아기.

도올
【마신】 중 한 사람. 별명은 '톳코'.

프롤로그

내가 친구 캐릭터를 맡은 「히노모리 류가 이능 배틀 스토리」가, 드디어 그랜드 피날레를 맞이하고 있다.

이계에서 온 침략자, 이형의 군단 『나락의 사도』.

그 왕인, 사흉(四凶)이라고 불리는 【마신】들── 혼돈, 도철, 톳코, 궁기.

류가와 히로인즈는 그 모든 【마신】을 처리하는 데 성공했다. 하지만 궁기를 제외한 나머지 【마신】들과는 화목하게 공존하는 새로운 길을 모색하게 됐다.

인류 역사상 엄청난 쾌거라고 할 수 있다.

태곳적부터 이어져 온 싸움이 일단은 결판이 났으니까. 히노모리 류가는 그야말로 전설이 됐다. 명실상부한 「역대 최고의 주인공」이 된 것이다.

'류가가 인류를 위기에서 구했다. 언젠가 궁기가 또다시 부활한다고 해도, 그때는 『나락의 사도』도 인류와 융화해 있을 테니까. 아무래도 텟짱, 아저씨, 톳코가 인간 편이니까.'

만약에 무슨 일이 일어난다고 해도 그건 몇백 년이나 미래의 일이다. 내가 관여할 리가 없는 다른 이야기라는 뜻이지.

그때는 또 그 시대의 「주인공」이 일어설 테고.

아마도 그 곁에는 그 시대의 「친구 캐릭터」가 있겠지.

'미래의 친구 캐릭터여…… 너는 나처럼 돼서는 안 된다. 까불다가 메인 스토리에 너무 깊이 개입하지 말아라. 엄청나게 고생하니까.'

예를 들자면 【마신】의 그릇이 된다든지.

히로인 후보들과 줄줄이 플래그를 세운다든지.

사도의 아빠가 된다든지.

여주인공의 「세미 남자친구」가 돼버린다든지.

그것 때문에 마지막 보스한테 완전히 찍힌다든지.

'정말이지, 온갖 짓을 다 저지르고 다녔네…… 예상보다 열 배 정도는 더 노출된 것 같아…….'

이야기 전체에서 친구 캐릭터가 어슬렁거렸다는 점이 이 이야기의 가장 큰 마이너스 요인이다. 독자 여러분 눈에도 엄청나게 들어왔겠지. 이 자식 뭐냐고 생각했겠지.

하지만 지난 일은 잊어버리자. 이제 엔딩이 코앞이니까. 이제 마지막 보스 중의 하나인 아기토만 쓰러트리면 이 이야기는 완결되니까.

——그런데.

이 이야기는 그야말로 끝까지 날 가만 놔두지 않는다. 스토리 플래너를 겸하는 코바야시 이치로의 머리를, 마지막 회 직전까지도 계속 괴롭혔다.

라스트 배틀에서 도망친 궁기의 그릇, 텐료인 아기토.

빙의해 있던 【마신】을 잃어버리고, 후원이라고 할 것이 완전히 없어진 그가.

류가한테 열심히 성희롱해댔던 그 외설물 Of The Year가.

이럴 수가. 정체불명의 군세를 이끌고 이계로 쳐들어왔다. 게다가 『솔로몬의 후계자』라는 영문 모른 새로운 설정까지 장비하고.

이 전개는 나도 예상하지 못했다.

분명히 아기토를 그냥 내버려 두면 이야기가 깔끔하게 마무리되질 않는다. 그래서 최종화가 오기 전에 「히노모리 류가 VS 텐료인 아기토」의 결판이라는 총결산을 하는 쪽이 이상적이라고 생각하기도 했었다.

하지만 그건 어디까지나 짧은 에피소드였어야 했다.

학교 운동장에서 있었던 대결전의 여운을 남긴, 한화에서 전부 끝나는 후일담 수준을 상정했었다.

'그런데 지금 와서 수만 규모의 군세를 데리고 나오다니…… 게다가 『이계와 인간계에 선전포고』라는 소리까지 해서 일을 크게 만들고…… 이래서는 한화에서 끝낼 수가 없잖아!'

내 마음속에서 불길한 예감이 샘솟았다. 아기토군 간부들이 「72마리의 악마」라는 말을 들은 뒤로, 가슴이 거세게 뛰고 숨을 제대로 쉴 수가 없다.

설마 아기토는── 이대로 새 시리즈로 돌입할 생각인가?

어영부영 제2기를 시작해버리겠다는 거야?

분명히 이런 종류의 이야기는 인기가 있으면 계속 이어가는 법이다. 수요가 있으니까 공급한다…… 그것은 애니메이션, 영화, 게임 등등, 온갖 콘텐츠에서 흔히 있는 일이다.

특히 「배틀물」은 그런 경향이 강하다. 피콜로 다음에는 프리저가, 쇼커 다음엔 겔 쇼커*가 등장하는 것과 같다. 사람들이 질리지 않는 한, 지구에는 계속 위기가 찾아오는 법이다.

'류가의 이야기도 예외가 아니라는 건가? 『나락의 사도 편』에 이어서 『72마리의 악마 편』에 들어가려고…… 하지만, 그러려면 한 가지 깊고 넘어가야 할 문제가 있는데 말이야.'

이 이야기가── 과연, 그렇게까지 인기가 있었나?

세컨드 시즌을 버틸 만큼의 수요가 있었던 걸까?

내가 지지하는 히노모리 류가는 이미 크나큰 위업을 성취했다. 나로서는 이대로 아쉬움을 남긴 채로 막을 내리는 쪽이 좋다고 생각한다.

'기껏 제2기를 시작했다가 중간에 잘리기라도 하면 안 하느니만 못한데 말이야. 요즘 소비자는 엄격하다고. 일단 매듭을 지은 이야기는 끝나버린 콘텐츠로 취급받을 위험

*쇼커, 겔 쇼커. 1970년대에 방영한 원조 가면라이더에 나오는 악의 조직. 쇼커가 괴멸한 뒤에 겔 쇼커가 새로운 적 조직으로 등장한다

성도…….'

새로운 시리즈에 들어가려면 오프닝과 엔딩 노래도 바꿔줘야 한다.

제목에도 『리턴』이나 『질풍전』, 『Z』 같은 게 붙어야 하니까, 타이틀 로고도 새로 발주해야 하고.

방영하는 방송국이 바뀔 수도 있고, 방송하는 요일이나 시간대가 달라질 수도 있다.

이런저런 준비와 돈이 필요할 텐데, 현장의 독단적인 판단으로 계속 이어가도 되는 걸까? 제작위원회 승낙은 받은 건가? 최소한 OVA로 가야 하는 게 아닐까?

'아냐, 현실의 이야기에서 그런 TV 프로그램 같은 사정을 걱정해봤자 소용없어. 이런 사태가 벌어진 이상, 등장인물 중에 한 사람으로서 적절하게 대처하는 수밖에 없지. 이번에는 절대로 메인 스토리에 깊이 관여하지 않고, 아기토가 그리고 있는 플롯을 검수, 후원하자!'

속편의 성공은 그 녀석의 기획력에 달려 있다.

한 가지 주문을 하자면, 주요 캐릭터를 너무 늘리지 말아줬으면 좋겠다. 이 이야기는 안 그래도 등장인물이 많으니까. 슬슬 감당하기 힘들 지경이거든.

그리고 또 하나. 등장인물에 관해서 우려해야 하는 부분이 있다. 나올지도 모르는 새로운 캐릭터보다는, 사라져버린 기존 캐릭터를 걱정해야 한다.

——즉, 사신 히로인즈 중에 한 사람, 쿠로가메 리나를.

어째서인지 적 간부 중에 한 사람이 돼 있는, 【현무】의 계승자를.

대략 악마의 이미지와는 거리가 먼, 그 힘차고 밝은 성격의 권법 소녀를.

제1장 가는 캐릭터 오는 캐릭터

1

텐료인 아기토가 수만의 군세를 이끌고 이계에 쳐들어 왔다——.

게다가 쿠로가메 리나를 비롯한 「72마리의 악마」라는 간부들과 함께, 이계의 중추인 『나락성』을 함락시키고 말았다——.

지난 시리즈의 뒤풀이를 하려고 모여 있던, 유키미야 저택의 식당에서 그 소식을 들은 메인 캐릭터 일동은 잠시 입이 떡 벌어져 있었다. 그저 눈이 휘둥그레져서 보고자인 부대장 트리오를 멍하니 쳐다볼 뿐이었다.

"텐료인이 악마 군단과 손을 잡았어……?"

"게다가 리나가 그 악마 중의 하나가 됐다고……?"

몇 초 뒤에 겨우 작은 소리로 중얼거린 사람은 히노모리 류가 & 쿄카 자매였다.

어째서 아기토가 그렇게 돼버린 걸까. 어째서 자신들의 소꿉친구가 그 동료가 돼버린 걸까…… 아직도 받아들이지 못하고 있는 것 같았다.

물론 동요한 것은 사신 히로인즈도 마찬가지였다.

“엘미라, 조금 전에 말했던 72마리의 악마라는 건……?”
“혹시 그 솔로몬이라는 것이, 기원전에 존재했다고 하는 그 『솔로몬 왕』인가? 텐료인이 어째서, 그 후계자라는 이름을…….”
유키미야와 아오가사키 선배의 질문에, 엘미라가 떨떠름한 얼굴로 입을 열었다.
뱀파이어인 엘미라는 인간이 아닌 존재들에 대해서 잘 안다. 이 세상에는 사도뿐만이 아니라 다양한 「인간이 아닌 자」들이 존재한다는 걸, 나도 예전에 들은 적이 있다.
“솔로몬이란 구약성서에도 등장하는 옛날 나라의 왕이에요. 뛰어난 마술사이기도 했고, 72마리의 악마를 사역했던 것으로도 유명하죠. 아스모데우스, 벨리알, 아스타로트…… 몇몇 악마의 이름은 여러분도 들어본 적이 있지 않을까요?”
“…….”
“솔로몬은 보기 힘든 마술 재능을 이용해서 악마들의 중진인 72마리를 소환하고 통제하는 데 성공했다는 것 같아요. 하지만, 그 전승에는 한 가지…… 정확하지 않은 점이 있어요.”
아무튼, 조금이라도 많은 정보를 얻기 위해서 귀를 기울이는 류가 쪽 멤버들.
그리고 그것은 사도 쪽도 마찬가지였다. 사도들도 솔로

몬이나 악마에 대한 지식이 전혀 없는 것 같다.

“사실 악마는 실체가 없어요. 영적인 존재이기 때문에 인간에게 빙의해야만 이 세상에 간섭할 수 있죠…… 수만의 군세라는 건, 마력으로 만들어낸 『사역마』들이겠죠. 72마리의 사병(私兵)이라는 표현이 옳을 거예요.”

아기토가 거느리고 있는 간부들의 인간 모습을 하고 있다는 건 그런 이유 때문인가.

한마디로 이번 이야기의 주적은 이형이 아니라――「악마에 씌운 인간」이라는 뜻인가?

“리나 양의 호칭이었다는 『푸르카스』도 72 악마에 속하는 악마의 이름이에요. 즉, 지금의 리나 양은 그 푸르카스한테 빙의 당한 상태――”

“해설은 이제 그마안~!”

그때. 엘미라의 말을 자르고 소리를 지른 자가 있었다.

내가 사역하는 【마신】 도철이었다. 평소에는 나랑 붕어빵처럼 생겼는데, 어느샌가 칠흑의 그림자 같은 전투 버전으로 변해 있었다.

“이계에 선전포고라고? 그래 좋다! 솔로몬인지 피그몬인지 모르겠지만, 겨우 수만 가지고 우리한테 이길 수 있다고 생각한 거냐!”

보란 듯이 사기를 뿌려대고, 머리카락까지 곤두서 있었다. 눈에도 핏발이 섰고.

이렇게까지 화가 난 도철을 본 건, 야구를 보다가 한 방이면 역전 끝내기가 될 수도 있는 상황에서 TV 중계가 끝나버렸을 때 이후로 처음이다.

……그런데, 화가 난 건 도철 혼자만이 아니었다.

"솔로몬인지 가라몬인지는 모르겠지만, 아주 배짱이 좋은데. 이 몸의 영역에 함부로 쳐들어왔으니, 지금 와서 사과해봤자 늦었다."

"솔로몬인지 쿠마몬인지는 모르겄는디, 아주 혼구녕을 내줄 것임메!"

혼돈과 톳코도 엄청난 살기를 내뿜고 있었다. 【세 마신】이 하나같이 엄청나게 화가 났다.

마음은 이해하지만, 일단 진정해줬으면 좋겠다. 먼저 엘미라의 이야기를 듣고, 그 뒤에 대책을 생각하자고. 새로운 시리즈는 처음 시작이 중요하니까.

그렇게 생각하고, 【마신】들을 달리기 위해서 삼 공주 쪽을 봤더니.

"흥, 뭐가 악마의 중진이야. 사도의 중진이 얼마나 무서운지 제대로 보여주겠어."

"우리가 코미디 캐릭터라고 생각했다면 큰 착각이야."

"다 같이 싸우는 검미다! 얘들아 연장 챙겨라, 임미다!"

세상에나 미온, 주리, 키키까지 엄청나게 화가 나 있었다. 이계로 쳐들어갈 기세가 철철 넘쳐나고 있었다.

"상대가 악마라면 『불살 원칙』을 지킬 필요도 없겠죠. 사양하지 않고 짓밟을 수 있습니다."

게다가 시즈마까지 전의를 불사르고 있었다. 이렇게 불온한 말을 하는 세 살 아이는 이 세상을 다 뒤져도 얘 하나밖에 없겠지.

'큰일 났다. 사도 쪽 멤버들이 혈기가 넘쳐나고 있어…… 아까 그 피그몬, 가라몬, 쿠마몬 같은 썰렁한 개그에 대해서 한마디 하는 사람도 없을 정도로.'

생각해보니 지금까지 『나락의 사도』는 계속 인간계를 침략하는 쪽이었다.

아마도 자신들이 침략당하는 건 아주 낯선 일이겠지. 엄청나게 제멋대로잖아. 이번 기회에 반성하라고.

"야 너희들, 일단 쿨다운 하라고. 톳코는 일단 유키미야 안으로 들어가! 루니에도 뭐라고 한 마디 해줘!"

그렇다면 며칠 전에 구해준 왕거미 사도한테 도와달라고 하자. 『나락의 삼 공주』가 저렇게 달아올랐으니, 이젠 『나락 팔걸』의 필두 장군한테 부탁하는 수밖에 없다.

하지만, 글렀다. 세바스찬도 엄청나게 화가 있었다.

"감히 우리의 주인, 도올 님께 거역하다니…… 단 한 놈도 살려 보내지 않겠다."

그 발언에 같은 팔걸인 사이힐과 시마가 동조했다.

"이 만행, 용서할 수 없다. 어리석은 악마 놈들을 시체로 만들어버릴지어다."

"코바이치! 너희 인간들은 저리 빠져 있어! 이건 우리 『나락의 사도』의 싸움이다! 야 제루바, 가이고, 야구자! 내 부하들 불러와!"

거리낄 것 없이 사도의 본성을 드러내고 있는 지난 시리즈의 적들.

참고로 시마의 부하들이란 유키미야 저택의 경비원으로 일하고 있는 스무 명의 병졸 사도를 말한다. 아무래도 인간계 쪽에 있는 사도들을 전부 동원해서 쳐들어갈 생각인 것 같다.

"진정하라고 했잖아! 가려면 하다못해 두세 명 정도로 구성된 정찰대부터 보내라고! 갑자기 풀 멤버로 쳐들어가면 시청자도 악마도 곤혹스러울 테니까!"

내가 열심히 말리는 사이에 경비원 사도들이 차례로 뛰어 들어왔다. 부대장 트리오가 부르러 갈 것도 없이, 왕과 장군들한테서 뿜어져 나오는 분노의 오라를 느끼고 달려온 모양이었다.

줄지어 서 있는 부하들에게, 【세 마신】이 주먹을 치켜들면서 호령했다.

"사도의 왕 혼돈이 명한다! 악마 놈들을 해치워버려라!"

"와――!"

"먼저 성을 탈환하는 거시여! 방해하는 놈은 손가락 하나로 다운시키는 거심메!"

"와——!"

"이놈들아, 악마를 때려눕히고 싶으냐! 지금 당장 이계로 가고 싶으냐! 뉴욕에도 가고 싶으냐!"

"와——!"

함성을 지르고, 실내의 공기가 찌릿찌릿 떨린다. 그러니까 누가 한마디 하란 말이야! 그리고 마지막에 텟짱, 웃기려고 한 소리냐!

그 직후, 사도들이 일제히 「이계의 문」으로 쇄도했고, 앞다퉈서 돌입했다.

심각한 사태다. 그중에서도 유난히 문제인 건——【마신】도올이었다.

"이봐 톳코! 그릇한테 허락도 안 받고 어딜 가려는 거야! 네 몸은 유키미야라고!"

유키미야 시오리는 자신에게 깃든【마신】을 아직 『절복』, 즉 완전히 제어하지 못하고 있다. 그래서 톳코가 나와 있는 동안에는 육체와 의식을 빼앗기게 된다.

서둘러서 톳코를 데리고 돌아와야겠다. 그런데, 문이 사라지기 전까지 돌아올 수 있을까—— 내 고민이 끝나기도 전에 아오가사키 선배와 엘미라가 움직였다.

"우리가 가겠다! 시오리는 맡겨라!"

"코바야시 이치로와 류가는 인간계를 부탁할게요! 선전

포고 대상은 이계와 인간계 양쪽이니까!"

분명히 그 말대로다.

메인 캐릭터들이 전부 이계로 가버리면 인간계가 무방비해진다. 아기토가 이쪽으로도 부하들을 보낼 수 있으니까.

'나랑 류가밖에 없잖아. 그럼 이놈도 남으라고 하자!'

불행 중 다행이라고 할까, 아직 문으로 들어가지 않은 사람이 하나 남아 있었다.

돌입하는 일동을 대장 같은 얼굴로 느긋하게 지켜보고 있는 산적처럼 덩치가 커다란 아저씨. 즉, 【마신】 혼돈이.

"좋았어, 그럼 이 몸도 가볼까."

때가 됐다는 것처럼 걸음을 옮기는 혼돈의 등을 향해, 나는 재빨리 온 힘을 다한 태클을 날려서 붙잡았다. 이 아저씨만은 보내선 안 된다. 무슨 수를 써서라도 남으라고 해야지!

"으억! 이봐 도령, 뭐 하는 거냐."

"넌 여기 남아 있어! 문이 닫히면 꼬박 이틀 동안이나 이계의 상황을 알 수가 없잖아! 연락 담당이 필요하다고!"

그들 【마신】에게는 이계로 전이하는 능력이 있다.

저쪽의 상황을 확인하기 위해서라도 【마신】 하나는 인간계에 남아 있어야 한다. 저쪽에 머물 수 있는 시간은 약 10분, 한 번 전이하면 다음번 전이까지 네 시간 정도의 간격이 필요하지만, 그래도 정말 귀중한 존재다.

"뭐라고? 연락 담당은 필요 없잖아. 【마신】은 이계에선 그릇이 없어도 자유롭게 행동할 수 있단 말이야. 너희들까지 끌어들이고 싶지는 않다고."

"그 설정을 톳코가 깜박해버린 탓에 유키미야가 끌려가 버렸잖아! 결과적으로 아오가사키 선배랑 엘미라까지 가버렸으니까, 완전히 끌어들이고 말았어!"

"미안하지만, 이번만은 도령 말을 들을 수가 없다. 뭐, 돌아올 무렵이면 다 끝나 있을 테니까. 악마 놈들을 다 해치워 버리는 거로."

"해치우지 마! 이번 적 간부들은 인간이야! 악마의 힘을 몸에 깃들였을 뿐이고, 아마도 데빌 애로나 데빌 빔이나 데빌 커터*밖에 없는……."

"그 정도 있으면 충분하잖아."

쌀쌀맞게 말하고, 혼돈이 큰 걸음으로 문을 향해 걸어가려고 했을 때.

"기다리세요, 혼돈 씨. 코바야시 씨의 말을 들어주세요."

생각지도 못한 사람이 도움을 줬다. 류가의 동생, 쿄카였다.

바로, 혼돈의 말이 딱 멈췄다. 현 숙주가 말리는 말은 안 듣는 주제에, 전 숙주의 말은 따르는 것 같다. 이 로리콘 같으니.

---

*애니메이션 데빌맨의 주인공 데빌맨이 사용하는 능력들

"지금 혼돈 씨는 코바야시 씨 【마신】이잖아요? 그릇하고는 사이좋게 지내야죠. 안 그러면 『떽』하고 혼내줄 거예요."

"무, 물론 알고 있어 쿄카. 이 몸은 처음부터 남을 생각이었다고."

거짓말. 이 로리콘 같으니.

그렇게 해서, 어떻게든 로리콘은 붙잡아두는 데 성공했지만…… 바람직하지 못한 사태라는 점에는 변함이 없었다.

제2기가 시작하자마자 신구 적들이 대결하게 됐으니까 말이야. 그것도 주인공이 없는 데서.

'평범하게 생각해보면 『나락의 사도』가 패배할 거야. 새로운 적의 발판이 되는 건, 오래된 적의 숙명이니까.'

너희들, 죽지는 마라.

그렇다고 해서 혹시라도 이기면 안 되고.

새 시리즈가 엉망진창이 되니까.

2

그 뒤로 조금 지나서.

인간계에 남은 나, 류가, 쿄카는 일단 류가네 집에 가기로 했다. 유키미야 가문의 고용인분께 '시오리 양은 이틀 동안 세바스찬과 짧은 여행을 갔습니다'라는 말을 남기고.

혼돈은 내 안에 들어가 있으라고 한 뒤에, 전철을 타고 우리 동네 역까지 귀환했다. 시간은 이미 오후 8시. 11월에 들어선 이후로 해가 지면 많이 쌀쌀해지기 시작했다.

'바로 얼마 전까지만 해도 이계에서 대기했었는데, 이번에는 인간계 대기인가…….'

아마도 지금쯤『나락성』에서는 배틀이 시작됐겠지.

하지만 우리는 아무것도 할 수 있는 게 없다. 혼돈이 문을 열 수 있는 건 이틀에 한 번뿐. 이계에서 무슨 일이 일어나건, 모레까지는 그냥 가만히 기다리는 수밖에 없다.

'일단 혼돈 아저씨한테는 네 시간마다 이계로 전이하라고 하고…… 마음에 걸리는 건, 아군에서 사상자가 발생하는지 여부인데.'

아무래도 적은 수만이나 되는 대군이니까. 왜, 숫자 앞에는 장사가 없다고 하잖아.

그런 의미에서 보면, 유키미야가 끌려간 것도 결과적으로는 잘된 일인지도 모른다.『축명의 무녀』가 지닌 치유 능력은 상당히 귀중하니까…….

그런 생각에 잠기면서, 히노모리 자매와 함께 저택 문 앞까지 도달했을 때.

류가가 먼저 들어간 쿄카를 따라가지 않고, 내 쪽을 돌아봤다.

"이치로. 잠깐만 나랑 같이 가줄 수 있을까."

"응? 어디로?"

"당연히, 옆집인 쿠로가메 씨 댁에. 리나가 지금 텐료인하고 같이 있는지…… 집에 돌아왔는지…… 그걸 확인해두고 싶어."

"그렇구나, 그런 얘긴가."

부대장 트리오의 보고가 허위일 리는 없겠지만, 그래도 확인하고 싶은 기분이겠지. 계속 같이 싸워왔던 동료가, 태어났을 때부터 어울린 소꿉친구가, 정말로 적 캐릭터가 돼버렸는지.

'정말이지, 끝도 없이 트러블을 일으킨다니까, 딸이 갑자기 행방불명 되면 부모님도 걱정하실 텐데 말이야.'

유키미야네 집에서 그랬던 것처럼, 쿠로가메도 어떻게든 핑계를 대야 할지도 모른다. '리나 양은 동료들과 같이 수행하러 갔습니다' 같은 얘기로.

류가의 제안에 고개를 끄덕였고, 열 걸음 정도 걸어서 쿠로가메 씨네 대문 앞까지 왔다.

히노모리 저택에도 뒤지지 않을 만큼 훌륭한 문이다. 게다가 쿠로가메 가문은 여기서 조금 떨어진 곳에도 땅을 가지고 있다. 그쪽은 「쿠로가메류 아케론권」이라는 의문의 권법 도장이다.

'그러고 보니 쿠로가메네 가족들을 만나는 건 처음이네. 지금까지는 그쪽에 대해서 깊이 알려고 생각하지도 않았으니까.'

류가가 초인종을 누른 뒤에 인터폰으로 자신이 왔다는 걸 말하고, 바로 안으로 들어갔다. 가족 전체가 알고 지내는 사이인 만큼 익숙한 태도였다.

급하게 류가 뒤를 따라갔고, 엄청나게 넓은 마당을 가로질러서 현관까지 갔더니.

“오, 류가야! 어이쿠, 류가 군이라고 불러야 하던가! 으하하하하!”

……우리를 맞이한 사람은 머리가 매끈하고 몸의 근육이 불끈불끈한 아저씨였다.

아마도 쿠로가메네 아버지 되시는 분일 텐데, 솔직히 말해서 하나도 안 닮았다. 딸은 키가 작고 동안인데, 덩치 크고 무섭게 생긴 전투승 같은 분이라니. 게다가 집인데도 어째선지 도복 차림이었다.

‘이 사람이, 쿠로가메네 아버지…… 혼돈이랑 같이 조폭 영화에 나오면 딱 어울리겠네.’

사전에 류가가 말해준 정보에 의하면 이름은 쿠로가메 콩고 씨라는 것 같다. 「콩고」, 금강(金剛)은 다이아몬드를 뜻하는 말일 텐데. 일종의 반짝반짝 이름*이라고 할 수 있겠지.

---

*반짝반짝 이름. 일본에서 상식적인 범주를 벗어나 읽기 힘들거나 한자 표기만 보고는 이해하기 힘든 인명을 일컫는 말. 본문처럼 금강이라고 쓰고 다이아몬드라고 읽거나, 사자라고 쓰고 라이온이나 레오라고 읽는 경우 등이 있다

"아저씨. 이렇게 늦게 와서 죄송해요."

"으하하하하! 괜찮다! 너도 우리 딸이나 마찬가지니까! 어이쿠, 아들이라고 해야 하나! 으하하하하!"

몸까지 뒤로 젖히면서 큰 소리로 웃는 아빠 거북이. 류가의 진짜 성별을 알고 있는 것 같았다.

'뭐, 당연한 일이겠지. 쿠로가메가 알고 있는데, 아버지가 모르는 것도 이상하잖아. 이 두 집안은 류가네가 태어나기 전부터 알고 지냈다는 것 같고.'

하지만 지금의 쿠로가메 가문이 【현무】의 계승자가 된 건 우연이었을 텐데.

그렇다면 히노모리 가문의 사명이나 규정까지는 모를 것이다. 옆집 딸이 남장하고 다니는데 이상하게 생각하지도 않은 걸까? 분위기를 보면 그런 것 같네.

"그런데요, 아저씨…… 리나는 집에 있어요?"

인사도 대충 끝내고, 류가가 진지한 얼굴로 물었다.

그랬더니 역시나, 콩고 씨가 고개를 저었다. 목에서 뿌득뿌득 소리까지 내면서.

"그 녀석은 여섯 시쯤에 집에서 나갔다! 이상하게 서두르던데, 류가 군이랑 약속이 있었던 게 아니었나? 네가 다섯 시 반 무렵에 그 녀석을 데리러 왔었잖아?"

류가는 오늘 뒤풀이 파티에 쿠로가메와 같이 올 예정이었던 것 같았다. 하지만 언제나 그랬듯이 거북이가 늦잠을 자버렸기 때문에, 어쩔 수 없이 혼자서 약속장소인 유키미야 저택으로 갔다고 한다.

도저히 답이 없는 잠꾸러기. 그러면서도 발은 빠르고…… 이솝 우화에 나오는『토끼와 거북이』이야기를 완전히 부정하는 소녀, 그것이 쿠로가메 리나라는 사람이다.

'쿠로가메는 우리 뒤풀이에 참여할 생각이었나? 아니면 서둘러 집에서 나가야 할 이유가…… 따로 있었다든지?'

예를 들자면 아기토랑 만나기 위해서, 라든지. 또는「72마리의 악마」와 합류하기 위해서.

무엇보다, 쿠로가메는 언제부터 적이었던 걸까. 언제부터 악마 푸르카스로서 아기토와 연결돼 있었던 걸까.

지금까지는 그런 기미가 전혀 보이지 않았는데

평범하게【현무】의 계승자로서,『성벽의 수호자』로서 인간계를 지키기 위해서 싸웠잖아. 아기토와의 접점도, 내가 알고 있는 한에서는 전혀 없었다.

'설마, 그게 전부 연기였다면…… 쿠로가메의 진정한 목적은 세컨드 시즌에 방해가 되는『나락의 사도』쪽 전력을 깎아놓는 것이었나……?'

아냐, 그 단세포가 그렇게 깊이 있는 작전을 짤 수 있을 리가 없어.

'그렇다면 아기토의 계획을 알고 일부러 적 내부에 잠입했나……?'

아니, 그 뇌까지 근육인 바보가 그런 임기응변을 발휘할 리가 없어. 아버지 앞에서 할 소리는 아니지만.

이것저것 추리하고 있는 내 옆에서, 류가가 한숨을 쉬면서 콩고 아저씨한테 말했다.

"아저씨. 리나가 집에 돌아오면 바로 저한테 연락해달라고 전해주시겠어요?"

"으하하하하! 하고말고!"

침통한 얼굴인 류가와 달리, 한없이 활달한 콩고 아저씨. 목소리가 너무 커서, 아까부터 현관에 메아리가 울리고 있을 지경이다.

……그때, 콩고 아저씨의 시선이 똑바로 나한테 향했다.

그래. 상황이 상황이다 보니 인사하는 것도 깜박했네. 처음 보는 사이인데.

류가도 그걸 눈치챘는지, 콩고 아저씨한테 날 소개해줬다.

"아, 이쪽은 코바야시 이치로라고, 저랑 같은 반 친구예요. 리나하고도 친구인데, 혹시 들으셨어요?"

"오오! 그럼 자네가 잇군인가! 듣자 하니 학교에서 제일가는 엉큼한 녀석이고, 여학생들 스리 사이즈를 조사하는 게 생업이라고 하던데!"

최악의 캐릭터 설명이었다. 그걸로 생계를 꾸려나가는 사람처럼 말하지 말라고!

"아, 아니에요. 그건 결코 엉큼한 생각이 있어서 그런 게 아니라…… 제가 저로서 존재하기 위해서 계속 조사해야만 한다고나 할까……."

"으하하하하! 아무래도 자네는 젊음의 정열이 남아도는 것 같군! 그렇다면 우리 도장에 와서 발산해라! 자, 이 입문 신청서에 이름 적고!"

"아뇨, 입문은 안 할 건데요!"

품에서 신청서 용지와 펜과 인주를 꺼낸 아빠 거북이한테, 나는 바로 고개와 두 손을 저어 보였다. 이게 무슨 말도 안 되는 입회 권유냐고.

그러고 보니 쿠로가메 도장은 외국에까지 지부가 있다고 들었는데 말이야. 이 엄청난 상혼(商魂), 「아오가사키류 검술 도장」에도 좀 나눠줬으면 좋겠네.

"내 눈엔 보인다! 자네한테서는 강렬하고 맹렬한 거북혼이 느껴져!"

"뭐예요 그 혼은! 전 그런 거 없어요!"

"지금이라면 입문 특전으로 붉은 귀 거북을 한 마리 선물해주마!"

"필요 없어요!"

"그럼 왜 여기 온 거냐?!"

"그냥 류가 따라왔어요!"

"숨길 필요 없다! 네 눈은 다른 말을 하고 있단 말이다!"

맨발로 봉당까지 내려와서 내 어깨를 움켜쥐는 콩고 아저씨.

내 눈에서 멋대로 이상한 의지를 읽어 들이지 말라고요! 내 엄지손가락을 인주에 찍어서 지장 찍으려고 하지 마시고! 그리고 주머니에 붉은 귀 거북 집어넣지도 말고!

"사실 저는 이미 아오가사키 도장에 입문했어요! 두 군데 다니는 건 무리라고요!"

"뭣이? 네 이놈 아오가사키 토고, 대체 무슨 특전을 준 거냐! 세제인가!"

"아무것도 안 받았거든요! 그나저나 아는 사이였나요!"

아오가사키 선배네 아버님 성함이 토고라고 하는구나. 메인 캐릭터네 아버지들끼리도 교류가 있었다는 건 몰랐네.

"아무튼, 시간도 많이 늦었으니까, 이만 실례할게요!"

"기다려라, 잇군! 강해지고 싶지 않으냐! 사자를 쓰러트리고 싶지?!"

"거북이가 사자를 이기지 말아주세요!"

"메갈로돈을 해치우고 싶지?!"

"수백만 년 전에 멸종했어요!"

"반달곰이랑 씨름해서 이기고 싶지?!"

"여기, 씨름 도장이 아니잖아요!"

"우리도 일단은 고무술 도장이다! 그래서 씨름도 가르치고 있지! 지난주부터!"

"엄청 최근이잖아요! 그리고 저는 이치로지 킨타로*가 아니라고요!"

……그 뒤로 몇 분 뒤에.

류가가 도와준 덕분에 나는 간신히 「쿠로가메류 아케론 권」에 입문하는 걸 회피했다.

마음이 바뀌면 언제든지 와라! 라는 말과 함께 손을 흔들어주시는 콩고 아저씨의 배웅을 받으며, 도망치는 것처럼 쿠로가메네 집을 뒤로했다. 왠지 엄청나게 피곤해졌다. 그 아버지에 그 딸이었나.

쿠로가메 콩고. 딸한테 지지 않을 정도로 강렬한 캐릭터다. 가능하다면 다시는 엮이고 싶지 않아.

……그런데 우리, 뭐 하러 그 집에 갔었더라.

3

"믿고 싶지는 않지만, 리나가 텐료인하고 같이 있다는 건…… 역시 사실인 것 같아."

일단 류가네 집에 실례하고 응접실에서 한숨 돌렸을 때.

류가가 차를 마시면서 중얼거리는 것처럼 말했다. 먼저 집에 와 있었던 쿄카가 준비해준 치킨 라이스에는 손도 대지 않고.

*킨타로(金太郎). 일본의 설화에 등장하는 인물. 곰과 씨름(스모)을 해서 이겼다는 일화가 유명하다

——쿠로가메 리나가 적의 간부 캐릭터가 돼버렸다.

류가에게는 코바야시 이치로나 유키미야 시오리가【마신】의 그릇이 된 것과 비견할 정도의 충격이겠지. 문제아투성이라서 정말 미안하다.

"오늘 초저녁까지만 해도 평소랑 똑같은 리나였는데, 어쩌다가 이렇게……."

"류가. 걱정하는 마음은 알겠는데, 이렇게 된 이상 마음을 고쳐먹는 수밖에 없어. 쿠로가메를 되찾기 위해서라도, 지금은 적에 대해서 알아내야 해."

의기소침해 있는 류가에게, 최대한 긍정적으로 격려해줬다.

참고로 내 앞에도 치킨 라이스가 놓여 있다. 뒤풀이 파티가 중간에 끝나버린 탓에, 음식을 거의 못 먹었었다.

이대로 우리 집에 돌아가면 컵라면이나 먹어야 한다. 오늘은 미온도 없으니까.

"그나저나 쿠로가메네 아버지도 그다지 걱정하지 않는 것 같은데……."

"리나는 종종『산에 가서 수행하고 올게!』하면서, 며칠이나 집에 안 들어오고는 했으니까. 아저씨도 익숙해졌겠지."

아무리 그래도 다 큰 딸인데, 정말 엄청난 방임주의다. 그렇게 위험한 거북이를 풀어놓으면 안 될 텐데 말이야.

"아마 리나네 가족들은 리나를 신뢰하고 있어. 어디서

뭘 하건, 결코 길을 벗어나지 않을 강한 아이라고. 그런 리나가 악마한테 굴하다니…….”

“그만큼 위험한 놈들이라는 뜻인가. 72마리 악마가.”

엘미라가 이계로 가버린 게 너무나 아쉽다.

그 뱀파이어 소녀한테서 좀 더 정보를 얻어냈어야 했는데. 악마에 대한 건 물론이고 솔로몬이라는 인물에 대해서도.

‘이계에는 전화도 메일도 연결이 안 되니까. 역시, 내 힘으로 조사하는 수밖에…… 다음에 문이 열리는 모레까지 속 편하게 기다리고 있을 수는 없어.’

나는 치킨 라이스를 다 먹은 뒤에 류가한테 제안해서, 일단 컴퓨터로 인터넷을 검색해보기로 했다.

그랬더니 「솔로몬」도 「72마리의 악마」도 생각보다 훨씬 자세한 설명을 찾아낼 수 있었다. 엘미라가 「전승은 정확하지 않다」라고 했는데, 그래도 지금의 우리에게는 귀중한 자료다.

솔로몬—— 약 3천 년 전에 존재했다고 하는 전설 속의 왕이자 마술사.

그 솔로몬이 72마리의 악마를 소환했던 것은 신전 건설을 위해서라고 한다. 신전이 완성된 뒤에 악마들은 다시 봉인됐다는 것 같고.

“한마디로 정확히 말하자면 『악마를 빙의시킨 인간』한테

신전을 세우게 했다는 얘기네. 그 뒤에 다시 봉인했다면, 틀림없이 사람한테 빙의한 악마를 몰아내는 것도 가능하다는 얘기야.”

컴퓨터 모니터를 보면서, 류가가 작은 신음을 냈다.

어깨를 맞대고 같은 화면을 보고 있는 탓에, 류가의 옆얼굴이 내 얼굴 바로 옆에 있었다. 긴 속눈썹에 오뚝한 콧날…… 왠지 좋은 냄새도 난다.

‘안 돼. 아무리 메인 캐릭터 대부분이 부재중인 상황이라고 해도, 이상한 감정을 품을 때가 아니야. 류가도 지금은 그럴 기분이 아닐 테고.’

내가 마음속으로 반야심경을 외우고 있는 사이에, 류가가 화면을 스크롤 했다.

“솔로몬이 죽은 뒤에도, 그에게 심취한 마술사들이 마찬가지로 72마리의 악마를 소환하려고 시도했어. 하지만 현대에 이르기까지 확실한 성공 사례는 없다……고 하는데.”

“그 마술사들, 방법을 잘못 알고 있었던 게 아닐까? 악마 소환에는 빙의시킬 인간이 필요하다는 걸 몰랐다든지?”

눈에 들어온 몇 가지 참고 사진은, 하나같이 마술사로 보이는 사람이 마법진 안에서 필사적으로 악마를 불러내려고 하는 것들뿐.

하지만 이건 잘못됐다. 악마를 깃들일 그릇을 따로 준비하지 않으면, 기껏 악마가 나타난다고 해도 의미가 없다.

잘못하면 마술사 자신한테 빙의될 수도 있을 텐데.

“저기, 이치로. 텐료인이 72마리 악마를 데리고 있다는 건, 그 녀석은 제대로 된 소환 방법을 알고 있다는 뜻이겠지?”

“그래. 그래서 『솔로몬의 후계자』라고 주장하고 있을 수도 있고.”

“정말로 모든 악마를 소환하는 데 성공했을까? 72마리씩이나 되면 시간과 수고가 상당히 들었을 것 같은데…….”

“그러게. 솔직히 악마 소환 의식을 할 환경이라는 게, 그렇게 쉽게 만들 수 있는 걸까? 다른 협력자가 있다면 또 모를까——”

거기서 나는 헉, 하고 말을 멈췄다.

언젠가 아오가사키 선배한테 들었던, 아기토에 관한 「어떤 보고」가 생각났기 때문이다.

‘어쩌면 그게, 그런 거였나?’

문화제를 앞둔 지난달. 공원에서 우연히 만났던 『참무의 검사』가 이런 말을 했었다.

——두 달 때쯤 전에 일로 기억하는데…… 하쿠보기주쿠 고등학교에서 열 명가량의 학생들이 동시에 병원으로 실려 간 일이 있었다는 것 같다.

——그들은 극도로 피폐해져 있었고, 눈을 뜬 뒤에도 심각한 착란상태에 빠져 있었다고 한다. 지금도 전부 휴학

중…… 그리고 하나같이 「오컬트 연구회」라는 수상한 동아리 멤버였다고 한다.

——그 「오컬트 연구회」에 텐료인 아기토도 소속돼 있었다는 것 같다.

과연 그 얘기가 이번 일과 아무 관계도 없을까?

어쩌면 그들 「오컬트 연구회」에서 악마 소환 의식을 했던 건 아닐까?

그리고 과거의 마술사들과 마찬가지로 소환 방법을 잘못 알아서…… 악마가 빙의했다든지?

'하쿠보기주쿠 고등학교에서의 집단 응급환자 발생 사건이 일어난 시기는 8월. 그들은 지금 어디서 뭘 하고 있지? 악마가 된 동아리 사람들이 그 뒤로도 계속 소환 의식을 거듭했다면…….'

72마리를 전부 소환하는 것도 가능하다. 악마가 악마를 부르는 게 되니까.

아기토가 굳이 하쿠보기주쿠로 돌아간 것도, 그렇게 생각하면 앞뒤가 맞는다. 나한테 했던 「나는 아직 하쿠보기주쿠에서 할 일이 있다」라는 말의 의미도.

'한마디로 아기토는—— 궁기의 그릇 역할을 하면서도 물밑에서는 세컨드 시즌을 준비하고 있었다는 건가? 새 시리즈를 여름 시점에서 이미 구상해두고 있었던 거야?'

엄청난 갬블러였다. 제2기를 한다는 보장은 하나도 없었는데!

"이치로, 왜 그래? 뭔가 많이 놀란 것 같은데. 신경 쓰이는 내용이라도 있었어?"

류가가 내 얼굴을 보면서 물었고, 나는 황급히 "아냐, 아무것도"라는 말로 얼버무렸다. 가깝다. 거리가 너무 가깝잖아 주인공. 내가 아나고 씨*였다면 입술이 닿았을 거라고.

은근슬쩍 류가를 밀어서 멈추게 하고, 다시 72마리 악마를 조사해 보려고 한 순간.

"오, 도령. 돌아왔다."

우리 뒤쪽에서 굵직한 목소리가 들려왔다. 거기에 【마신】 혼돈이 있었다.

사실 아까, 내가 치킨 라이스를 다 먹었을 때 바로 이계로 전이해달라고 부탁했었다. 다른 사람들이 쳐들어간 지 벌써 한 시간도 넘게 지났으니까, 일단 그쪽 상황을 확인해두고 싶었다.

"어, 어떻게 됐어?. 혼돈 아저씨."

"아무래도 『나락성』은 되찾은 것 같다. 지금은 성 주변 시가지에서 시가전을 벌이고 있는 느낌이지."

뭐야, 벌써 탈환한 거야?

분명히 이계는 『나락의 사도』들의 고향이다. 성도, 그 주위에 펼쳐져 있는 도시도, 그들에게는 앞마당 같은 곳……

---

*아나고 씨. 만화 사자에 상의 등장인물. 입술이 엄청나게 두툼하다

압도적인 지형적 이점이 있겠지.

하지만 아무리 그렇다고 해도, 적은 수만이나 되는데. 겨우 한 시간 만에 이만큼이나 밀어낼 수 있는 거야? 똑바로 하란 말이야 아기토군(軍)! 왜 밀리고 있는 건데!

"그쪽에서 몸을 숨기고 있던 사도들도 텟짱한테 호응해서 반격에 나섰거든. 전부 무사했던 것 같아서 다행이야."

그렇다. 이계에는 근신 처분을 내렸던 궁기 휘하의 잔당들이 있었다.

그들은 아기토군의 습격을 받고서 순식간에 무너져버렸다고 한다. 거기서 부대장 트리오가 「일단 흩어져서 몸을 숨기도록」이라고 지시했다.

"그렇게 해서, 이쪽 병력이 천 명 정도 늘었어. 삼 공주하고 팔걸한테 맡겨두면 잘 이끌면서 운용하겠지. 기세는 완전히 이쪽으로 넘어왔다."

……이게 좋은 소식이려나, 아니면 나쁜 소식일까.

지난 시리즈에서 적이었던 『나락의 사도』가 예상보다 선전하고 있다. 쓸데없는 저력을 보여주고 있다.

"텐료인하고 간부 놈들은 싸우지도 않고 모습을 감췄다나. 한마디로 지금은 사역마인가 하는 잡것들을 소탕하는 작업이다. 삼일 천하는 고사하고 한 시간 천하였군, 크하하."

부하들의 활약을 보고 기분이 좋아진 혼돈.

한편으로 나는 씁쓸한 표정을 지었다. 역시 정찰부대만 보냈어야 했다고, 이까지 갈면서 원통한 기분을 맛봤다.

"그래서 혼돈. 내가 했던 말은 확실하게 전해줬어?"

"그래. 아쉽게도 만난 건 사이힐 뿐이었지만. 다른 녀석들한테도 전해주겠다더라고."

부디 72마리 악마는 죽이지 않도록── 내가 혼돈을 전이시켰을 때, 다시 한번 그 주의사항을 전달해달라고 못을 박았다.

이번 적의 귀찮은 점은 간부들이 「악마한테 빙의 당했을 뿐인 인간」이라는 것이다. 그냥 쓰러트리기만 하는 게 아니라 악마한테서 해방할 필요가 있다.

'쓰러트려도 되는 건, 적군의 대부분을 구성하고 있는 『사역마』 뿐이야. 수적인 열세를 줄이는 것만으로도 충분해.'

제발 앞으로 이틀 동안, 72마리 악마분들이 얌전히 계셔줬으면 좋겠다.

당하는 일은 사역마한테 맡기고, 본인들은 출전을 자제해줬으면 싶다.

"사이힐 말로는, 사역마라는 건 털이 없는 원숭이 같은 괴물이라는 것 같아. 그래 봤자 사람보다 조금 센 정도라던가. 즉, 우리 병졸들도 간단히 사냥할 수 있다는 얘기지."

"털이 없는 원숭이…… 털이 벗겨진 작붕 같은 건가."

"사이힐 말로는, 자기도 벌써 300마리는 해치웠다나.

『엄청나게 김이 빠지오. 이것은 약자를 괴롭히는 것이오』 같은 헛소리도 하고 말이야, 그 코로스케형 사도 놈이. 크하하."

참고로 사이힐은 장수풍뎅이형 사도다. 사극 같은 말투를 쓰기는 하지만, 절대로 코로스케형*이 아니다.

그때, 혼돈의 보고를 들은 류가가 날 보면서 말했다.

"이계 쪽은 일단 걱정하지 않아도 될 것 같네. 다들 열심히 하고 있으니까…… 그럼 우리는 우리대로, 할 수 있는 일을 하자."

"할 수 있는 일? 뭘 할 건데?"

"이계로 가기 위한 루트를 확보하는 거야. 혼돈이 열어주는 문 말고도, 그쪽으로 갈 수 있는 수단이 한 가지 더 있잖아? 언제든지 쓸 수 있고, 제한 시간도 없는 샛길이."

류가가 무슨 말을 하려는 건지, 바로 이해했다.

그렇구나. 인간인 아기토와 간부들이 어떻게 이계로 쳐들어갈 수 있었을까…… 거기에 의문을 품어야 했다.

그들은 이계로 통하는 루트를 가지고 있다. 예전에 류가와 동료들도 그걸 필사적으로 찾아다녔었고. 결국은 헛수고로 끝났지만.

"아기토네 맨션 지하에 있다는 시공의 틈새…… 크레바스 말이지?"

*코로스케. 애니메이션 키테레츠 대백과에 등장하는 로봇 캐릭터. 자신을 무사라고 생각하며 사극 말투를 사용한다

내가 대답했더니 류가가 "바로 그거야"라고 말하면서 한 쪽 눈을 찡긋했다.

4

같은 시각.

격전이 펼쳐지고 있는 이계의 중심지에서 북쪽으로 2km 정도 떨어진 성채에서, 텐료인 아기토는 황금 옥좌에 앉아서 수첩을 펼쳐 보고 있었다. 옆에 서 있는 순백색 교복을 입은 소녀가 들고 있는 램프로 그 수첩을 비추게 하면서.

먼지 냄새나는 공기가 고여 있는 실내의 크기는 사방이 약 8m.

이끼 낀 돌벽에는 일정한 간격으로 촛불이 켜져 있었지만, 글을 읽기에는 너무 어두웠다. 그래서 소녀에게 조명을 비추라고 한 것이다. 72마리의 악마 중의 하나인 파이몬, 쿠로타니 사치에에게.

"솔로몬 님. 이미 3천에 가까운 사역마가 쓰러진 것 같습니다만…… 정말로, 저희가 철수해도 되는 것이었을까요?"

먹물을 흘려놓은 것 같은 긴 머리카락의 교복 입은 소녀가 조심스레 물었다.

눈매는 약간 사납지만 날씬한 장신의 아름다운 소녀였다.

히노모리 류가의 매력에는 한참 못 미치지만, 아기토는 그녀의 매끄러운 머리카락이 마음에 들었다.

“사역마는 얼마든지 만들어낼 수 있잖아? 그렇다면 당분간 『나락의 사도』놈들과 놀아줘라. 단, 여기를 알아차리지 못하게 하면서.”

이 성채는 광대한 숲속 깊은 곳에 있는 외딴 요새다.

예전에 『나락의 사도』들이 외적에 대비해서 세웠지만, 외적 따위는 있지도 않았기 때문에 그냥 방치해버린 임시 거점 중에 하나였다.

……이계에 침공하면서, 아기토는 이 버려진 성채를 「본진」으로 삼기로 했다.

『나락성』과 비교하면 상당히 열악하지만, 그래도 백 명 이상이 불편 없이 지낼 수 있는 건물이었다. 거대한 숲이라는 천연 장애물에도 행동할 때의 불편함을 웃도는 이점이 있고.

‘무엇보다 전략상, 여기는 우리의 중대한 요지다.’

아기토의 자택 맨션 지하에 열려 있는 크레바스―― 그 출구는 사실, 이 버려진 성채의 안뜰로 이어져 있다.

‘하다못해 나락성 안쪽으로 연결됐으면 싶었지만, 크레바스는 우발적으로 발생하는 현상…… 자택에 열린 것만 해도 행운이라고 해야겠지.’

어쨌거나 이곳을 거점으로 삼으면 움직이기 편하다. 이

계에도 인간계에도, 임기응변으로 수하들을 보낼 수 있다.

'경계해야 할 일은 인간계 쪽 입구를 들키는 것이려나. 지키는 자들은 배치해뒀는데…….'

지난번에 오메이 고등학교에서 있었던 전투 때, 궁기가 히노모리 류가에게 「크레바스의 위치」를 폭로해버린 건 오산이었다.

교활한 지략가처럼 보였지만 사실은 그 순간의 분위기와 흐름의 기세를 중시하는…… 궁기는 그런 향락적인 일면을 지닌 【마신】이었다. 어쩌면 궁기는 자신보다 코바야시 이치로를 그릇으로 삼는 쪽이 어울렸을지도 모른다. 정신 나간 것들끼리 마음이 잘 맞았겠지.

그런 엉뚱한 생각을 하면서, 아기토가 수첩 페이지를 넘겼을 때.

"솔로몬! 다시 출격 허가를 내줘!"

몇 사람의 발소리가 정신없이 다가왔고, 남자 세 명이 방으로 들어왔다.

하나같이 하쿠보기주쿠 고등학교 교복을 입은, 아기토와 같은 반 학생들이었다. 아마도 벨레드와 푸르손, 바사고였는데…… 인간의 이름은 기억나지 않았다.

"어째서 철수해야만 했나! 아무리 수적으로 우세하다고 해도, 사역마들만 가지고는 아무것도 할 수가 없다! 이 벨레드가 지휘를 맡겠다!"

"이계에 오면 이 힘을 마음대로 휘두르게 해주겠다고 하지 않았나! 사도인가 하는 괴물들을 해부하게 해다오! 이 푸르손에게!"

시끄럽게 떠들어대는 벨레드와 푸르손을, 바사고가 희미한 미소를 지으며 바라보고 있었다. 아무래도 이쪽은 출격 허가를 받으려고 온 게 아닌 것 같다.

"당신들, 왕께 너무 무례합니다. 분수를 파악하세요."

아기토가 입을 열기도 전에, 옆에 있던 파이몬이 질책하는 말을 했다.

"건방진 소리 하지 마라 파이몬! 우리와 너는 같은 왕공 랭크일 텐데! 그쪽이야말로 분수를 파악해라!"

"그렇다! 솔로몬의 침실까지 따라가기나 하고! 멋대로 측실 행세하는 악독한 년이!"

"……뭐라고요?"

직후. 파이몬의 긴 머리카락이 술렁, 하고 꿈틀거렸다. 실내에 농후한 요기가 고이고, 촛불들이 일제히 흔들렸다. 그녀가 손에 들고 있는 램프의 불꽃도 심하게 흔들리고 있었다.

"같은 왕공 랭크? 웃기지 마시죠. 악마의 계급으로밖에 판단할 수 없다면, 가르쳐드릴까요? 저희 『악마 빙의자』의 올바른 서열에 대해서."

한 걸음 앞으로 나선 파이몬의 이마에서 투둑, 투둑 하면서 돌기가 튀어나왔다.

흑요석으로 된 뿔같이 생긴 결정체였다. 『악마 빙의자』가 된 자는, 힘을 사용할 때 「그것」이 나타난다. 마력의 근원인, 칠흑의 핵석(核石)이.

끝도 없이 분출되는 파이몬의 요기에 압도당한 벨레드와 푸르손이 질린 표정을 지었다. 같은 랭크라고 해도 격의 차이는 엄연하게 존재한다.

……72마리의 악마에게는 제각기 계급이 있다.

위에서부터 왕공, 대공, 공작, 후작, 백작, 총재, 기사 순으로 힘의 격이 구분돼 있다. 당연히 계급이 높은 악마일수록 강대한 마력을 지녔다.

하지만 파이몬이 말한 것처럼── 악마의 랭크와 『악마 빙의자』의 우열은 다르다.

그것을 결정하는 것은 그릇이 되는 인간의 자질. 즉, 빙의 당한 자의 내면에 있는 「갈망의 강도」.

이루고 싶은 갈망이 강하면 강할수록, 정강한 『악마 빙의자』가 된다.

갈망은 마력의 근원이고, 악마는 그런 인간을 좋아한다.

'그 자질 앞에서 악마의 계급 따위는 사소한 오차. 그건 바사고를 보면 명백하지.'

그의 계급은 대공. 여기 있는 다른 셋보다 한 랭크 아래의 악마다.

하지만, 틀림없이 바사고는 벨레드나 푸르손보다 강했다. 그릇의 차이가 있기 때문이다.

'정말 재미있군. 그리고 참으로 교활해. 인간이라는 생물은.'

수첩을 팔락팔락 넘기면서, 아기토는 눈앞에 있는『악마빙의자』들의 페이지를 찾았다. 파이몬을 제외한, 지금까지 관심도 없었던 세 명의 데이터를.

……왕공 벨레드. 본명 쿠로키 마사키. 하쿠보기주쿠 고등학교 2학년. 갈망은「타인을 괴롭혀서 지배욕을 채우고 싶다」.

……왕공 푸르손. 본명 쿠로에 죠. 하쿠보기주쿠 고등학교 2학년. 갈망은「인간 또는 인간에 가까운 동물을 산채로 해부하고 싶다」.

……대공 바사고. 본명 쿠로무라 토시야. 하쿠보기주쿠 고등학교 2학년. 갈망은――

"어이, 집안싸움은 좋지 않군."

그때. 당장이라도 전투가 벌어지려는 상황을, 그 바사고가 제지했다.

바로 파이몬, 벨레드, 푸르손의 눈이 바사고 쪽으로 향했다. 하지만 바사고는 그것을 태연하게 받아넘기면서 연기하는 것처럼 어깨를 으쓱거려 보였다.

"너무 뜨거워지지 말라고. 아직 전초전 아닌가? 이형 놈들과의 전쟁도 좋지만, 난 내 차례가 올 때까지 알아서 하겠다. 그 허락을 받으러 왔을 뿐이고."

"무슨 뜻인가요, 바사고."

파이몬이 따지자 또 한 번 어깨를 으쓱거리는 바사고. 이 뻔뻔한 태도는 손에 넣은 힘에 대한 자신감 때문일까. 아니면 타고난 것일까.

"그야 뭐, 기왕에 대기할 거라면, 잠깐 인간계에 가서 놀다 올까 싶어서 말이지. 왜, 있지 않던가? 히노모리 류가라는 재미있는 남자가."

그 이름을 듣고, 수첩을 보던 아기토가 고개를 들었다.

72마리 악마들에게는 위협이 될 수 있는 적에 대한 정보를 전부 전해줬다. 【마신】, 장군 클래스 사도, 쿠로가메 리나를 제외한 사신들, 코바야시 이치로, 그리고── 히노모리 류가.

단, 히노모리가 여자라는 사실은 숨겨뒀다. 그녀의 비밀을 장기 말에 불과한 부하들이 알 필요는 없으니까.

"히노모리를 만나서 어쩔 셈이지?"

"해치우면 안 되는 건가?"

아기토의 질문에 질문으로 답하는 바사고.

해치워? 네가 히노모리 류가를? 이 텐료인 아기토조차 당해내지 못한, 무쌍의 소녀를?

"아무래도 그 녀석, 들으면 들을수록 마음에 안 들어서 말이야. 미소녀한테 둘러싸여서 넋이 나가 있는 착각이나 하는 자식한테 교육이나 좀 시켜줄까 싶거든."

"……."

"부탁한다, 솔로몬. 그대는 관대한 왕이 아니던가?"

친한 척하는 말투에, 또다시 파이몬의 요기가 뿜어져 나왔다.

"바사고! 솔로몬 님께, 그 무슨 건방진――!"

"상관없다. 히노모리와의 전투를 허가한다."

측근 소녀의 고함을 가로막고 아기토가 의젓하게 고개를 끄덕였다.

허를 찔린 파이몬이 요기를 억누르면서 당황한 시선을 보냈다.

"하, 하지만 솔로몬 님."

"괜찮아. 그리고 벨레드와 푸르손. 너희도 출격을 허가한다. 그 밖에 동행하고 싶은 자가 있으면 데리고 가도 좋다."

모든 요청을 쾌히 승낙한 아기토에게, 벨레드와 푸르손이 "예!"라고 말하며 한쪽 무릎을 꿇었다. 바사고도 "역시 말이 통한다니까"라고 말하며 공손하게 허리를 숙였다.

하고 싶은 대로 하면 된다. 갈망을 채우기 위해서 움직이는 것이 『악마 빙의자』의 본능이자 숙원이니까. 그것을 속박할 생각은, 털끝만큼도 없다.

'갈망이란 이루어지면 더 강렬해지고, 그렇게 되면 새로

운 갈망을 낳는다. 끝이 없는 업보의 끝에는—— 어차피 파멸만이 기다릴 뿐이겠지만.'

방에서 나가는 셋의 뒷모습을 보지도 않고, 아기토는 다시 수첩 쪽으로 시선을 돌렸다. 조금 전에 확인하다 말았던 바사고, 쿠로무라 토시야의 페이지였다.

그의 갈망은——「내 망상을 현실로 만들고 싶다」.

꽤 흥미로운 갈망이지만, 그것이 이루어지는 일은 없을 것이다. 그 어떤 망상을 그리고 있건 간에 히노모리 류가는 악마의 힘 따위로 상대할 수 있는 존재가 아니니까.

72명의 『악마 빙의자』들이여. 갈망이 부서지고 절망에 도달하라.

그리고, 왕의 제물이 되어라.

5

혼돈으로부터 전황 보고를 들은 뒤에 조금 더 인터넷을 검색했더니 어느새 오후 10시가 되어있었기에 나는 집에 돌아가기로 했다. 내일은 오전부터 류가와 같이 아기토의 맨션에 가기로 약속했다.

내일이 일요일인 건 나에게 행운이었다. 평일이었다면 학교를 빼먹어야 했을 텐데. 수업보다는 크레바스 쪽이 훨씬 중요한 안건이니까.

'안 그래도 나, 최근에 계속 학교를 빠졌는데 말이야. 『나락성』을 지키기 위해서 열흘이나 이계에 틀어박혀 있었으니까.'

기말고사도 얼마 안 남았으니까, 더 결석일을 늘려선 안 된다.

그리고 학교에 가야 하는 건 사신 히로인즈 중에 세 명도 마찬가지다. 전황은 우세라는 것 같으니까, 모레에는 그 세 명도 돌아오라고 해야겠다.

"그나저나 이치로. 잘도 텐료인네 집 주소를 알고 있었네. 어떻게 알아봐야 좋을지 고민하고 있었는데."

내 옆에서 걷고 있는 류가가 나를 보면서 그런 말을 했다.

지금은 류가네 집 정원에서 대문을 향해 걸어가는 중이었다. 류가가 「문밖까지 바래다줄게」라면서 반쯤 억지로 따라왔기 때문이다.

"아, 그거. 그 녀석이 궁기의 그릇이라고 판명됐을 때, 혹시나 해서 조사해뒀거든. 친구 캐릭터로서 그런 부분은 꼼꼼하게 챙겨야지."

그렇게 설명하고 넘어갔다. 한 번 가본 적이 있다는 말은 할 수 없었다. 커피까지 얻어 마셨다는 얘기는 더더욱 못 하고. 80만 엔짜리 테이블을 파괴했다는 것도.

"그런데 류가, 현관까지만 배웅해줘도 되는데 말이야? 꽤 추워졌잖아."

"괜찮아. 솔직히 집까지 바래다주고 싶은 심정이야. 밤길은 위험하니까."

"그러면 이번엔 네가 집에 돌아오는 길이 위험하잖아."

"에헤헤. 걱정해주는구나."

"그래. 널 덮치는 놈의 목숨을."

그런 시시한 이야기를 주고받으며, 수십 초 동안의 짧은 데이트를 즐겼다.

참고로 조금 전까지 쿄카랑 이야기를 나누던 혼돈은 이미 내 안으로 돌아와서 맹수처럼 코를 골고 있었다. 혹시 모르니까 네 시간 뒤에 다시 전이해달라고 할 예정이다.

그 말을 했더니, 산적 아저씨가 대놓고 싫다는 표정을 지었다. '요즘 들어 빈번하게 문을 열어서 피로가 많이 쌓였다니까', '게다가 최근에 도령이 공급해주는 생명력이 줄어든 것 같아. 혹시 일부러 그러는 거냐?'라는 항의까지 했다.

'그야 뭐 【마신】을 둘이나 깃들이고 있으면 공급량이 줄어들 만도 하겠지. 한마디로 말해서, 나도 결국은 연약한 인간이라는 뜻이다. 의외로 귀여운 구석이 있잖아.'

그렇게 자찬하는 사이에 벌써 대문까지 도착했다.

좌우로 죽 뻗어 있는 1차선 도로는 아스팔트가 아니라 돌판 바닥이다. 역시나 상류층들이 사는 주택지, 바닥까지 특별 사양인 건 납부하는 세금의 금액 차이 때문이려나.

"그럼 이치로, 내일 열 시에 역 앞에서. 도시락 만들어서 갈 테니까 기대해줘."

"소풍 가는 게 아니거든? 일단은 적진에 쳐들어가는 건데 말이야?"

"그건 알지만, 이치로도 가끔은 내 사랑이 담긴 도시락이 먹고 싶잖아? 문어 소시지도 넣을 테니——"

그때 류가가 갑자기 말을 멈췄다.

지금까지 헤벌쭉해 있던 얼굴이 진지한 표정으로 바뀌었다. 이어서 매처럼 날카로운 눈빛으로 재빨리 주위를 둘러봤다.

……나도 그 이유를 눈치채고 있었다. 일반인이니까 눈치를 채면 안 되지만.

'포위당했다. 스무 명은 되려나…… 기습을 하려면 살기를 더 숨기라고.'

내가 마음속으로 투덜대는 사이에 「그놈들」이 모습을 드러냈다.

전방과 후방의 도로에서 검은색 그림자 무리가 뚜벅뚜벅, 우글우글 다가왔다. 덩치가 유달리 크거나 하진 않았다. 각각 약간의 차이가 있었지만, 인간과 거의 다를 바 없었다.

"이치로. 이 녀석들, 혹시……."

"그래. 역시 아기토 자식, 인간계에도 부하들을 보낸 모양이네."

자객들은 한눈에 봐도 인간이 아니었다.

뾰족한 귀, 크게 찢어진 입, 톱니 같은 이빨에 번쩍번쩍 빛나는 빨간 눈. 팔다리에는 날카로운 갈고리발톱이 자라나 있고, 엉덩이에는 끝부분이 화살표 모양인 긴 꼬리가 자라나 있었다.

'정말로 털 없는 원숭이라는 느낌이네. 한마디로, 이놈들이 사역마라는 얘기인가.'

처음에는 '우와, 72마리가 단체로 몰려온 건가'라는 생각에 간담이 서늘했었지만, 피라미들이라서 마음이 놓였다. 숫자도 양심적이라고 할 수 있겠지.

"이쪽에 남기를 잘한 것 같네. 그나저나, 기껏 보낸 게 겨우 요 정도라니…… 너무 우습게 본 것 같은데."

씁쓸하게 웃으면서 살짝 어깨를 으쓱거리는 류가. 역시나 지난번 시리즈에서 끝까지 싸운 숙련된 주인공. 아주 차분하시네.

혼돈의 말에 의하면, 사역마는 「인간보다 조금 강한 정도」라고 했다.

그 정도 수준이라면, 류가가 상대하면 3분도 안 돼서 섬멸할 수 있겠지. 물론 내가 도와줄 필요도 없이. 자는 【마신】을 깨울 필요도 없다.

좌우에서 서서히 포위를 좁혀오는 사역마들. 그런 적들을 보며, 우리는 저절로 등을 맞대고 서서 경계했다.

입에서는 「그르르르」하는 사나운 소리를 내는 그들에게, 류가가 담담하게 물었다.

"너희들. 이 습격은 72 악마들의 명령인가? 아니면 텐료인이 직접——"

그 말이 끝나기도 전에, 사역마들이 말은 필요 없다는 것처럼 땅을 박차고 뛰어들었다.

연계도 뭣도 없이, 앞다퉈서 달려들었다. 뭐야! 류가 대사를 제대로 들으란 말이야! 주인공님이시라고!

내가 질책하려고 한순간, 갑자기 류가가 소리쳤다.

"이치로! 2초 뒤에 반전!"

"뭐? 아, 알았어!"

그 지시의 의미는 모르겠지만, 대답했을 때는 이미 2초.

그래서 눈앞까지 다가온 털 없는 원숭이들을 무시하고, 시키는 대로 몸을 빙글 돌렸다. 모양을 따져보면 류가와 자리를 바꾸고, 반대쪽 적들과 상대하는 형태가 됐다. 하지만——

그쪽에는 사역마들이 없었다. 정확히 말하자면 전부 날아가 버렸다.

아마도 선두에 있는 한 마리가 류가한테 얻어맞았겠지. 그리고 그놈이 날아가면서 볼링 핀을 쓰러트리는 것처럼 뒤따라오던 동료들을 차례차례 날려버렸을 테고.

"좋아, 다시 반전!"

또 류가의 지시에 따라 다시 반전했다. 그랬더니 이쪽도 똑같이 「사역마 볼링」이 벌어져 있었다. 2연속 스트라이크잖아.

"자, 이치로! 등 짚고 뛰어넘을게!"

"뛰, 뛰어넘어?"

당황하면서도 몸을 앞으로 굽히자, 류가가 내 등에 손을 대고 가볍게 도약했다.

다리를 벌리는 기세를 이용해서 양쪽에서 달려온 두 마리를 동시에 걷어찼다. 나를 보조로 사용하는, 정말 트리키한 액션이었다.

"좋았어, 이치로! 리시브!"

"리시브?"

바로 다음 지시가 날아왔다. 영문도 모르고 자세를 낮춘 상태에서 두 손을 맞잡았더니, 거기에 류가가 발을 얹었다. 높이 올려달라는 얘긴가?

밤하늘로 뛰어오른 류가가, 마찬가지로 비상했던 적을 오버헤드 킥으로 격추했다. 그 뒤로도 지시는 멈추지 않았다. 당연히 나한테 거부권은 없고.

"자, 이치로! 브리지!"

"그, 그래."

"자, 이치로! 뒤로 구르기!"

"그, 그래."

“자, 이치로! 머리 대고 물구나무서기!”

“그, 그래…… 이거 의미가 있나?”

그만해라 주인공! 전투 중에 친구 캐릭터를 가지고 놀지 말라고!

그 뒤로도 반복 옆 뛰기, Y자 모양으로 다리 들고 균형 잡기, 로봇 댄스 등을 시키는 사이에.

……어느샌가 사역마들이 전멸했다. 결국 류가 혼자서, 1분하고 조금 더 걸려서 전부 해치워버렸다. 나는 치킨 라이스로 섭취한 칼로리를 쓸데없이 소모했을 뿐이고.

‘미안해 아기토. 중요한 첫 전투였는데, 완전히 장난만 치고 말았네.’

이런 배틀이 돼버린 것에 대해 상당히 유감이라고 생각한다. 기껏 무력한 일반인답게 겁먹고 도망 다닐 예정이었는데…… 연기 플랜도 몇 가지 세워뒀는데…… 내 활약을 보여주지도 못하고 다 망쳐버렸다.

늦었지만, 이제라도 다리가 풀린 척 주저앉을까 고민하고 있는데.

‘——뒤쪽에 한 마리.’

갑자기 머릿속에 그런 소리가 울렸고, 나는 “뭐?” 소리를 내면서 뒤를 돌아봤다.

그랬더니 거기에, 털 없는 원숭이가 있었다. 미처 쓰러트리지 못한 것 같은 마지막 한 마리가, 내 코앞까지 접근

해 있었다.

"으억!"

나도 모르게 비명을 지르고, 반사적으로 롤링 소배트를 날렸다. 다리가 풀린 척 주저앉아야 했는데, 나도 모르게 진심으로 사역마의 측두부를 후려치고 말았다.

내가 사과할 틈도 없이, 적은 류가네 맞은편 집 담장에 격돌했고, 그대로 움직이지 않게 돼버렸다. 조금 지나자 온몸이 융해됐고, 기화하는 것처럼 소멸했다.

주위를 둘러보니 다른 사역마들도 깔끔하게 사라져버렸다. 쓰러지면 시체가 사라진다…… 그건 『나락의 사도』와 똑같은 것 같았다.

'으아, 깜짝이야…… 지금 그건 혼돈 목소리였나? 시끄러워서 깬 건가?'

그렇게 생각했지만, 귀를 기울여보니 여전히 코 고는 소리가 들려오고 있었다. 설마 잠꼬대로 조언해준 거야? 그렇다면 정말 재주도 좋은 아저씨다.

"이치로, 괜찮아? 미안해, 일부러 한 마리만 남겨뒀었는데, 큰일 날 뻔했네. 정보를 알아낼 수 있을까 싶어서……."

가까이 다가온 류가가 미안하다면서 고개를 숙였다.

아쉽게도 어차피 그건 불가능한 일이었겠지. 이 원숭이는 류가의 질문에도 전혀 대답하지 않았었다. 애당초 사람 말을 하지도 못할 것 같다.

“그런데, 역시 이치로는 대단하네. 쉽게 할 수 있는 일이 아닌데 말이야, 그런 상황에서 소배트로 반격하는 건.”

“류가, 이 말만은 꼭 해야겠어. 지금 그건 우연이야. 놀라서 펄쩍 뛰었더니 운 좋게 발이 맞았을 뿐이라고.”

“또 그러네. 아주 정확한 타이밍으로 클린 히트였거든? 틀림없이 노리고 한 거잖아? 난 알 수 있어.”

“아니라니까! 코미디 캐릭터한테 흔히 있는 럭키 펀치였단 말이야!”

“킥이었지만.”

“아무튼, 우연이야!”

“뭐~? 또 그런다.”

“우연이라니까!”

“자꾸 왜 그래~.”

무슨 말을 해도 들어주지 않고 내 어깨를 툭툭 치는 류가. 이럴 줄 알았으면 그냥 가만히 있을걸. 혼돈 자식, 쓸데없는 잠꼬대를…….

‘아냐, 잠깐만. 아까 그 목소리는 혼돈의 굵직한 목소리가 아니었던 것 같은데. 좀 더 어린애처럼 톤이 높은, 어디선가 들은 것 같은 목소리였는데…….’

얼굴을 찌푸리고 고개를 갸웃거리고 있는데, 류가가 자기 손에 하~ 하고 입김을 불고 있다. 사실 우리의 주인공은 냉증 체질이다. 특히 허리가 시리다나.

"그나저나 우리 집은 적한테 완전히 들켰구나…… 앞으로는 쿄카한테도 조심하라고 해야겠네."

"그래, 또 습격할지도 모르니까. 지금은 괜찮았어? 사역마들이 집안까지 침입하지는……."

"그런 기척은 없으니까 괜찮아. 그리고 만에 하나의 경우에는 위패를 모신 방으로 도망치면 되니까. 그건 쿄카도 잘 알고 있어."

"위, 위패?"

들은 이야기에 의하면, 히노모리 저택의 위패를 모셔둔 방은 【황룡】이 강력한 가호로 지켜주고 있는 공간이라는 것 같다. 그곳은 「용혈(龍穴)」이라고 하며, 이질적인 힘을 지닌 자는 들어올 수 없다고 한다.

"그래서 쿄카도, 혼돈의 그릇이었던 시절에는 그 방에 들어가지 못했어. 물론 지금은 아무렇지도 않게 들어갈 수 있지만."

"너희 집에 그런 파워 스팟이 있는 줄은 몰랐네……."

"아하하. 그렇게 대단한 것도 아니야. 지금은 내 코스프레 의상 놔두는 데 쓰고 있고."

"……."

"너무 많아지니까 옷장에 넣어둘 수도 없어서 말이지. 어차피 평소에는 쓰지도 않는 방이니까."

그렇다면 간호사복이라든지 학교 수영복이라든지 바니

걸 의상이, 그 「용혈」에 처박혀 있다는 얘긴가. 이러다가 【황룡】의 가호가 사라져버리는 건 아닐까.

"그럼 이치로, 조심해서 가. 내일은 지각하지 말고. 남자 친구는 여자애를 기다리게 하면 안 된다?"

"다시 말하지만, 적지에 쳐들어가는 거거든? 데이트 아니거든."

"알고 있다니까. 아, 겨울용 치마를 샀는데, 입고 가도 될까?"

"꼭 교복 입고 와!"

엄중하게 주의를 주고, 우리 집으로 향했다. 당당하게 여자 옷을 입고 외출하려는 주인공이 걱정된다. 교복을 입고 오라고 하기는 했지만, 여학생용 세일러복을 입고 오는 건 아닌지 걱정되네.

'하아…… 정말 힘든 하루였다.'

인적 없는 골목길을 비틀비틀 걸어가며, 밤하늘을 올려다보면서 성대한 한숨을 쉬었다.

――갑자기 시작된 제2기 『72마리의 악마 편』.

게다가 흑막은 텐료인 아기토. 그리고 적 간부는 쿠로가메 리나.

그리고 이계에서 벌어지는 신구 적들 간의 항쟁. 조금 전에 있었던 사역마들의 습격. 그리고 아빠 거북이의 입문 권유.

'이런저런 일들이 너무 많아서, 진짜 피곤하네. 오늘은 빨리 가서 씻고 자자. 아, 밤중에 한 번 일어나서, 혼돈 아저씨한테 전이하라고 해야지…….'

하지만 오늘의 에피소드는 아직 끝나지 않았다.

집에 도착한 뒤에 큰 문제가 추가로 찾아온다는 것을, 나는 아직 모르고 있었다.

그것은 코바야시 이치로에게── 오늘의 하이라이트라고 해도 될 만큼 무정한 악몽이었다.

6

겨우 집에 도착했을 때는 벌써 밤 11시가 돼 있었다.

자물쇠를 열고 현관에 들어갔더니, 당연히 집안은 새카만 어둠 속. 평소 같으면 삼 공주중에 누군가가 마중을 나왔겠지만, 지금은 너무나 조용했다. 우리 집이 아니라는 기분이 들 정도로.

'여름까지는 이게 당연한 일이었는데…… 왠지 무지무지 쓸쓸하네.'

뭐, 감상에 빠져도 소용없는 일이지. 그리고 삼 공주가 우리 집에서 완전히 나간 것도 아니고.

그냥 오랜만에, 「혼자 사는 기분」을 만끽할 수 있다고 생각하자…… 그렇게 긍정적인 생각을 하면서, 일단 목욕물을 데우기로 했다.

'물이 데워질 때까지 거실에서 시간을 보낼까. 오는 길에 편의점에서 푸딩도 사 왔으니까.'

크기는 작지만 세 개가 한 팩이다. 물론 전부 내가 먹을 거고. 만약에 삼 공주가 있었다면 세 개 다 강탈당했겠지.

TV를 켜고 싶은 생각도 없어서, 그냥 묵묵히 푸딩만 해치웠다.

그러는 동안에도 머릿속에는 계속 제2기 생각뿐. 덕분에 무슨 맛인지 하나도 모르겠다.

'보고대로 사역마들이 피라미라는 건 알았어. 그렇다면 경계해야 할 건 72마리의 악마야. 그중에서도 가장 큰 위협은…… 쿠로가메겠지.'

안 그래도 실력이 좋은 그 거북이가 악마의 힘까지 얻었다.

솔직히 말해서 상당히 위험한 상대로 보인다. 까딱하면 아기토보다 더 위험할 수도 있고.

'정말이지, 말도 안 되는 『은혜를 원수로 갚는 거북이』라니까. 그 캐릭터로 적 노릇을 할 수는 있으려나…….'

여자 악마라는 건 보통 요염하고 육감적이고 야시시한 누나인데 말이야. 대담한 의상을 입고 적을 괴롭히면서 "아앙~" 하는 신음도 내고.

그 거북이가 그런 걸 할 수 있을까? 무리다. 말버릇이

「차하~」인 시점에서 아웃이다.

'쿠로가메한테 빙의한 게, 분명 푸르카스라는 악마였지. 빙의할 상대를 좀 더 열심히 골라야 하지 않았을까. 하다못해 주리나 아오가사키 선배로 할 것이지.'

세 번째 푸딩을 다 먹었을 때, 나도 모르게 투덜거리는 소리를 했다.

"하아. 어째서 쿠로가메냐고……."

"아무래도 악마는, 이름에 『쿠로』가 들어가는 사람과 상성이 좋은 것 같아. 그래서 아기토가 눈독을 들인 게 아닐까?"

"쿠로…… 그러고 보니 흑마술이라고 했으니까."

"계급이 높은 악마일수록 그런 이상한 부분에 집착한다는 것 같아. 실제로 이번 72마리 악마도, 왕공 랭크와 대공 랭크는 전부 이름에 쿠로가 들어가는 사람을 골랐어. 쿠로타니라든지 쿠로키라든지."

"그래서, 쿠로가메라는 얘긴가."

"뭐, 어디까지나 상위 악마가 들어가기 쉽다는 이유 때문이지만. 솔직히 『악마 빙의자』의 실력에 악마의 랭크는 큰 관계가 없어. 중요한 건 갈망이 얼마나 강한지야."

"갈망? 그게 무슨——"

그때, 겨우 이상하다는 걸 알았다.

……잠깐만. 내가 지금, 누구랑 얘기하는 거지? 도철은 이계에 가 있는데? 혼돈은 여전히 코 고는 소리가 들리고?

내 머릿속에, 아까 들었던 조언이 되살아났다. 「뒤에 한 마리」── 그런 말로 사역마의 기습에서 날 구해줬던, 그 어린애처럼 톤이 높은 목소리가.

'설마, 설마 이놈은…….'

그렇다. 나는 이 목소리를 들어본 기억이 있다.

하지만, 그럴 리가 없는데. 어째서 그 녀석이 무사하고, 내 안에서 말을 거는 건데? 왜냐하면, 너는── 히노모리 류가가 쓰러트렸잖아!

'제발 아니기를. 혼돈이 이상한 소리를 냈기를. 그냥 유령이거나 푸딩의 정령이라도 좋으니까!'

마음을 진정시키기 위해서, 자세를 바로잡고 심호흡을 했다. 그리고 최대한 자연스럽게, 딱 한 번만 시험 삼아서 투덜대봤다.

"새 시리즈를 위해서, 다시 플롯을 짜야겠는데 말이야. 누가 도와줄 사람은 없을까."

"내가 도와줄게, 코바야시 소년."

"역시 네놈이냐아아아!"

궁기였다.

바로 이틀 전에, 오메이 고등학교 운동장에서 쓰러트렸고 다시 수백 년이나 되는 긴 잠이 들어가야 했던, 사흉 중에서 가장 질이 나쁜 【마신】이었다.

"안녕, 코바야시 소년. 지난번엔 고생 많았어!"

나는 얼굴에서 핏기가 싹 가실 지경인데, 내 몸속에서 목소리만 가지고 말을 거는 못돼먹은 여우. 그 싹싹한 말투에 속아서는 안 된다. 이 녀석은 예전에 텐료인 아기토를 그릇으로 삼아서 나를 실컷 가지고 놀았던 지능범이니까. 부하들을 아무렇지도 않게 괴물의 먹이로 줘버리는 놈이기도 하고.

"학교 운동장에서의 라스트 배틀, 꽤 뜨거웠었지? 전체적으로 조금 빠르게 전개된 느낌이라서 아쉽기는 하지만…… 틀림없이, 최종장의 조연상은 네가 아니라 내가 받아야 해."

"그런 멘트는 됐고! 왜 잠들지 않은 건데! 그리고 왜 내 안에 있는데?!"

"그게 말이야, 그대로 봉인되는 것도 괜찮기는 했거든. 그런데 이번에 또 여러모로 재미있게 돌아가고 있잖아? 역시 그냥 자버리는 건 좀 아쉽다는 기분이 들어서."

……이게 무슨 일이냐.

지난 시리즈의 마지막 보스가 퇴장하지 않았다. 게다가 또 친구 캐릭터한테 이사를 와버렸고.

'혹시 혼돈이 말했던, 『최근에 도령이 공급해주는 생명력이 줄어든 것 같아』라는 얘기도…… 혹시 이 녀석 때문이었나?'

나도 모르는 사이에 【마신】을 셋이나 데리고 있는 몸이 되면서, 각자에게 공급하는 양이 줄어들었다는 건가?

그야 당연히 줄어들겠지. 아니, 그냥 줄어든 것뿐이냐고. 좀 더 쇠약해지란 말이야, 내 몸! 그게 연약한 인간이라는 거잖아! 네가 무슨 괴물이냐!

"너, 언제부터 나한테……."

쥐어짜는 목소리로 물었더니 궁기가 아무렇지도 않게 대답했다.

"히노모리 류가네의 필살기를 맞은 순간에. 실체를 유지하지 못하게 되는 아슬아슬한 타이밍이었지만, 그래도 어떻게든 됐네."

역시 그 타이밍이었나. 아기토가 그릇을 포기한 직후.

그 짧은 틈을 노려서 내 안으로 도망쳐 들어왔다고…… 솔직히 말해서 난 전혀 몰랐다.

"하지만 힘을 대부분 잃어버렸거든. 그래서 나는 이제 인간한테 위협이 될 수 없어. 풀 파워 상태로 돌아가려면 수백 년이나 되는 시간이 필요해. 보통 그릇이라면 말이지."

"보통 그릇이라면……?"

"소문으로 듣기는 했지만, 코바야시 소년은 참 지내기 편하네. 게다가 생명력이 넘쳐나기까지 해서 순식간에 활동이 가능해졌어."

"……."

"아기토도 훌륭한 그릇이었지만 넌 그 이상이야. 그러니까, 앞으로 한동안 신세 좀 질게. 잘 부탁해!"

……다시 말한다. 세상에 이럴 수가.

이걸로 지난 시리즈 『나락의 사도 편』에 나왔던 보스 캐릭터들이 전부 이쪽 편이 되고 말았다. 거북이가 나가버렸나 싶더니 여우가 들어와 버렸네.

"말도 안 돼! 내가 왜 너까지 챙겨야 하는데! 이제 새 시리즈인데, 사태를 더 복잡하게 만들지 말라고!"

"그럴 생각은 없다니까. 내가 말 했잖아? 코바야시 소년한테 협력하겠다고 말이야. 나와 네가 손을 잡으면, 새 시리즈도 틀림없이 성공할 거야."

"그 말을 어떻게 믿어! 네가 지금까지 저지른 짓들을 생각하면——"

"정말이라니까. 무엇보다 나, 코바야시 소년한테 빙의한 순간에 『절복』 당했거든. 이래선 힘이 돌아온다고 해도 아무것도 못 해."

이 녀석도 『절복』 돼버린 건가. 내 그릇으로서의 소질이 너무나 원망스럽다.

……궁기가 말한 것처럼, 【마신】은 『절복』 돼버린 시점에서 그릇에게 거스르지 못하게 된다. 그렇게 돼버리면 상하 관계가 역전돼서 그릇에게 사역당하는 입장이 되는 것이다.

"아냐, 난 안 속아. 넌 아기토한테 『절복』 당했으면서도 계속 나쁜 짓을 저질렀잖아. 말장난에 넘어가지 않는다고."

"그건 아기토가 스스로 나한테 따라줬기 때문이야. 인류의 종언을 보여줄 수 있다면 얼마든지 이용해도 좋다면서 말이지."

"…………."

"하지만 코바야시 소년은 그런 생각이 아니잖아? 네가 허락하지 않으면 난 나쁜 짓을 못 해. 알고 있을 텐데? 【마신】과 그릇은 일심동체…… 날 어떻게 쓸지는, 너한테 달렸어."

"나한테……."

말이 끝난 지 얼마나 됐다고 벌써 넘어가 버리고 있는 나.

하지만 궁기가 잠들어버리지 않은 이상, 이대로 그냥 두는 건 위험하다. 『절복』이라는 목줄을 채워두지 않으면 무슨 짓을 저지를지 모르니까.

다른 사람한테 떠넘길 수도 없다. 이 현저하게 소모된 상태의 궁기를 깃들이게 해버리기라도 하면, 그 사람은 계속 생명력을 빼앗기다가 죽을 수도 있다.

'이 여우를 맡을 사람은, 결과적으로 나밖에 없어. 이렇게 됐으면 스토리 플래너로서의 실적을 인정해서, 협력하게 만드는 방법밖에…….'

궁기는 나와 마찬가지로 이 세상을 「이야기」라고 생각하는 구석이 있다. 마지막 보스를 맡았던 지난번 시리즈 최종장도 분하지만 그럭저럭 뜨겁게 달아올랐었고.

'텟짱이랑 아저씨, 톳코라면 틀림없이 그렇게는 못 했겠

지. 이 녀석은 못된 생각 하나는 잘하고, 이미 콘티도 그릴 수 있을 거야.'

무엇보다 이 여우는 우리 중에서는 아기토를 제일 잘 알고 있을 거다. 72마리 악마에 대해서도 잘 아는 것 같고.

그렇게 생각하면 의외로 도움이 될지도…….

이야기에 끼어들게 할 필요는 없다. 아무도 모르게, 내 상담 역할만 맡게 하면 되니까.

"정말로, 다른 꿍꿍이는 없는 거지? 제2기가 성공하게 도와줄 거지?"

"네가 그걸 바란다면 말이지. 솔직히 말해서 난 재미있기만 하면 뭐든지 상관없어. 한 번쯤 인간 편에 서는 것도 신선할지도 모르겠네."

"………….."

"예전에는 적이었지만 다시 등장했을 때는 동료가 돼 있었다…… 이거, 배틀 스토리의 왕도잖아. 사흉이 전부 동료가 되다니, 꽤 뜨겁게 타오르는 전개 아니겠어?"

"아니, 가능하면 앞으로 나서지 말았으면 싶은데……."

"뭐 그래도 좋아. 날 어떻게 쓸지는 너한테 달려 있으니까. 네가 『주인공은 히노모리 류가로 가고 싶다』라고 말한다면, 그쪽으로 시나리오를 생각할게."

"……."

내가 입을 다물어버린 것을 승낙한다는 뜻을 받아들인

걸까.

갑자기 내 등 뒤에서 작은 그림자가 튀어나왔다. 뿅, 하고 테이블 위에 착지하더니 몸을 빙글 돌려서 나를 본「그것」은―― 새끼 고양이 정도 크기의 작은 동물이었다.

"어……?"

"실례하겠습니다~. 응, 역시 바깥이 좋네."

그냥 평범한 여우였다.

새하얀 털에 동그란 눈을 가지고, 사람 말을 하는 여우다. 자세히 보니 이마와 뺨에 문양이 들어가 있었다. 예전에 궁기가 썼던 가면과 같은 디자인 같기도 하고.

"너, 너 정말로, 여우였어?"

"이 상태에서 만나는 건 처음이지. 이게『절복』된 내 모습이야."

그러니까, 도철로 따지자면「나랑 똑같이 생긴」비주얼.

혼돈으로 따지자면「산적 같은 아저씨」의 비주얼.

지금까지 봤던 궁기는 여우 가면을 쓴 반인 반수(半人半獸) 같은 이형이었다. 꼬리도 아홉 개나 있었고. 그 모습은 말하자면 전투 버전…… 평소에는 이렇게 생활하고 있는 건가.

"아무래도 마지막 보스로서 위엄이 없으니까, 이 모습으로 등장하는 건 자숙했거든. 앞으로는 앞에 나설 일이 없을 테니까, 굳이 숨길 필요도 없겠지."

깜짝 놀란 나를 슬쩍 보고서 뒷발로 귀 뒤쪽을 박박 긁는 궁기. 이어서 앞발을 앞으로 쭉 뻗어서 기지개를 켠 뒤에 얌전한 자세로 앉았다. 응, 아무리 봐도 여우네.

"그런데 코바야시 소년. 혹시 우유 있어? 배가 고픈데."

"우유……. 그거면 되겠어?"

"난 텟짱이나 톤짱처럼 잔뜩 먹지 않으니까. 유지비가 싸게 먹히지?"

끈질기게 졸라대서, 접시에 우유를 따라서 가져다줬다.

그걸 할짝할짝 핥아먹는 모습은, 역시 그냥 여우 그 자체였다.

"……너, 정말 스태프만 해도 되는 거지? 출연자가 아니라도 되는 거지?"

돌다리를 두드리고 또 두드리는 심정으로 확인했더니, 궁기는 우유를 재빨리 핥아먹고서 고개를 들었다. 그리고는 자기 코를 핥으면서, 고개를 크게 끄덕였다.

"응. 뒤에서 몰래 움직이는 게 특기니까."

"불안해지는 소리는 하지 말고. 정말로 다른 꿍꿍이는 없는 게 맞지?"

"물론이지. 확실하게 마음을 바꿨어. 앞으로는 선량한 【마신】이 될게."

"좋았어. 일단 믿——"

"그런 설정이야."

"설정이라니, 뭐가 설정인데! 절대로 출연하지 마라! 클

린트 이스트우드처럼 감독 주세에 카메라 앞으로 튀어나오지 말라고!"

……봉인됐다고 생각했던 지난 시리즈의 마지막 보스 【마신】 궁기.

놀랍게도 그는 건재했었다. 게다가 나를 새로운 그릇으로 삼고서 협력하겠다고 제안했고.

이렇게 해서 친구 캐릭터 코바야시 이치로는——

마침내 숙주 삼관왕이 되고 말았다.

제2장 거북이는 바라고 호소하고

1

사흉 중의 하나인【마신】궁기는—— 사실 쓰러지지 않았다.

아슬아슬하게 봉인을 면한 궁기는, 히노모리 류가의 친구 코바야시 이치로를 새로운 그릇으로 삼아서 다시 암약하게 됐다.

얄미운 주인공들에게 복수하고 이번에야말로 인류를 멸망시키기 위해서……가 아니라 코바야시 이치로와 결탁해서 새로운 시리즈를 성공시키기 위해서.

'악마 때문에 정신이 없는데, 이상한 형태로 다시 등장하고 말이야…….'

하지만 내가 확실하게 감시하면 허튼짓은 못 할 것이다.

힘을 대부분 잃었으니 궁기는 위협이 되는 존재가 아니다. 류가와 다시 싸워도 승산이 없을 테고, 합체 사도 슈를 만드는 것도 불가능하겠지.

'그래도 방심하면 안 돼. 왜냐하면 이놈은『지혜의 궁기』니까.'

궁기가 만만찮은【마신】이라는 사실은 나 자신이 잘 알

고 있다. 도철, 혼돈, 톳고까지 【세 마신】을 적으로 삼고서도 우세하게 싸웠던 수완은, 적이지만 정말 훌륭했다.

다시는 속지 않겠다고…… 마음을 단단히 먹었을 때.

"코바야시 소년. 목욕물이 데워진 것 같은데."

지난 시리즈의 마지막 보스가 그렇게 말했다.

그러고 보니 목욕하려고 했었지. 일단 개운하게 씻어서 기분을 가라앉히자.

"좋았어. 잠깐 씻고 올 테니까, 넌 당분간 내 안에 들어가 있어."

하지만 궁기는 그 명령을 듣지 않았다. 거실에서 나온 나를 쫓아서, 아장아장 욕실까지 따라왔다. 벌써 그릇의 명령을 따를 생각이 없어 보였다.

"야, 들어가 있으라니까."

"내가 등 씻어줄게. 새로운 그릇과 친목을 다져야 하지 않겠어?"

"필요 없다니까. 그럼 거실에서 TV라도 보고 있든지."

"무리야. 난 톤짱처럼, 고작해야 너한테서 3m 정도만 떨어질 수 있거든. 그릇과 따로 행동할 수 있는 건 텟짱만의 능력이야."

듣고 보니 그랬다. 인간계에서 독자적으로 움직일 수 있는 건 도철만이 가진 고유 능력이다.

그리고 그걸 이용해서, 도철 그 녀석은 제멋대로 돌아다니고 있다. 전에 삼 공주랑 TV를 보고 있는데, 방송국 스튜디오 방청석에 내가 앉아 있던 적도 있었다. 다들 차를 뿜어버렸었지.

"자, 코바야시 소년. 빨리 들어가자. 입욕제는 이『유자향』으로 하자."

앞발로 재주껏 문을 열고서 재빨리 욕실 안으로 들어가 버리는【여우 마신】. 뭐가 서러워서 예전 마지막 보스와 알몸으로 교류를 해야 하냐고…….

그렇다고 그냥 투덜대기에는 시간이 아깝다. 내일도 류가랑 만나기로 했으니까, 날짜가 바뀌기 전에는 잠자리에 눕고 싶다.

그래서 포기하고 같이 목욕하기로 했다. 먼저 욕실 의자에 앉아서 몸을 벅벅 씻고 있는데, 옆에서 여우도 자기 온몸을 거품 범벅으로 만들었다.

"이 샴푸 좋네. 털이 아주 찰랑찰랑해졌어."

"너무 많이 쓰지 마라. 그거 주리 거니까."

"어라, 괴수 소프트 비닐이 있네."

"그건 키키 거. 해양 괴수 자바제바제야."

"이 면도기, 코바야시 소년이 쓰는 건가?"

"미온 거야. 어디 털을 깎는지는…… 나도 몰라."

궁기의 거품을 샤워기로 씻어주고, 둘이서 욕조에 몸을 담갔다. 욕조 가장자리를 붙잡고서 둥실둥실 떠 있는 하얀 여우는, 털이 흠뻑 젖은 탓에 아주 궁상맞아 보였다.

"욕조 속에서도 에헤야~♪ 꽃이 핀다네, 에헤야데헤야♪"

"야. 너도 일단은【마신】인데, 노래가 그게 뭐야."

"뭐 어때. 나는 목욕을 좋아하거든. 언젠가 진짜 온천에서 이 노래를 불러보고 싶어."

적이었던 시절에는 위험한【마신】이었는데, 같은 편이 되자마자 서민적이고 친해지기 쉬운 캐릭터가 돼버렸다. 아쉽게도 사흉 중에는 단 한 명도 위엄 있는 왕이 없었다.

"그나저나…… 세 번째【마신】이 빙의했는데, 어째서 텟짱이랑 혼돈이 말해주지 않았던 거지."

"그 둘은 몰라. 내가 이사 왔다는 걸."

"모, 모른다고?"

그런 일이 있을 수 있는 걸까. 궁기는 벌써 이틀도 넘게 내 안에 있었는데. 서로 마주치고도 남았을 텐데 말이야.

"분명히 혼돈 아저씨는 네 존재를 알아차리지 못한 것 같은데…… 그래서『생명력 공급이 줄었다』같은 클레임을 걸었던 것 같고."

"내가, 계속 벽장에 숨어 있었거든. 문이 열렸을 때는 다락방으로 피신했고."

어떻게 된 거야, 내 안은.

"그 둘한테 들키면, 틀림없이 날 쫓아올 테니까. 그래서 당분간 내 존재는 비밀로 해줘."

“이계에 가 있는 텟짱은 그렇다 치고, 아저씨는 언제 눈을 뜰지 모르는데.”

“톤짱이 깨는 건 기척으로 알 수 있으니까 괜찮아. 그때는 재빨리 도망쳐서 마루 밑에라도 숨을 테니까.”

그러니까 대체 어떻게 돼 있는 거냐고, 내 안은.

자기 의심에 빠진 내 앞에서, 궁기는 또 기분 좋게 노래를 부르고 있다. 그런데 갑자기 뭔가 생각이 났다는 것처럼, 동그란 눈으로 날 쳐다봤다.

“아 맞다. 코바야시 소년한테 한 가지 아쉬운 보고가 있는데.”

“뭔데. 이제 나쁜 소식은 듣고 싶지 않은데.”

“그래도 네가 알아둬야 할 정보 같거든. 사실은 나, 히노모리 류가네한테 쓰러지기 직전에 완전판 슈의 영혼을 해방했거든? 표주박에 남아 있던 혼들까지 같이.”

“슈의 혼을 해방했다고?”

……다시 복습하자면, 궁기의 고유 능력은 「쓰러진 사도를 부활시키는 것」이다.

인간계에서 쓰러진 사도는 죽지 않는다. 만약 쓰러지면 혼이 돼서 혼면전으로 송환되고, 200년 정도 들여서 다시 자기 육체를 되찾는다. 궁기는 그 페널티를 딱 한 번 무효로 할 수 있다.

게다가 그 혼들을 써서 합체 사도 슈를 만들 수도 있고.

그 괴물한테는 정말 고생했었지.

“그러고 보니까 넌, 슈를 혼 상태로 되돌릴 수도 있잖아.”

“그때 슈가 사라진 건 내가 사라져서 그런 게 아니야. 능력을 풀어버렸기 때문이지.”

그랬구나.

궁기가 소멸한 것과 동시에 그 합체 사도도 사라졌다. 난 제작자가 쓰러진 탓이라고 생각했었는데, 자발적으로 혼 상태로 돌아가 버린 건가.

“그래서, 그 혼들은 어떻게 됐는데? 완전판 슈한테는 장군 클래스 녀석들이 들어가 있지 않았던가?”

아오가사키 레이한테 쓰러진 사마귀형의 간장(奸將) 바론.

엘미라 매커트니한테 쓰러진 잉어형 분장(憤將) 히가이아.

동포인 시마한테 쓰러진 맨드릴 개코원숭이형 조장(躁將) 작붕(炸崩).

……마지막 시점에서 완전판 슈한테는『나락의 팔걸』중에 세 명이 흡수돼 있었다. 게다가 열 명 이상의 부대장 클래스도 들어가 있었고 말이야.

“물론 이계로 송치됐지. 장군이 셋, 부대장이 열넷, 표주박에 남아 있던 병졸이 서른 정도였나? 원래는 그대로 혼면전에서 잠들어야 하는데…… 그 전에 전부 부활시켰지. 원래 모습으로 말이야.”

“부, 부활시켰다고? 이계에서 말이야?”

“응. 그 시점에서 내 패배는 확정됐으니까. 그 녀석들을 자유롭게 풀어주고 고향에서 푹 쉬게 해주려고 했거든.”

뭔데 그 배려는. 괴물 먹이로 삼아놓고, 지금 와서 그래봤자 곤란할 텐데 말이야.

“그런데 너, 이계는 지금…….”

굳이 말할 필요도 없이, 현재 그쪽은 아기토군과 배틀이 한창이다.

거기서 부활한 그들은 과연 어떻게 될까? 틀림없이 아기토와 싸우겠지. 고향이 침략당했으니까. 다른 사람들처럼 엄청나게 화가 났겠지.

한마디로, 이쪽의 전력이 또 늘어난다는 얘기다. 지금 상황에서도『나락의 사도』쪽이 우세한데.

그렇구나. 그래서 궁기는「아쉬운 보고」라고 말했다. 사도의 왕이 아니라 스토리 플래너의 시점에서.

“아기토가 쪼잔한 탓에 내 계획이 틀어져 버렸거든. 설마 이계까지 노릴 줄은 몰랐지만.”

“바론, 히가이아, 작붕의 참전은 가슴이 아프네…… 무엇보다 타이밍이 너무 안 좋아. 이 상황에서 원군으로 등장해봤자 고맙다는 기분도 없고, 임팩트가 하나도 없는데.”

“불쌍하게 됐네. 그 셋한테도, 악마들한테도.”

동시에 탄식하는 나와 궁기. 슬슬 앞날이 불안해지기 시작했다.

"그리고 코바야시 소년, 하나 더 말해도 될까?"

"안 좋은 소식이 또 있는 거냐……."

"이쪽은 꼭 배드 뉴스라고 할 일은 아닐지도. 아까 말한 대로, 나는 슈는 물론이고 표주박에 남아 있던 혼들도 해방했거든. 그중에── 레이다도 있었어."

그 이름을 듣고 눈이 번쩍 뜨였다.

레이다. 그것은 사랑하는 아들인 시즈마의 친엄마다.

엘미라와 동족인 뱀파이어와 사랑에 빠졌고, 인간으로서 살아가려고 했기 때문에 궁기 휘하의 동포들한테 숙청당한 여성 병졸 사도다.

"레이다의 혼은, 역시 네가 흡수했었구나……."

"응. 여러모로 쓸데가 있을 것 같았거든. 최종장이 너무 급하게 끝나버려서 그럴 틈이 없었지만."

"그럼 지금쯤, 시즈마랑 만났을지도 모르겠네……?"

"아니 뭐, 고맙다는 말은 필요 없고. 사도의 왕으로서 당연한 일을 했을 뿐이니까."

"네가 할 소리냐!"

"사실은 말이야, 레이다를 이용한 작전도 생각했었거든. 레이다의 혼을 인질로 삼아서 시즈마의 신병을 요구한다든지. 레이다한테 있는 얘기 없는 얘기 다 해서 너희와 싸우게 한다든지…… 다 헛수고가 됐지만."

"역시 너, 생각을 하나도 안 바꿨어!"

깍지 낀 두 손으로 물총을 만들어서 궁기한테 찍, 하고 물을 뿌렸다.

그 물을 얼굴에 맞은 하얀 여우는 "푸핫" 하고 비명을 지른 뒤에, 어째선지 눈이 반짝반짝 빛나면서 말했다.

"뭐야 그거?! 한 번 더! 한 번 더 해줘!"

요청에 응해서, 다시 한번 찍, 하고 물을 쐈다.

뭐가 그렇게 즐거운지 꺅꺅 난리를 치는 궁기. 역시 이 녀석은 어린애라니까. 선악에 집착하지 않는【쇼타 마신】이다.

그 뒤에도 수건으로 해파리를 만든다든지 물속에서 물구나무서는 놀이를 하는 사이에 한 시간이 지나버렸다. 슬슬 나가야 할 것 같다.

"그럼 코바야시 소년, 슬슬 나갈까. 내 몸, 드라이어로 말려줘."

난, 예전의 적과 대체 무슨 짓을 하는 걸까.

'이런 목욕 놀이는 시즈마랑 하고 싶었는데…….'

친어머니인 레이다가 부활한 지금도, 그 아이는 나를 「아버님」이라고 불러주려나. 그냥 레이다랑 결혼해서 진짜 아버지가 돼버릴까.

내가 갈등하거나 말거나,【마신】은 욕실 바닥에서 몸을 부르르 떨어서 물을 날렸다. 아무리 봐도 그냥 여우라니까.

"뭐, 이번 시나리오는 이계의 정세에 달려 있으니까. 『악마 빙의자』는 72명이나 있으니까, 조금쯤 쓰러져도 되지 않을까? 아무리 생각해도 전부 처리할 분량은 없으니까."

"그렇긴 한데……."

"코바야시 소년. 아이스크림은 없어? 바닐라 컵 아이스크림이 먹고 싶어."

"없어. 우유로 만족해."

"편의점 갔다 와."

"그릇한테 심부름시키지 말라고. 저, 정말로 『절복』 된 거 맞는 거지!"

나는 하얀 여우한테, 다시 한번 찍, 하고 물을 뿌렸다.

2

이런저런 에피소드를 겪은 첫날에서 하루가 지나, 다음 날.

일요일인데도 아침 일곱 시에 눈이 떠져 버린 나는, 다시 자려고 시도했다가 실패하고 어쩔 수 없이 일어나기로 했다.

엉망진창으로 까치집을 지은 머리로 침대에서 내려와 커튼을 열었다. 일요일에 딱 맞는 맑은 날씨다.

'류가랑 만나기로 약속한 게 열 시였지. 자, 주인공한테 어떻게 적의 정보를 알려줘야 좋을까…….'

어젯밤. 씻고 나서 잠자리에 들 때까지, 나는 궁기한테서 최대한 많은 이야기를 들었다. 뇌물로 바닐라 아이스크림을 바쳐야 했지만.

얻은 정보를 간결하게 정리하자면 대충 이렇다.

——72마리의 악마에게 빙의 당한 사람은『악마 빙의자』라고 불린다.

——그들은 악마의 힘으로 신체 능력이 경이로울 정도로 향상된다. 단, 인격까지 빼앗기는 건 아니다.

——『악마 빙의자』의 힘을 결정하는 것은 본인이 품고 있는 갈망의 강도. 성격은 예전과 달라지지 않지만, 그 갈망이 비대해지고 자제심의「빗장」이 풀어진 상태다.

——그리고 악마 소환 의식을 시작한 것은…… 사실은 텐료인 아기토가 아니다.

'의외였던 건 마지막 부분이야. 설마 소환 의식이 다른 사람들이 주도해서 시작됐을 줄이야…….'

엄청난 입시 명문인 하쿠보기주쿠 고등학교. 그 학교에 있는「오컬트 연구회」사람들이 악마 소환 계획의 발기인이라고 한다.

궁기 말에 의하면 아기토는「오컬트 연구회」에 소속되기는 했지만 거의 유령 부원이었다고 한다. 계획에도 관여하지 않았고, 의식에 입회했던 건 그냥 변덕이었다나 뭐라나.

오컬트 연구회는 그 의식에서 과거의 마술사들과 똑같은 잘못을 저질렀다.

소환된 악마들에게 빙의 당해서 일시적으로 기절, 착란 상태에 빠졌다.

'그게 아오가사키 선배가 말했던 그 집단 응급환자 발생 사건이야. 한마디로 그 소동은 아기토가 벌인 일이 아니었다는 얘기네.'

하지만 그 의식을 계기로 아기토는 진짜 흑막이 됐다.

부원들이 차례로 악마한테 빙의 당하는 한편, 아기토에게도 이변이 일어난 것이다.

어떻게 된 것인지, 솔로몬으로서 각성하는 이변이. 옛날에 72마리의 악마를 사역했다는 전설의 마술사…… 그 힘을 물려받는 엄청난 기적이.

실제로 각성인지 강령인지, 아니면 윤회전생인지는 모른다.

어쨌거나 아기토는 그 순간부터 자신을 『솔로몬의 후계자』라고 말했다.

거기서부터 아기토 자신이 소환 의식을 이어받아서, 『악마 빙의자』를 계속 늘려나갔고, 마침내 대군단을 만들어버렸다—— 그런 흐름이라는 것 같다.

'악마가 아니라 그것들을 주무르는 왕으로 캐스팅되다니…… 역시 아기토는 류가한테 뒤지지 않는 주인공 체질

이었다는 얘기인가.'

아기토는 항상 왼손에 손가락이 없는 장갑을 끼고 있다.

나는 절대로 그 장갑을 벗지 않는 아기토를 보고 '손등에 문장이라도 새겨져 있나?'라고 생각했었다. 그런데, 세상에…… 그 생각이 맞았던 것 같다.

'인터넷에 의하면 솔로몬은 하늘에서 내려준 반지를 가지고 있다고 했었지. 특수한 인장이 각인된 그 반지에는 악마를 따르게 하는 힘이 있다는 것 같고.'

아기토의 왼손에는 그것과 똑같은 인장이 있다고 한다.

초대 솔로몬한테는 아이템이었는데, 2대 째에는 문신이 된 것이다.

'다이렉트로 새겨져 있는 만큼 효력도 더 강해졌을 것 같은데. 아기토 성격을 보면, 어쨌거나 초대보다 우수하다는 건 틀림없을 거야. 괴수 같은 것들은 보통 2대째가 더 약해지지만…….'

거기까지 생각했을 때쯤에, 잠들어버렸었다.

어쨌거나 여기까지 알게 된 건 큰 수확이다. 궁기가 바로 도움이 돼서 정말 다행이야.

'일단 아침이라도 먹을까. 하지만 그 전에…… 이 녀석을 어떻게든 해야 할 텐데.'

침대 쪽을 봤더니 거기에는 하얀 여우가 푹 잠들어 있었다.

벽과 베개 사이에 끼어서 무방비하게 벌렁 드러누워 있다. 코~ 코~ 하는 숨소리에 맞춰서 배가 오르내리고 있었다.

……정말 한심한 모습이다.

아무리 마지막 보스 역할을 그만뒀다고 해도, 늘어지는 것도 정도가 있는 게 아니냐고. 냉혹하고 악랄했던【마신】은 대체 어디로 가버린 거야.

"야 궁기, 일어나. 당당하게 나와 있다가 혼돈한테 들킨다."

손가락으로 목 언저리를 간질였더니, 금세 궁기가 눈을 떴다. 속도 편하게 입을 쩍 벌리고 하품을 하는 모습은, 역시 그냥 평범한 여우였다.

"크아아~, ……잘 잤어, 코바야시 소년. 의외로 일찍 일어나네."

"경계 좀 하라고. 여우는 원래 조심성 많은 동물이잖아."

"괜찮아, 톤짱은 푹 잠들어 있으니까. 새벽 다섯 시에도 전이했었으니까, 점심때쯤까지는 계속 자지 않을까?"

그렇게 말하고 고양이처럼 한쪽 손으로 얼굴을 씻기 시작하는【마신】. 캐릭터가 너무 심하게 붕괴했다.

"그것보다 코바야시 소년. 너, 잠버릇이 나쁘더라? 자다가 몇 번이나 걷어차였는지 몰라."

"그, 그래?"

"그래. 게다가 코를 골고 이도 갈고 잠꼬대를 하면서 동시에 방귀까지 뀌고…… 좀 더 조용히 자란 말이야. 히노모리 류가가 그런 말 안 해줬어? 그리고 사신들도."

"그중에 누구 하나도 한 침대에서 자본 적이 없어!"

내가 같이 자본 적이 있는 사람은 주리와 키키 정도다. 둘 다 멋대로 내 침대에 들어왔을 뿐이고. 맹세하는데, 정말로 아무 일도 없었다.

참고로 미온도 두 번쯤 날 덮치려고 시도한 적이 있었던 것 같다.

하지만 내 방 앞까지 와서 약 한 시간 정도 주저했고, 역시 단념했다고 한다. 주리는 그런 미온을「얼간이 백로」라고 불렀다.

"저기 궁기. 네가 가지고 있는 정보는 어젯밤에 말한 게 전부야? 또 있으면 전부 가르쳐줘."

"나도 그렇게 잘 아는 건 아닌데 말이야. 기본적으로 아기토의 사생활에는 간섭하지 않았으니까."

"그 덕분에 가만히 앉아서『악마 빙의자』를 늘려버렸잖아. 깜박하고 안 물어봤는데, 72마리 악마 중에 몇 마리 정도가 모인 거야? 벌써 전부 다 소환한 건가?"

"전에 물어봤을 때, 딱 70명이라고 했었지."

거의 다 모았잖아. 너무 열심히 일했네, 2대째 솔로몬.

"처음에 아기토는 하쿠보기주쿠를 중심으로『악마 빙의자』가 될 인재를 찾아다녔다는 것 같은데, 그러다가 조금

씩 대상 범위를 넓혀갔던 것 같아."

"그렇다면 적의 간부가 꼭 하쿠보기주쿠 쪽 사람이 아닐 수도 있다는 건가?"

"그런 얘기지. 우수한 『악마 빙의자』가 될 수 있는 인간은 학교 밖에도 얼마든지 있으니까. 미안하지만 나는 그 인간들 얼굴을 전부 파악하지는 못했어. 관심도 없었고."

"쿠로가메가 선택됐다는 얘기는, 어쩌면 오메이 고등학교에서도 인재를 찾았을 수도 있다는 건가."

"가능성은 있지. 아기토가 오메이 고등학교로 전학한 시점에서는, 아직 열 명 이상 빈자리가——"

거기까지 말했을 때, 궁기의 배에서 꼬르륵 소리가 났다.

"코바야시 소년, 배고프다."

"또냐. 뭐, 나도 아침밥 먹을 생각이었으니까…… 일단 밑으로 내려가자."

"프렌치토스트 먹고 싶은데. 저기, 만들 수 있어? 만들 수 있지?"

뻔뻔한 여우를 데리고 부엌으로 갔고, 어쩔 수 없이 프렌치토스트에 도전했다.

달걀을 풀어서 우유를 섞고, 그걸 적신 식빵을 프라이팬으로 굽고, 마무리로 설탕을 살살 뿌려준다. 적당히 만들었는데, 생각보다 맛있게 됐다.

"응, 맛있다. 솜씨 좋은데 코바야시 소년."

"정말이지, 내가 왜 네 아침밥을 만들어줘야 하냐고."
"신경 쓰지 마. 어제의 적은 오늘의 친구잖아."
이 녀석이 친구인지 아닌지는 둘째치고, 문제는 그 반대쪽 패턴이다.
이번에는 어제의 친구가 오늘의 적이 되기도 했으니까. 물론 쿠로가메 리나 얘기다.
"저기 궁기. 『악마 빙의자』가 되려면 강한 갈망이 있는 게 조건이라고 했지?"
"맞아. 그게 강하면 강할수록, 그들은 악마와 싱크로하게 되니까. 갈망=전투력이라고 생각해도 돼. 아기토한테 들은 얘기지만."
그게 계속 마음에 걸렸다.
악마한테 혼을 팔아넘길 정도로 강한 갈망…… 그 이미지가, 도무지 쿠로가메와 이어지지 않는다. 그 천진난만하고 밝은 성격의 소녀와.
빈 접시를 할짝할짝 핥으면서, 궁기가 계속 말했다.
"악마는 빙의한 인간의 갈망을 비대화시키고 폭주시키거든. 『악마 빙의자』는 하나같이 그 갈망을 채우는 걸 최우선으로 행동한다는 것 같아. 그리고 그걸 통솔할 수 있는 건 아기토뿐이고."
"쿠로가메의 갈망이라는 게…… 대체 뭘까?"
류가네와 적대하면서까지 이루고 싶은 소원이 있는 건가?

쿠로가메는 지금까지 계속, 그 갈망을 마음속에 숨긴 채…… 밝게 행동해왔다는 얘긴가?

"쿠로가메 리나의 갈망은 본인이랑 만났을 때 물어보면 되잖아? 아니면 아기토한테 물어봐도 되겠네. 솔로몬이 된 아기토한테는 인간의 갈망을 꿰뚫어 보는 힘이 있다는 것 같으니까."

"엄청나게 만능인 놈이네……."

"그런 것보다 코바야시 소년. 네 상담역으로서, 두 가지만 충고해줄게."

그렇게 말하고, 여우가 자세를 바로잡았다. 바른 자세로 앉아서 날 똑바로 바라봤다.

"먼저 첫 번째. 쿠로가메 리나는 그렇다 치고, 『악마 빙의자』들의 힘을 과도하게 신뢰해선 안 돼. 이쪽의 전력이 10이라면 그쪽은 고작해야 3이나 4…… 이 전력 차이로 새로운 시리즈를 재미있게 이끌어 가려면 열심히 궁리해야 할 거야."

첫 번째부터 힘이 쭉 빠지는 충고다.

그렇다고 적들이 엄청나게 약하다는 건 아니다. 72마리 악마의 힘은 장군 클래스 사도한테 필적한다는 것 같고, 수만 규모의 사역마도 있다.

……있지만, 그래도 그들은 어쩔 수 없이 고전하겠지. 왜냐하면 상대가 「지난 시리즈의 연합군」이니까.

도철, 혼돈, 톳코. 삼 공주에 팔걸. 그리고 시즈마.

유키미야, 아오가사키 선배, 엘미라. 그리고 히노모리 류가.

이 멤버들과 싸우기에는 아무리 생각해도 전력이 부족하다. 72마리의 외에 두 개 정도, 자매 그룹이 필요할 정도다.

'원사이드 게임만큼 따분한 승부도 없는데. 이 상황에서 어떻게 해야 류가와 동료들의 위기를 연출할 수 있을까…… 그게 제2기의 포인트가 되겠지.'

복잡한 표정으로 팔짱을 끼고 있는 나를 보며, 하얀 여우가 빙긋 웃었다.

"뭐, 그 부분은 나도 아이디어를 떠올려볼게. 같이 열심히 하자 코바야시 소년."

이 녀석을 스태프로 받아들이길 잘했다고…… 아주 조금, 그렇게 생각하고 말았다.

이 새 시리즈, 아기토한테만 진행을 맡겨둬서는 안 된다. 일반인이 생각하는 플롯은 거의 자기 혼자만의 세계에 빠지게 되거든. 그래서 우리 같은 전문가들의 도움이 필요하고.

"이어서 두 번째 충고. 너한테는 이쪽이 훨씬 골치 아픈 일일 수도 있어."

"뭐, 뭔데."

"아기토가 결판을 내고 싶어 하는 대상은 히노모리 류가가 아니라—— 코바야시 소년이야.”

“그건 각하!”

나도 모르게 소리를 질렀더니, 궁기가 앞발로 자기 귀를 막았다. 재주도 좋은 여우라니까.

“마음은 알겠는데, 이건 자랑해야 할 일이야. 아기토는 솔로몬으로 각성한 이후로 너에 대한 적개심이 이상할 정도로 커졌거든. 잠꼬대로 부르는 것도 『히노모리 류가』보다 『코바야시 이치로』가 더 많았을 정도야.”

대체 날 얼마나 좋아하는 거야. 아니, 싫어하는 건가.

……그러고 보니 지난번 시리즈 마지막에 아기토가 말했었지. 『히노모리 류가를 둘러싼 나와 너의 싸움은—— 지금부터가 진짜다』라고.

그 한 마디에서도 나를 메인 캐릭터로 끌어올리겠다는 꿍꿍이가 엿보인다. 류가를 히로인으로 바꿔버리고, 시나리오에 쓸데없는 연애 요소를 도입하려는 것이다.

그런 폭거를 용서할 수는 없지. 제2기는 나한테도 친구 캐릭터로 돌아갈 수 있는 마지막 기회니까.

이번에야말로 본편에서 페이드아웃하겠어. 배틀에는 절대로 참가 안 할 거야.

‘그러기 위해서라도 궁기가 들어왔다는 얘기는 숨겨야겠지…… 레이다와 다른 사도들이 부활한 건, 신들의 얄미운 장난으로 밀어붙이는 수밖에 없고.’

그렇게 생각을 정리하고 있는데, 궁기가 이야기를 마무리했다.

“그 두 가지를 확실하게 유의하고, 일단 오늘 예정부터 처리하자. 조금 있다가 히노모리 류가랑 같이 아기토에 맨션에 간다고 했지?”

“그래. 그나저나 아기토는 왜 그렇게까지 날 적대시하는 걸까…….”

“조금 도가 지나치긴 하지. 『코바야시한테 죽음을』이라는 발라드까지 작곡했으니까.”

“대체 어디서 공개할 건데! 그 애절한 데스 송을!”

“게임 주인공 용사의 이름을 『코바야시』라고 정하고, 계속 슬라임한테 맞아 죽는 플레이도 했었고.”

“뭐야 그거 무섭게!”

“현금카드 비밀번호는 5516…… 고고이치로 였고.”

“너무 미워하다가 되레 이상하게 돼버렸잖아!”

다음에 아기토를 만나면 얼굴을 똑바로 바라보지 못할지도 모르겠다.

대체 날 얼마나 싫어하는 거냐고. 아니, 이건 그냥 좋아하는 수준 아냐?

3

"아, 이치로. 벌써 와 있었구나."

내가 합류 장소인 역 앞에서 캔 커피를 마시고 있는데, 류가가 약속 시각보다 15분이나 일찍 도착했다. 오메이 고등학교 남자 교복을 입고 온 걸 보고서 일단 마음을 놓았다.

"안녕 류가. 너야말로 일찍 왔네?"

"상대를 기다리면서 조마조마하는 시간도 데이트의 즐거움 중에 하나니까. 혹시 이치로도 같은 생각 했어?"

생글생글 웃으면서 그런 헛소리를 하시는 주인공님. 어깨에 멘 학교 지정 숄더백에는, 정말로 직접 만든 도시락이 들어 있을 것 같다.

……솔직히 말하자면 나는, 이미 한 시간 전부터 여기에 있었다.

여유 있게 도착해서 류가를 기다리면서, 내부 통신으로 계속 궁기와 이야기를 하고 있었다. 이야기에 정신이 팔려서 지각하지 않도록, 미리 합류 장소에 와 있었다.

'궁기랑 회의하는 건, 혼돈 아저씨가 자는 동안에만 할 수 있으니까. 덕분에 중요한 정보가 또 하나 들어왔다.'

궁기의 말에 의하면, 아기토네 맨션에 있는 크레바스는 ──『나락성』에서 북쪽으로 2km 떨어진 성채로 통한다고 했다.

그곳은 커다란 숲 깊은 곳에 있는, 원래는 사도들의 임시 거점이었던 요새. 하지만 지금은 완전히 잊히고 버려진 성이 됐다나.

——내 생각에, 아마도 아기토는 그곳을 이계에서의 본진으로 삼고 있어.

——『나락성』에서 간단히 물러난 것도 그 본진 때문이 아닐까.

——한마디로 크레바스를 통해서 이계로 간다는 얘기는, 바로 적 본진에 쳐들어간다는 뜻이야. 그걸 잘 생각하는 게 좋아.

궁기는 그렇게 말해줬다.

'크레바스가 이계의 그런 곳으로 이어져 있었구나…….'

생각지도 못하게 적의 중요 기밀을 알고 말았다. 궁기가 봉인되지 않았던 건, 아기토한테도 큰 오산인 게 틀림없다.

'적 본진에 류가가 갑자기 쳐들어가는 건 안 돼. 오늘은 어떻게든 핑계를 대서 크레바스를 확인하는 데까지만 해야지.'

내 속도 모르고, 류가는 도시락 반찬에 관해서 얘기하고 있다.

자세히 봤더니 입술에 뭔가를 바른 것 같다. 뭐야! 가벼운 메이크업 같은 건 하지 말라고! 그런 남자 고등학생이 세상 어디에 있어!

내 시선을 눈치챈 류가가 자랑스레 미소를 지었다.

"아, 이거? 내추럴 컬러 베이지색 립글로스야. 후후, 얼핏 봐선 모르겠지? 아주 훌륭한 류가식 메이크업 테크닉이거든? 후후후후."

"데이트가 아니라고 그렇게 말했는데……."

들떠 있는 주인공을 데리고, 표를 사고서 타는 곳으로 올라갔다.

그랬더니 마침 딱 맞게 전철이 도착했다. 자리도 딱 두 자리가 비어 있어서 나란히 앉을 수 있었고.

……류가랑 같이 다니면 이런 사소한 행운이 찾아오는 경우가 많다.

같이 걸어가다 보면 건널목에서 빨간불 때문에 멈춰서는 일이 거의 없다. 당첨 기능이 있는 자동판매기에서 음료수를 사면 아주 높은 확률로 보너스에 당첨되고.

그건 아마도 히노모리 류가가 세상의 중심이라는 증거다.

이 녀석은 하늘의 사랑을 받고 있다. 보는 눈이 있네, 하늘.

"저기, 이치로. 텐료인 맨션이 있는 크레바스 말인데, 분명히 지하에 열려 있다고 했었지?"

전철을 타고 가는 중에, 옆자리의 류가가 그렇게 물었다.

주위에 있는 다른 손님들한테는 들리지 않도록, 일단은 목소리 볼륨을 낮췄다. 그래서 나도 똑같이 소리를 줄여서 대답했다.

“그래. 거기에 아기토 전용 음악 스튜디오가 있다는 것 같아. 보통은 주차장일 텐데 말이야.”

“고등학생 주제에 맨션 건물주라니, 돈도 많네…….”

지당하신 말씀이기는 한데, 돈이 많으니까 150명이나 되는 사도를 거느리고 먹여 살릴 수 있었다고 말할 수도 있다. 적의 대장을 맡으려면 역시 재력이 필요하다.

“그런데 그건 궁기가 준 정보니까 있는 그대로 믿는 건 위험할지도 몰라. 그【마신】, 심보가 엄청나게 못됐으니까.”

“그, 그랬지.”

“근성이 완전히 비뚤어졌잖아. 나, 그 녀석하고는 도저히 화해하지 못할 것 같아.”

류가 씨, 험담은 부디 거기까지만. 본인이 다 듣고 있으니까.

그때 마침 우리가 내릴 역에 도착해서, 다행히 대화를 중단할 수 있었다. 역사에서 나와 주택가를 5분 정도 걸어갔더니, 바로 목적지인 맨션이 보이기 시작했다.

‘그러고 보니까 여기, 비밀번호를 입력해야 열리는 보안 현관이었는데 말이야. 어떻게 들어가지…….’

뒤늦게나마 걱정을 했는데, 문제는 아주 간단히 해결됐다.

1층 현관문을 밀어봤더니 그냥 열렸다. 보안 기능은 왜 설치한 건데.

"어, 열려 있네. 설마 함정은 아니겠지……."

살짝 경계하는 나를 두고, 류가가 재빨리 안으로 들어갔다.

"텐료인도 이런 문단속 정도는 도움이 안 된다는 걸 알고 있는 게 아닐까. 여기에 크레바스가 있다는 게 우리한테 들켰다는 정도는 그쪽도 알고 있을 테니까."

류가의 말투가 어느새 여자 말투에서 남자 말투로 바뀌어 있었다.

한마디로 주인공 모드로 바꿨다는 얘기다. 그럴 필요가 있다는 뜻이고.

"텐료인이 준비한 진짜 경비는── 저 사람이겠지."

현관문으로 들어가서 몇 걸음 걸어갔을 때, 류가가 갑자기 발을 멈췄다.

……그 전방에 한 소년이 서 있었기 때문이다. 하쿠보기주쿠 고등학교의 순백색 교복을 입은, 불온한 아우라가 감도는 소년이.

'쳇, 벌써 나타나셨나.'

틀림없다. 『악마 빙의자』다. 솔로몬의 72마리 악마 중에 하나다.

얼핏 보기에는 중간 체격에 중간 키를 지닌, 아주 평범한 고등학생. 얼굴도 머리 모양도 수수한 게, 뭔가 특징이 없다. 하지만 이 학생이 평범한 사람이 아니라는 건 일목

요연했다.

온몸에서 풍기는 험악한 요기는 물론이고…… 보다 명백한 것은 이마에서 튀어나온 한 개의 뿔. 마치 오닉스처럼 딱딱해 보이는데, 설마 뾰루지라고 우기지는 않겠지.

그리고 또 하나. 그 소년의 그림자는── 사람 모양이 아니었다.

머리가 세 개나 달리고 수많은 다리가 달린, 본인의 두 배 정도나 되는 커다란 이형의 모습이었다. 아마도 본인한테 빙의한 악마의 본래 모습이겠지.

"……히노모리 류가와 코바야시 이치로. 그렇게 생각하면 되겠지?"

조용히 우리를 바라보며 『악마 빙의자』가 물었다.

나는 은근슬쩍 류가 뒤에 숨으면서, "마, 맞다"라고 대답했다. 내가 생각해도 아주 멋진 겁먹은 연기다. 마침 적당하게 갈라진 목소리도 나왔고.

"그런가. 그럼, 이쪽도 자기소개하지. 나는 하쿠보기주쿠 고등학교 2학년, 쿠로가와 코지. 바엘이라고 부르면 된다."

상대가 말한 이름을 듣고 류가가 한쪽 눈썹을 움찔하고 움직였다.

"바엘…… 72마리 중에 서열 1위, 왕공 랭크의 바엘인가."

"호오. 내 악마를 알고 있었나, 히노모리 류가."

"그렇지 뭐. 72마리 정도는 어젯밤에 다 외웠어. 서열과 랭크까지 포함해서.”

역시나 숙련된 주인공이다. 그 많은 걸 다 외우려면 아주 힘들었을 텐데. 나는 아예 처음부터 외우는 걸 포기해 버렸다.

잠깐, 그런 거로 감탄하고 있을 때가 아니지. 이건 좀 곤란한 사태라고 봐야겠는데.

‘설마 처음부터, 갑자기 서열 1위가 나올 줄이야……!’

이 녀석은 아마도 적 간부 중에서도 필두 격의 존재다.

엄밀히 따지자면『악마 빙의자』의 힘은 깃들어 있는 인간이 지닌 갈망의 강도에 비례한다고 하는데…… 그래도 72 악마 중에서 넘버원이라고 말했으니까, 시시한 존재일 리는 없다.

처음부터 그런 녀석을 보내다니, 역시 아기토는「이야기」라는 걸 전혀 이해하지 못했다. 처음에는 약한 놈을 보내란 말이야! 절차를 제대로 밟으라고!

마음속으로 혀를 차는 내 앞에서, 류가와 바엘이 일촉즉발의 분위기로 이야기를 주고받았다.

“바엘. 네가 이 맨션의 문지기인가?”

“그렇다. 그 누구도 크레바스에 접근하지 못하게 막아라…… 그것이 텐료인 아기토, 즉 솔로몬으로부터의 지령이다. 하지만 그 이전에, 그대들은 형법 130조 주거 침입죄에 저촉되는 행위를 했다. 3년 이하의 징역 또는 10만 엔

이하의 벌금이다.”

갑자기 법률을 들이대는 바엘. 역시 입시 명문 학교 학생답네. 쓸데없는 지식이 많아.

“지금 악마가 인간의 법을 논하는 거야?”

“우리는 악마가 아니다. 『악마 빙의자』다. 즉, 어엿한 인간…… 『나락의 사도』와 다르게 호적도 주민등록번호도 가지고 있다. 그런 우리를 죽이면, 너는 살인죄가 된다. 무기 또는 5년 이상의 징역, 때에 따라서는 사형 판결이 내려질 수도 있다.”

“미안하지만, 너하고 법률에 관해서 얘기하고 있을 시간 없어.”

질렸다는 것처럼 이야기를 끝내버리고 가방을 바닥에 내려놓는 류가.

주인공은 싸울 생각인 것 같다. 가방을 최대한 조심해서 내려놓은 건, 안에 도시락이 들어 있기 때문이겠지.

“바엘. 네 뒤에 있는 비상계단 문…… 거기로 내려가면 지하 스튜디오인가 하는 곳으로 갈 수 있는 거지?”

“그걸 물어서 어쩔 셈이지.”

“당연히 크레바스를 쓰려는 거지. 얌전히 지나가게 해준다면 해를 끼칠 생각은 없는데…… 어쩔 거야?”

“어리석은 질문이다. 말하지 않았나, 그 누구도 크레바스에는 접근할 수 없다고.”

"그렇다면 실력행사로 가는 수밖에 없겠네. 우리는 이계에 가야만 해. 다른 사람들을 응원하기 위해서라도, 리나를 만나기 위해서라도."

류가의 온몸에서 황금색 오라가 뿜어져 나왔다. 그 오라가 류가의 손발로 모여들어서는 투박한 수갑(手甲)과 족갑(足甲)으로 변화했다. 최근에는 이 전투 스타일이 마음에 들어버린 것 같다.

4m 정도 거리를 두고 대치하는 류가와 바엘.

몇 걸음 떨어진 위치에서 그 모습을 지켜보며, 나는 다른 의미로 안달복달하고 있었다.

'이대로 둘이 싸우게 해도 되는 걸까……?'

나는 알 수 있다. 이 싸움, 바엘이 이길 가능성은 만에 하나도 없다.

보통 배틀 스토리에서는 초반에 갑자기 적 간부의 톱이 나타나면 「주인공이 패배한다」라는 엄청난 사태가 벌어진다.

그렇게 해서 『악마 빙의자』가 엄청나게 강하다는 인상을 심어주는 것이다. 보는 사람들이 「이번 적, 장난 아닌데?」라고 생각하게 만들어서, 새로운 시리즈에 관심을 두게 하는 것이다

하지만, 아마도 류가는…… 그런 법칙에는 따르지 않겠지.

서열 1위건 왕공 랭크건, 분위기 파악 못 하고 열심히 때려줄 거야.

'여기서 바엘이 쓰러지면 적 쪽에도 상당히 안 좋은데 말이야. 게다가 그 뒤에 바로 류가가 본거지에 쳐들어가게 될 테고. 크레바스를 역이용해서.'

그렇게 되면 아기토군은 괴멸적인 피해를 보게 될지도 모른다. 새 시리즈가 겨우 이틀 만에 끝날 수도 있다.

안 돼. 이 둘이 여기서 싸우는 건, 아무리 생각해도 악수(惡手)다.

어떻게든 류가를 물러나게 해야 하는데. 크레바스에 다가가게 해서는 안 돼!

'바엘! 여기서, 날 인질로 잡아! 친구 캐릭터의 목숨을 방패로 삼아서, 주인공에게 돌아가라고 하는 거야!'

필사적으로 눈짓을 하면서 호소했지만, 바엘은 차분한 태도만 유지하고 있을 뿐이었다. 야, 지금 여유 부릴 상황이냐고! 지금 너, 완전히 벼랑 끝에 몰려 있어!

"……그렇군. 엄청난 투기다. 그 솔로몬이 한 번이나마 쓴맛을 봤다는 것도 이해할 수 있다."

"그걸 알면서도 싸울 준비도 안 한다는 건, 날 물리칠 자신이 있다는…… 그런 뜻인가?"

"그렇다. 하지만 히노모리 류가, 너를 물리치는 건 내가 아니다."

"뭐?"

"네게 좋은 소식이 있다. 굳이 이계까지 가지 않아도, 네가 찾는 인물은 여기에 있다."

거기서 바엘이 천천히 뒤를 돌아봤다. 자기 뒤쪽에 있는 지하로 통하는 비상계단 철문 쪽을.

거기에 대답하는 것처럼, 조금 지나서 철문이 철컥 소리를 내며 열렸다. 그리고 그 안에서 빼꼼, 하고 얼굴을 내민 사람은── 류가가, 그리고 내가 잘 알고 있는 권법 소녀였다.

"리, 리나?!"

"쿠로가메?!"

동시에 큰 소리를 지은 우리를 보고, 바엘이 차갑게 웃으면서 고개를 저었다.

"아니다. 지금 그녀는 푸르카스…… 72 악마 중에서 유일하게 기사의 칭호를 지닌 악마다."

"기사……."

"그리고 크레바스를 수호하는, 또 하나의 문지기이기도 하지. 그녀는『성벽의 수호자』에서──『크레바스의 수호자』가 되었다."

생각지도 못한 재회에 깜짝 놀란 나와 류가를 향해, 당사자이신 쿠로가메가 다가왔다.

평소와 똑같은 분위기로, 평소와 똑같이 웃으면서, 한쪽

손을 가볍게 들어서 인사를 하면서.

"야호~ 류짱이랑 잇군! 늦잠 자느라 마중 나오는 게 늦었네! 챠하~."

말투와 늦잠 자는 구석까지, 예전과 완전히 똑같았다.

4

어젯밤에 궁기가 『악마 빙의자』에 대해서 이렇게 말했었다.

——그들은 악마의 힘을 이용해서 신체 능력을 경이적으로 향상시켰어. 하지만, 인격까지 차지한 건 아니다.

——성격은 예전과 똑같지만, 그 갈망이 비대해져서 자제심의 「빗장」이 풀어진 상태……라고.

그런 예비지식이 있었는데도, 쿠로가메 리나는 생각했던 것보다 훨씬 쿠로가메 리나였다. 지금까지와 하나도 다를 게 없는, 통상 모드의 거북이였다.

"리나…… 설마 넌, 리나 그대로인 거야……?"

소꿉친구를 향해 류가가 갈라진 목소리로 중얼거렸다.

인격이 그대로라는 것을 사전에 알고 있던 나조차도 곤혹스러울 정도니까. 류가는 나와 비교도 안 될 만큼 당황했겠지.

멍하니 서 있는 류가를 보며, 쿠로가메가 머리를 벅벅

긁었다.

"어제 뒤풀이 파티에 못 가서 미안해! 어떤 음식 나왔어? 엄청나게 기대했었는데 말이야."

각오는 했었지만, 역시 적 간부로서의 위엄 같은 게 하나도 없었다. 악마라는 걸 믿을 수 없는 밝은 모습이었다. 성우 긴가 반죠* 씨한테 박세모** 역을 맡기는 만큼이나 미스캐스팅이다.

'하지만 쿠로가메가 『악마 빙의자』라는 건 틀림없이. 그 증거로…….'

쿠로가메의 이마에는 바엘과 마찬가지로 뿔이 나 있었다. 오닉스처럼 딱딱해 보이는 칠흑의 뿔 하나가. 설마 저걸 혹이라고 하지는 않겠지.

그리고 그림자가 창을 든 노인 모양이었다. 아마 그녀에게 빙의한 악마 푸르카스의 모습이겠지.

무엇보다 쿠로가메는── 이미 양쪽 팔에 검게 빛나는 수갑을 장착하고 있었다. 싸울 생각이 넘쳐난다.

류가의 황금 수갑과 비슷하지만, 사실은 쿠로가메가 오리지널이라고 할 수 있다. 이쪽은 수호신인【현무】를 변화시켜서 건틀렛으로 사용하는 기술을 개발했다.

'즉,【현무】도 같이 어둠으로 타락했다는 뜻인가…….'

---

*긴가 반죠. 중후한 목소리가 특징인 일본의 남성 성우. 대표적인 배역은 기렌 자비

**박세모(미츠히코). 모 소년 탐정 만화에 나오는 어린이 탐정단 멤버. 마른 남자아이

바엘이 여유 있는 태도를 보였던 건, 이런 이유 때문인가.

크레바스를 지키는 게 얼마나 중요한지는 아기토가 나보다 더 잘 알고 있다. 그래서 이 둘을 맨션의 문지기로 배치했겠지.

바엘과 푸르카스. 아마도 『악마 빙의자』 중에서도 쌍벽을 이루는 최강의 태그를.

"리나, 어째서 네가 악마 따위가……."

소꿉친구의 이마에 우뚝 서 있는 뿔을 빤히 쳐다보며, 류가가 비통하게 얼굴을 찌푸렸다.

그런 류가와 다르게, 쿠로가메는 아주 솔직했다. 커다란 눈으로 천장을 보면서, 지난 일을 떠올리는 것처럼 『악마 빙의자』가 된 경위를 말했다.

"그러니까, 뒤풀이 파티에 가다가, 중간에 솔로찡이랑 만났거든. 그리고 솔로찡 왼손에 있는 문장이 번쩍 빛나고 땅바닥에 이상한 문양이 나타났는데…… 그랬더니 왠지, 솔로찡이 하는 말을 거스를 수 없게 돼버렸어."

잘은 모르겠지만, 일단 「솔로찡」이라는 건 아기토겠지. 쿠로가메는 그때 푸르카스가 빙의된 것이다.

뒤풀이 날이라면, 바로 어제잖아. 아주 따끈따끈하네. 그렇다면 역시 쿠로가메는 아기토와 뭔가 숨겨진 관계가 있었던 건 아니라는 뜻인가.

"그랬더니 말이야, 지금까지 계속 참았던 소원들이 막

터져 나와서, 참을 수가 없게 됐고…… 그것 말고 다른 일은 생각도 못 하게 됐다니까!"

계속 참아왔던 소원.

지금 쿠로가메는 그것이 비대화, 폭주한 상태다. 『악마빙의자』가 된 사람은 그것을 자제하는 「빗장」이 풀려버리니까.

"쿠로가메! 네가 품고 있는 갈망이라는 게 대체 뭐야!"

이 긴박한 상황에서 끼어드는 건 좀 그렇지만, 그 질문을 하기로 했다.

그걸 알면 쿠로가메를 되찾는 단서가 될 것이다. 『악마빙의자』가 된 경위를 간단히 폭로할 정도니까, 물어보면 간단히 대답해줄 거야.

"넌 대체 무슨 소원을 숨겨두고 있던 거야! 머리가 좋아지고 싶은 거야? 아니면, 고기를 배불리 먹고 싶은 거냐!"

"땡, 그건 두 번째랑 세 번째 갈망이야."

"그럼, 농구공처럼 커다란 타코야키를 먹고 싶은 거냐!"

"그건 네 번째 갈망이야."

"그럼 가슴이냐! 가슴이 더 커지고 싶은 거야?!"

"아, 그건 생각 못 했네. 다섯 번째 갈망으로 해야지!"

……주위를 둘러보니, 류가와 바엘이 손가락으로 미간을 누르고 있었다.

미안해. 이럴 생각은 아니었는데, 쓸데없는 코미디를 벌이고 말았네.

창피하다고 생각하고 있는데, 쿠로가메가 두 손을 허리에 얹고서 가슴을 활짝 폈다. 그리고는 예상대로, 당당하게 자신이 품고 있는 갈망을 밝혔다.

"나, 강한 사람이랑 싸우고 싶어!"

"……뭐?"

한 박자 늦게, 나와 류가가 동시에 말했다.

정확히 말하자면 바엘도 같이 했다. 아무래도 저쪽도 처음 듣는 얘기인 것 같네.

"한 번이라도 좋으니까, 류짱이랑 진심으로 싸워보고 싶었어! 그리고 레이짱, 시오짱, 엘짱이랑도! 물론 잇군도!"

그게…… 쿠로가메 리나가 품고 있는 갈망? 계속 숨겨뒀던 마음?

"할 수 있다면 텟짱, 혼돈, 톳코랑도! 삼 공주하고도 다시 한번 싸워보고 싶고, 루니에나 시마랑도 싸워보고 싶어! 아으, 생각만 해도 막 두근거린다!"

말하면서 흥분해서 주먹을 마구 휘둘러대는 푸르카스 씨. 어린애처럼 순진한 눈동자였다.

뭐냐고 그 갈망은! 설마 이 정도로 근육 뇌였을 줄이야! 이렇게까지 하루 세끼 밥보다 싸움을 좋아하는 사람이, 오공이랑 유지로랑 야잔* 말고 또 있었을 줄이야!

---

*만화 드래곤볼의 손오공, 바키 시리즈의 한마 유지로, 기동전사 Z건담의 야잔 게이블. 공통점은 본문에 있는 것처럼 하루 세끼 밥보다 싸움을 더 좋아한다

'역시 이 녀석은 제대로 된 적 캐릭터를 맡을 수 없어…… 왜 이런 걸 『악마 빙의자』로 만든 거야! 바엘! 넌 이 건에 대해서 어떻게 생각하는데!'

내 시선을 눈치챈 바엘이 바로 눈을 돌렸다.

봐, 곤란해하고 있잖아! 쟤도 곤란해하고 있어! 하지만 같은 편이 된 지도 며칠 안 됐으니까, 대놓고 뭐라고 말을 못 하잖아! 아르바이트하는 데서 흔히 있는 그런 일이야!

"자, 싸워보자 류짱! 진심의 진심으로! 전력의 전력으로!"

큰소리로 외치고, 쿠로가메가 바닥을 박찼다. 총알 같은 기세로 '와~' 하는 소리를 외치며 돌진했고, 류가를 향해서 흉악하고 강렬한 주먹을 마구 내질렀다.

호흡 한 번에 20~30발. 하나같이 제대로 맞으면 무사하지 못할, 등골이 오싹해지는 일격필살의 주먹이었다. 거기에 발차기까지 섞어서 날리고 있으니, 정말 끔찍하다.

쿠로가메의 맹공 앞에서, 류가는 계속 회피에만 전념하고 있었다.

소꿉친구와 싸우고 싶지 않다…… 그런 생각도 있겠지만, 그 전에 반격할 틈이 없었다. 쿠로가메의 공격은 그만큼 맹렬하고, 치열하고, 격렬했다.

"그, 그만해, 리나! 네가 텐료인을 따를 필요는 없잖아!"

"솔로찡도 푸르카스도 상관없어! 난 내가 하고 싶은 걸 할 거야! 이젠 안 참을래! 배틀 너무 좋아!"

"대련이라면 몇 번이나 했잖아!"

"류짱, 한 번도 진심으로 한 적이 없었잖아! 항상 그렇게 방어만 하고…… 소꿉친구인데 너무 슬퍼!"

"소꿉친구라서 그래! 어떻게 리나한테 진심으로 공격하겠어!"

"싫어~! 난 진짜로 하는 류짱이랑 싸우고 싶어! 꼭 싸울 거야!"

틀렸다. 완전히 떼쓰는 어린애다. 갈망이 보란 듯이 폭주하고 있다.

'그나저나, 정말 강하네.'

『악마 빙의자』가 된 사람은 전투력이 초인적으로 뛰어오른다고 했다.

그건 알고 있었는데, 예상했던 것보다 훨씬 뛰어넘었다. 악마의 힘이 더해진 쿠로가메는 그야말로 감당할 수 없는 버서커가 되었다.

"리나! 그만 좀 해! 아저씨한테 이른다!"

"치, 치사해 류짱! 항상 아빠한테 고자질만 하고! 마당에 분재 깨트렸을 때도 그랬었잖아!"

"그건 어쩔 수 없잖아! 스카치테이프로 붙을 리가 없는데!"

"덕분에 박치기를 세 방이나 맞았어! 아빠가 더 아파했었지만!"

"크, 이 돌머리!"

장절한 공방을 펼치면서 그런 말다툼까지 주고받는 류가와 거북이.

더더욱 안 되겠다. 내가 걱정했던 대로 진지한 분위기가 만들어지지 않는다. 동료였던 사람과 싸우는 비장한 장면인데……!

'어떻게 해야 좋지? 어떻게든 해야 한다는 건 알겠는데…… 아무래도 나도 그게 문제가 아닌 상황이 돼버렸어.'

그렇다. 나는 나대로 두 사람을 신경 쓰고 있을 상황이 아니었다.

왜냐하면―― 바엘이 천천히, 내 쪽으로 걸어왔기 때문이다. 한 손을 주머니에 넣고, 뭔가를 깨작깨작 뒤져대면서.

'무기라도 꺼내려는 건가? 쳇, 남은 사람들끼리 싸우자는 거냐!'

단언한다. 내가 바엘이랑 싸우면 순식간에 끝난다.

하지만, 당연하게도 그런 어리석은 짓을 저지를 생각은 없다. 나는 이 새 시리즈에서, 이번에야말로 친구 캐릭터로 돌아갈 것이다. 배틀은 절대로 안 하기로 정했다.

"제, 젠장, 싸우고 싶으면 싸워보자고! 코바야시 이치로를 얕보지 마!"

입으로는 그렇게 떠들어대면서도 인질이 될 준비를 시

작하려고 한 그때.

"……코바야시 군. 히노모리 류가를 데리고 물러나 주겠나."

어떻게 된 영문인지 바엘이 조용히, 그런 말을 속삭였다. 그리고 주머니에서 꺼낸 물건은 흉기가 아니라 스마트폰이었다.

"어?"

"이대로 두 사람을 싸우게 하면 둘 중 하나…… 또는 둘 다 크게 다치겠지. 그렇게 되기 전에 부디 철수해줘."

그 말의 진짜 뜻을 알 수가 없어서, 나도 모르게 넋이 나가버렸다. 이 자식이 무슨 소리를 하는 거지? 그게 적 간부 필두가 할 소리야?

하지만 바엘의 눈은 진지했다. 목소리에서도 절실함이 느껴졌고.

"부탁이야 코바야시 군. 나와 푸르카스는 솔로몬의 지령에 거역할 수 없어. 너희가 물러나 주는 수밖에 없다고."

"무, 무슨 소리야? 왜 네가, 그런 소리를."

"지금은 그걸 설명할 시간이 없어. 그러니까, 네 휴대전화 번호를 가르쳐줘."

바엘이 스마트폰을 꺼낸 건 내 연락처를 등록하기 위해서인 것 같다.

그런 말을 해도 곤란한데 말이야. 혹시 이건 바엘의 능력인가? 휴대전화 번호를 알아낸 상대를 저주해서 죽이는 이능력이라든지?

어떻게 해야 좋을지 망설이고 있을 때. 갑자기 내 머릿속에 궁기의 목소리가 울렸다. 역시 깨어 있었던 것 같다.

'코바야시 소년. 바엘한테 휴대전화 번호를 가르쳐주자.'

'뭐? 괜찮을까. 혹시 이상한 데 악용하면…….'

'이건 【마신】의 직감이야. 우리는 스토리 플래너로서 바엘의 이야기를 들어야 할 것 같아. 어쩌면 그건— 새 시리즈 성공을 위한 중요한 열쇠가 될지도 몰라.'

'뭐, 뭐라고?'

그렇게까지 말하면 나한테는 선택의 여지가 없다.

어쨌거나 류가와 쿠로가메의 배틀을 어떻게든 해야 한다. 류가를 물러나게 하고 싶은 건 나도 마찬가지니까.

'뻔뻔하게 굴고 싶지는 않지만, 이렇게 됐으니 어쩔 수 없지!'

아직 의심이 남아 있기는 했지만, 그래도 확실하게 결정하기로 했다.

재빨리 바엘한테 내 전화번호를 말해주고, 바로 싸우고 있는 두 사람 쪽으로 뛰어갔다. 그리고 쿠로가메의 주먹이 정신없이 날아다니는 위험 영역으로, 망설임 없이 뛰어들었다.

'여기, 편집해야 한다!'

'나도 알아.'

일단 궁기한테 그렇게 말한 뒤에, 나는 고속 스텝으로 쿠로가메의 연타를 전부 피해버렸다. 마지막으로 날아온 펀치를 피하고, 그리고는 그 팔을 붙잡아서 던져버렸다.

"이, 이치로?!"

"일단 물러나자, 류가!"

이어서 곤혹스러워하는 주인공의 팔을 붙잡고, 무작정 현관문 밖으로 달려갔다.

내가 집어던진 쿠로가메는 공중에서 몸을 틀고, 천장을 박차고, 벽을 차고서 탓, 하고 바닥에 착지했다. 알고 있다. 거북이한테 저 정도 던지기 기술은 안 통한다.

"와우! 역시 잇군이야! 잠깐만! 더 하자!"

거북이의 환호를 무시하고, 나는 곧장 출구를 향해 뛰어갔다. 배틀에 개입하기 직전에 류가의 가방도 챙겨뒀다.

"기다려 이치로! 리나를 두고 가려는 거야?!"

"지금의 쿠로가메는 설득해봤자 소용없어! 오늘은 일단 포기하자!"

"그, 그래도!"

"쿠로가메는 이런 초반에 상대할 존재가 아니야! 아무래도 수호신까지 다크 사이드로 타락해버린 것 같으니까! 【블랙 현무】가 돼버린 것 같아!"

"그거 중복 표현이거든! 현무에 『현(玄)』은 검을 현자란 말이야!"

그런 딴죽을 날리면서, 류가도 어쩔 수 없이 철수 제안을 받아들였다. 지금은 내가 손을 잡아끌지 않는데도 얌전히, 나란히 달려가고 있다.

그건 정말 고마운 일이지만, 문제는…… 뒤쪽에서 엄청난 속도로 따라오고 있는 쿠로가메였다. 위험해, 너무 빨라! 이대로 가다간 밖으로 나가기 전에 잡히겠다!

"아하하하하, 기다려, 기다리라고~!"

바로 등 뒤까지 다가온 목소리가 천진난만하니까 되레 더 무섭다.

도망칠 수 없다── 그렇게 포기하려고 한순간, 갑자기 바엘의 고함이 날아왔다.

"그만해라 푸르카스! 네 사명은 크레바스를 수호하는 것이다! 가려는 자를 추격할 필요는 없어!"

"바에찌 명령 따위는 안 듣거든!"

"내가 아니다! 이것은 솔로몬의 명령일 텐데!"

"뭐, 뭐야~!"

현관에서 뛰쳐나온 우리 등 뒤에서, 쿠로가메의 기척이 멀어져갔다. 바엘이 아슬아슬한 순간에 도와준 덕분에 살았다.

"아으~ 거기 둘 컴백! 플리즈 리턴 마이 백!"

"그만해라 푸르카스! 그건 우리말로 옮기면 『제 가방을 돌려주세요』다! 저 가방은 히노모리 류가의 물건이다!"

바엘의 그런 딴죽을 들으면서, 나와 류가는 맨션에서 이탈했다.

미안해 바엘. 안됐지만 당분간 거북이 돌보는 건 너한테 맡길게.

5

그 뒤에, 아기토의 맨션에서 간신히 탈출한 나와 류가는 다시 전철을 타고 우리 동네로 돌아왔다.

맨션 부근에 있으면 류가가 또 쿠로가네 양을 만나러 갈지도 모르니까. 그래서 어떻게든 류가를 설득해서 오메이쵸까지 철수했다.

'하아…… 왠지 피곤하네.'

……적 간부가 돼버린 쿠로가네 리나는 상상했던 것보다 훨씬 위험한 존재였다. 아군일 때도 귀찮았는데, 적이 되니까 훨씬 더 귀찮았다.

'설마 쿠로가메가 동료와 싸우고 싶어 했을 줄이야…… 게다가 그중에 나까지 들어 있고…….'

충격적인 사실에 놀라면서도, 처음에 만났던 역 앞 광장까지 왔다.

그랬더니 류가는 비틀거리며 한쪽 구석에 있는 벤치로

걸어갔고, 그대로 힘이 빠진 사람처럼 털썩 앉고 말았다. 게다가 머리까지 쥐어뜯으면서.

조금 전에 있었던 배틀이 상당히 힘들었던 것 같다. 육체적인 것보다 정신적인 면에서.

"큰일이 났네…… 어떻게 해야 좋을까."

어울리지 않게 우는소리를 하는 류가에게, 지금은 진심으로 동의했다.

참고로 이 벤치는 세 방향이 화단으로 둘러싸여서 지나가는 사람들한테는 잘 보이지 않은 곳이다. 풀 죽어 있는 주인공을 목격당할 가능성은 거의 없겠지.

"저기, 이치로. 아까 말했던 갈망이 어쩌네 하는 얘기…… 그게 무슨 의미야?"

그랬다. 그 정보를 류가한테는 아직 말하지 않았었다.

"아니, 그게…… 이계로 전이시켰던 혼돈이 그랬거든. 『악마가 빙의한 인간은 마음속에 숨겨져 있는 갈망이 비대해져서 폭주하는 것 같다』라고. 보고가 늦어서 미안해……."

사실은 궁기한테 들은 얘기지만 그 부분은 숨겨두자. 나중에 혼돈 쪽에도 손을 써둬야겠다.

"그 갈망이, 『나나 다른 사람들과 싸우고 싶다』라는 거야? 그게 리나의 소원……?"

"그렇겠지. 하지만 생각하기에 따라서는 쿠로가메 다운 갈망이라고 생각해. 그거라면 일반인들한테 해를 끼칠 걱

정도 없지 않을까?"

아마도 쿠로가메는 강한 사람한테만 관심이 있을 테니까.

게다가 웬만큼 강한 정도로는 안 된다. 최소한 맨손으로 콘크리트를 부수거나 가까이서 쏜 총알을 피할 정도 수준이 돼야 쿠로가메의 눈에 들겠지.

어쨌거나 쿠로가메의 갈망이 판명된 것만으로도 맨션에 갔던 보람이 있었다. 그렇게 생각하기로 하고, 나는 최대한 밝은 목소리로 류가를 위로해줬다.

"아무튼, 그 맨션에 가면 쿠로가메가 있다는 건 알았어. 한마디로 우리가 보고 싶으면 언제든지 만날 수 있다는 뜻이야."

"……."

"쿠로가메의 임무가 크레바스 수호라면, 이계에 가 있는 다른 사람들과 싸울 일도 없을 테고. 그게 제일 큰 걱정거리였잖아."

"……응. 그랬지."

위로가 먹혔는지, 마침내 류가가 고개를 끄덕였다.

"분명히 리나가 맨션에 상주하고 있는 건 불행 중에 다행일지도. 거기에 가까이 가지만 않으면, 리나는 아무것도 못 할 테니까."

"맞아. 그래서 류가, 아쉽지만 당분간 크레바스 이용은 포기하자. 어차피 내일 밤이면 혼돈 아저씨가 문을 열어줄 테니까. 유키미야, 아오가사키 선배, 엘미라가 돌아온 뒤에 다시 대책을 세우자."

현재 상황에서는 그게 최선의 흐름이라고 생각한다.

크레바스가 적의 본거지와 연결된 이상, 함부로 사용해서는 안 된다. 그걸 사용할 기회가 있다면, 그건 시리즈 종반…… 쿠로가메를 되찾는 것도 그 정도 타이밍이 좋겠지.

"악마가 빙의하면 갈망이 더 커진다는 말이지…… 텐료인 자식, 사람 마음을 가지고 놀다니. 용서 못 해."

그런 혼잣말을 하고, 갑자기 자기 두 볼을 짝짝 두드리는 류가.

어떻게든 마음을 다잡으려는 것이겠지. 소꿉친구가 적이 된 괴로움, 답답한 마음을 투지로 바꾸려는 것이리라.

그래야 내 주인공이다. 참고로 얼굴에 스킨을 바를 때는 그렇게 세게 두드리지 않는 게 좋다는 것 같던데.

"리나는 가까운 시일 내에 반드시 되찾을 거야. 아니, 『악마 빙의자』가 된 사람들 전부, 반드시 해방하겠어. 아까 그 바엘도."

새롭게 결의를 선언하고, 류가가 벌떡 일어났다.

그 눈동자에 망설임은 보이지 않았다. 이렇게 씩씩한 표정의 류가를 보면 항상 가슴 속이 뜨거워진다. 립글로스를 바르고 온 건 눈감아주자.

내가 사람 좋은 할아버지처럼 흐뭇한 미소를 짓고 있었

더니, 갑자기 주인공이 내 쪽을 봤다.

"맞다. 이치로, 도시락은 어떻게 할까?"

"도, 도시락?"

"좀 이르기는 하지만, 기왕 싸웠으니까 여기서 먹을까. 여기라면 누가 보지도 않을 테고."

다시 여자아이 모드로 돌아와 있었다. 답답한 마음을 투지로 바꾼 줄 알았더니, 소녀의 마음으로 바꾼 거였다. 지금까지 키워온 터프한 정신력을, 안 좋은 의미로 잘 활용하고 있다.

"그러면 저기 편의점에서 마실 거 사 올게. 아, 리나네 집에도 내가 연락할게. 어디 있는지는 알았으니까 걱정하진 마시라고."

쇠뿔도 단김에 빼라는 것처럼 서둘러서 뛰어가는 류가.

그 뒷모습을 복잡한 심경으로 바라보고 있는데——

"이거 큰일이네, 코바야시 소년."

내 옆에서 톤이 높은 목소리로 그런 말이 들려왔다. 고개를 돌려보니 조금 전까지 류가가 앉아 있던 자리에 작고 하얀 여우가 있었다.

"멋대로 나온 거냐…… 류가가 돌아오기 전에 들어가라?"

"나도 알아. 그나저나 벌써 쿠로가메 리나가 등장해버렸네. 그 녀석을 적 캐릭터로서 성립시키려면 고생깨나 해야 할 것 같아."

가슴 아픈 코멘트를 들으면서, 궁기한테 얼굴을 들이댔다.

마침 잘 됐다. 이 녀석한테 확인하고 싶은 게 있었는데.

"그것보다 궁기. 왜 바엘한테 내 휴대전화 번호를 가르쳐주라고 한 거야? 그 녀석이 새 시리즈의 열쇠가 될지도 모른다는 게…… 대체 무슨 얘긴데?"

"그때도 말했던 것처럼 【마신】의 직감이야. 그 사람한테서는 왠지…… 너와 비슷한 냄새가 났거든. 굳이 표현하자면, 조연의 냄새라고나 할까."

"조연의 냄새?"

"바엘, 그러니까 쿠로카와 코지는 분명히 아기토의 소꿉친구였어. 그리고 처음 행해졌던 소환 의식에서 『악마 빙의자』가 된, 오컬트 연구회의 정식 부원이기도 하고."

그 녀석, 완전 초기 멤버였구나.

나랑 같은 냄새가 난다는 건, 친구 캐릭터의 소양이라도 가지고 있는 건가? 분명히 적 간부치고는 뭔가 특징이 없는, 수수한 외모이기는 했는데…….

"지금 단계에서는 더는 할 말이 없지만, 어차피 얼마 안 가서 바엘 쪽에서 연락해올 거야. 그걸 기다리는 수밖에 없어."

"설마 고소한다는 연락은 아니겠지…… 그 녀석, 법에 대해서 잘 아는 것 같던데."

"괜찮아. 만약 그런 일이 생기면 네 변호인은 내가 맡을게."

"여우가 법정에 들어갈 수 있겠냐!"

내가 딴죽을 걸었더니 궁기가 깔깔 웃었다.

이【마신】, 상황을 즐기고 있는 건 아닐까? 『솔직히 말해서 난 재미있기만 하면 돼』라는 소리도 했었고…… 정말로 믿어도 되는 걸까.

"잘 들어 코바야시 소년. 시나리오라는 건 말이야, 항상 예정대로 굴러가지 않는 법이야. 난 지난번 시리즈에서 그걸 뼈저리게 배웠지. 너도 그렇지 않았어?"

"그렇지 뭐. 거의 너 때문이었지만."

"중요한 건 임기응변으로 대처하는 유연함이야. 바엘 문제도 그렇고 교전 상태인 이계 문제도 그렇고 말이야…… 그러고 보니까 코바야시 소년, 오늘은 톤짱이랑 얘기 안 했었지?"

"그래. 혼돈 아저씨, 아침부터 계속 푹 자고 있으니까. 아직 이계 쪽 최신 정보도 가르쳐주지 않았어."

혼돈은 밤 1시, 그리고 새벽 5시에도 전이했을 텐데.

하지만 뭔가 메모도 남겨놓지 않은 걸 보면 큰 변화는 없다는 뜻이겠지. 여전히 수만이나 되는 사역마 군단을 구제하고 있을 거라고 추정된다.

안 그래도 이계는 인간계보다 시간 흐름이 느리다. 다른 사람들이 이계에 쳐들어간 지도 약 16시간…… 그쪽 시간으로는 아직 8시간 정도.

"새벽에 이계에서 돌아온 혼돈이 혼잣말했어. 『이젠 군이 상황을 보러 갈 필요도 없겠네』라고."

"그러니까, 예상보다 우세라는 얘긴가……."

"그렇다면 내가 해방해서 부활한 사도들도 이미 합류했을 가능성이 크다고 봐야겠지. 우리로서는 얌전히 기뻐할 상황이 아니야."

분명히 그렇다. 만약에 72마리 악마 중에서도 몇 명이 쓰러졌다면, 앞으로의 밸런스 조정이 상당히 힘들어진다. 아직 류가는 거의 활약하지도 않았는데.

"역시 전력을 너무 많이 보냈나…… 내일이면 사신 히로인즈는 물론이고 텟짱이랑 삼 공주도 돌아오라고 해야 할지도 모르겠네."

내가 중얼거리자 궁기가 뒷발로 귀를 박박 긁으면서 찬성했다.

"그러게. 그냥 큰맘 먹고 조용히 철수하는 쪽이 좋을지도 모르겠어. 이야기를 재미있게 만들려면 초반에는 이쪽이 열세여야만 하니까. 그 난국을 히노모리 류가가 타개해야 주인공으로서 빛나는 법――"

나와 궁기가 그런 못된 밀담을 나누고 있는데.

"어라? 그거 혹시 여우……?"

갑자기 들려온 목소리 때문에, 우리 둘이 동시에 움찔하고 놀랐다.

깜짝 놀라서 고개를 들어보니 페트병 두 개를 들고 있는 류가가 바로 코앞까지 다가와 있었다. 이런, 이야기에 너무 정신이 팔렸다! 지금 와서 궁기한테 들어가라고 할 수도 없잖아!

'궁기! 일단 그냥 여우인 척해! 류가한테 네 존재를 들키면 안 되니까!'

내가 눈짓을 보냈더니 궁기가 자세를 바로잡았다. 언제든지 화단에 있는 덤불로 도망칠 준비를 하면서.

"우와. 여우 자체도 신기한데, 이렇게 새하얀 색이라니…… 얘, 어떻게 된 거야?"

특별히 수상하게 생각하지도 않고 하얀 여우의 머리를 쓰다듬는 류가. 설마 상대가 지난 시리즈의 마지막 보스였다는 건 꿈에도 생각하지 않는 것 같다.

"가, 갑자기 나타났어. 도시락 냄새를 맡고 온 게 아닐까?"

그렇게 말했더니 궁기가 「캐, 캥」 하고 울었다. 야, 너무 뻔한 거 아니냐? 그리고, 여우가 진짜로 캥캥하고 우는 게 맞아?

하지만 류가는 바로 웃는 얼굴이 됐고, 게다가 궁기를 안아 들기까지 했다.

"너, 배고픈 거니? 주먹밥이라도 괜찮다면 먹을래?"

“캐, 캥.”

“아하하, 사람을 잘 따르네, 귀엽다~. 이치로, 얘한테도 도시락 줘도 될까?”

궁기를 무릎에 얹은 채로 벤치에 앉더니 가방에서 도시락을 꺼내는 류가. 류가가 손바닥에 얹어서 내민 주먹밥을 어쩔 수 없이 덥석 베어 무는 하얀 여우.

“어떠니 흰둥아, 입에 맞아?”

“캐, 캥.”

하다하다 「흰둥이」라는 이름까지 지어주고 말았다.

하지 마! 주인공! 그 녀석은 예전에 마지막 보스였던 놈이라고! 네가 심보가 엄청나게 못되고 근성이 비뚤어졌다고 했던 『마신』이야!

그렇게 말하지도 못하고, 나는 쓰린 속을 부여잡으면서 지켜보는 수밖에 없었다. 류가와 궁기의 마음이 따뜻해지는 교류의 장면을.

“자, 흰둥아. 손.”

주먹밥을 하나 먹을 때마다, 류가가 하얀 여우한테 그런 걸 요구했다.

궁기가 슬쩍슬쩍 도와달라는 눈짓을 했지만, 나는 고개를 젓는 수밖에 없었다. 참아라, 궁기. 지금의 넌 그냥 여우야. 중요한 건 임기응변으로 대처하는 유연함이니까.

“자, 흰둥아. 엎드려.”

"캐, 캥……."

"일어나."

"캐, 캐, 캥……."

"꺄아~! 진짜 똑똑하다~! 얘, 우리 집에 데려가서 키울까?"

결국 말을 잘 듣는 하얀 여우를 끌어안고서 볼까지 문질러대고 있다. 당연한 얘기지만 궁기는 무뚝뚝한 얼굴이다. 지난번 시리즈에서 저질렀던 악행의 대가를 참신한 형태로 치르고 있었다.

"저, 저기 류가. 너무 만져대지 않는 게 좋을 것 같은데 말이야? 여우한테는 일반적으로 에키노코쿠스라는 기생충이 있을 우려가……."

"괜찮아. 히노모리 가문 사람들은 오라로 기생충을 죽일 수 있거든."

"그런 설정은 처음 듣는데?!"

"흰둥이한테 있는 에키노코쿠스도 다 없애줄게~."

류가가 손바닥에 오라를 발생시키고 궁기의 온몸을 쓰다듬었다.

'나, 에키노코쿠스 같은 거 없는데…….'

당장이라도 울 것 같은 궁기 앞에서, 류가가 "아, 그렇지"라고 말하고는 가방을 뒤적거렸다. 그리고 꺼낸 것은 어묵 모양 고양이 장난감이었다.

"자, 흰둥아. 점프!"

'어, 어째서 그런 걸 가지고 다니는 건데?!'

머리 위에서 흔들리는 어묵 장난감을 향해서 에라 모르겠다는 심정으로 뛰어오르는【마신】. 엄청난 굴욕이겠지.

'힘내 궁기! 열심히 여우 행세를 하는 거야!'

'이건 고양이잖아!'

잠깐 궁기한테 식후 운동을 시킨 뒤에, 류가가 다시 여우를 안아 들었다. 뒷발이 대롱대롱 늘어져 있는 하얀 여우를 보면서, 갑자기 쿡쿡 소리를 내며 웃었다.

"아, 너 수컷이었구나. 귀여운 고추가 달려 있네~."

그 결정적인 한 마디에, 궁기가 부들부들 떨었다. 엄청난 굴욕이겠지.

6

그 뒤로 약 한 시간이 지나, 류가가 겨우 궁기랑 노닥거리는 걸 그만뒀을 때.

점심을 마친 우리는 그대로 아오가사키 선배네 집에 가기로 했다. 이유는 그녀의 아버지께 딸이 어젯밤에 집에 들어오지 않은 이유를 설명하기 위해서.

유키미야네 집에는 '시오리 양은 이틀 동안 세바스찬과 여행을 갔습니다'라고 설명해뒀다.

엘미라는 혼자 사니까 특별한 문제는 없을 테고.

쿠로가메네 집에도 류가가 연락했을 테니까 됐고…… 그렇게 해서, 마지막으로 남은 아오가사키 선배쪽에도 얘기해두기로 했다.

"아무리 검의 달인이지만, 레이짱도 다 큰 외동딸이니까. 역시 아버님이 걱정하고 계시겠지."

"그러게. 일단 『쿠로가메와 수행하러 산으로 갔다』라고 해둘까?"

"응. 그 둘은 실제로도 그런 적이 있으니까."

그렇게 말을 맞추는 사이에, 아오가사키 저택의 문 앞까지 왔다.

……아오가사키 선배네 집은 삼백 년의 역사를 가진 유서 깊은 검술 도장. 하지만 규모는 작고, 문하생도 동네 초등학생들밖에 없는 상황이다.

그 원인 중의 하나가, 같은 오메이쵸에 있는 「월상관」이라는 신흥 검술 도장이다.

이 동네에서 검을 배우는 사람들은 거의 그쪽으로 입문한다. 한때는 서로의 간판을 걸고서 대항전을 벌이는 지경까지 갔지만…… 지금은 그럭저럭 양호한 관계가 됐다.

'월상관의 후계자인 야마나시 아사오 씨의 존재가 컸지. 결국 그 사람은 아직도 아오가사키 선배를 좋아하고 있으니까.'

예전에 『나락의 사도』 중의 한 사람인 간장 바론에게 조종당했던 야마나시 씨는, 아오가사키 선배를 손에 넣기 위해서 억지로 결혼을 추진했었다.

하지만 아오가사키 선배의 활약으로 그 꿍꿍이를 저지하는 데 성공했다. 지금 생각해보면 「인간에게 빙의한다」라는 바론의 능력은 72 악마와 약간 겹치는 것 같다는 기분이 든다.

'그런 아오가사키 선배와 바론이, 지금은 이계에서 같이 싸우고 있을 수도 있다는 건가…… 악마들을 놔두고 리턴 매치를 벌이고 있는 건 아니겠지.'

그렇게 우려하는 내 앞에서, 류가가 초인종을 눌렀다.

이 시간이면 훈련 중인지도 모른다. 아오가사키 선배네 아버지의 심각했던 요통이 나아서 사범으로 복귀했다고 하니까.

'아오가사키 선배네 집은 어머니가 안 계셨지. 아버지 성함이 토우고 씨라고 했던가?'

인터폰으로 대답이 돌아왔는지, 류가가 저택 안으로 들어갔다.

문 앞에 서서 그 모습을 지켜보고 있었더니, 류가가 이상하다는 얼굴로 날 보면서 말했다.

"어라, 이치로는 같이 안 갈 거야?"

"아, 응. 미안하지만, 난 여기서 기다릴게."

……솔직히, 아오가사키 선배네 아버지는 만나고 싶지 않았다.

왜냐하면, 아오가사키 선배가 토고 씨한테 나를 「관심이 가는 이성」이라고 소개했다는 것 같거든. 아주 친밀한 관계인 사이라고.

한마디로 내가 동행하면 일이 아주 귀찮아질 우려가 있다. 만약에 류가 앞에서 '자네는 레이와 진지하게 교제하고 있나?'라고 묻기라도 하면, 그야말로 절체절명이다.

그러니까 여기서 기다리자. 군자는 위험한 곳에 가까이 가지 않는다고 하잖아.

"이치로 말이야, 레이짱네 아버지 만나는 게 처음이잖아? 제대로 인사해두는 게 좋지 않겠어?"

"다, 다음에 할게. 내가 낯을 많이 가리거든. 수줍음이 많아서."

"내가 만난 사람 중에서 제일 붙임성이 좋은데?"

"아무튼, 오늘은 좀 봐줘! 왠지 아오가사키 선배네 아버님이 날 싫어하는 것 같단 말이야! 만나면 절체절명의 위기에 빠질 것 같은 기분이 들어!"

"뭐야, 어쩔 수 없네…… 그럼 나 혼자 갔다 올게. 금방 올 테니까 흰둥이랑 같이 기다려."

그렇게 말하고, 류가는 혼자서 집 안으로 들어갔다. 이건 빚으로 달아두자.

……사실은 문 앞에 남은 이유가 또 하나 있다.

그건 내 발밑에 얌전히 앉아 있는 이 하얀 여우 때문이다. 결국 내 안으로 들어갈 타이밍을 찾지 못해서 여기까지 따라오고 말았다.

'좋았어, 이제 궁기를 회수할 수 있겠다. 그나저나 류가 자식, 완전히 이 녀석을 여우라고 생각하고 있네…….'

현재 궁기는 방울 달린 목걸이를 차고 있었다.

아오가사키 선배네 집에 오기 전에, 류가가 역 앞 쇼핑몰에 있는 펫숍에서 사준 것이다. 혹시 우리 주인공은 정말로 흰둥이를 자기 집에 데려갈 생각인 걸까.

"어때 코바야시 소년. 이거, 어울려?"

"왜 은근히 자랑스러워하는 건데……."

"선물이라는 걸 처음 받아봤거든."

의외로 기뻐하는 궁기를 보면서 탄식하고, 빨리 들어오라고 명령하려던 그때.

"——어머나, 코바야시 군?"

류가가 들어간 저택 대문에서 여고생 한 사람이 나왔다. 나와 똑같이 오메이 고등학교 교복을 입고 죽도 집을 어깨에 멘 소녀가.

언더 림 안경이 잘 어울리고 한눈에 봐도 성실해 보이는데다 몸매도 좋은 미인이다. 아오가사키 선배 정도는 아니지만, 서 있는 자세만 봐도 상당한 실력자라는 걸 알 수 있었다.

"미야모토?"

그렇다. 나는 이 소녀를 알고 있다.

원래 월상관에 다녔지만, 지금은 이 아오가사키 도장에 단기 입문한, 10월부터 오메이 고등학교의 새로운 학생회장이 된 미야모토 치즈루다.

참고로 야마나시 아사오 씨하고는 사촌 관계이고, 지금은 검술 실력으로 야마나시 씨를 뛰어넘었을지도 모른다는 이야기가 있다.

"혹시 배우러 왔어? 아쉽게도 아오가사키 선배는 오늘 없는데."

물론 알고 있지만, "그, 그렇구나"라고 말하면서 웃어넘겼다.

"미야모토는 지금 돌아가는 거야? 아오가사키 선배가 없으면, 여기서 연습해봤자 소용없겠지."

사실 미야모토는 아오가사키 레이의 검을 배우고 싶어서 일시적으로 이 도장에 재적하고 있을 뿐이다. 그러고 보니까 미야모토가 여기 다닌 지도 벌써 두 달이 넘었나.

그런데도 미야모토는 월상관으로 돌아갈 기미가 없었다. 게다가 최근에는 초등학생들을 가르치는 역할까지 맡았다고 한다. 너무 심하게 적응한 게 아닌가 싶은데.

"오늘은 사범님께 배웠어."

내 질문에 웃으면서 어깨를 으쓱거리는 미야모토.

처음에는 좀 깐깐하다는 인상이었지만, 여기에 입문한 뒤로는 표정이 부드러워졌다. 역시 「마음」을 중시하는 아오가사키 도장이야.

"사범이라면, 아오가사키 토고 씨?"

"맞아. 아오가사키 선배한테도 지지 않는 검술 실력을 지니셨어. 검사로서도 인간으로서도, 정말로 존경하는 분이야."

그렇구나, 아버님께도 배우고 있구나. 완전히 아오가사키 쪽 사람이 됐네.

"그래서 최근에는 정말 월상관으로 돌아가야 하는지 고민하고 있어. 어쩌면…… 여기가 나한테 맞는 게 아닌가 싶거든."

"그러고 보니까 전에 아오가사키 선배도 말했어. 미야모토는 검술 재능이 대단하다고. 언젠가는 자신과 어깨를 나란히 하는 영역에 도달할지도 모른다고도 했었지."

"그렇게 말했다면 더더욱 여기에 남고 싶어지네. 아이들 가르치는 것도 생각보다 재미있거든. 나도 공부가 되고."

그렇다면 차라리 완전히 이적하는 게 좋지 않을까. 하는 김에 내 마음의 오아시스 사사키 요스케 씨도 소개해주면 좋겠는데. 그런 생각을 하고 있는데.

"그런데 코바야시 군. 아까부터 궁금했는데 말이야……."

갑자기 미야모토 양이 내 발 쪽으로 시선을 옮겼다.

거기에는 말할 필요도 없이, 미야모토를 올려다보고 있는 궁기가 있었다. 미야모토가 갑자기 나타난 탓에, 또 들어가지 못했다.

"그 아이, 여우지? 목걸이를 봐선 누구네 집에서 키우는 앤가?"

"아, 그게…… 그냥 멋대로 따라왔다고 할까…… 씌웠다고 할까……."

횡설수설 설명하는 나를 무시하고, 무릎을 굽혀 궁기를 바라보는 미야모토. 한쪽 손을 안경에 얹고, 하얀 여우를 몇 초 동안 빤히 관찰했다.

"얼굴이 정말 단정하네. 이마나 볼의 문양도 정말 멋지고."

'단정하대! 멋있대!'

미야모토 양의 평가를 들은 궁기가 꼬리를 흔들면서 기뻐했다.

류가한테 「귀엽다」라는 말을 들었을 때는 아무 반응도 없었는데, 「멋있다」라는 말은 기쁜 것 같다. 그런 부분은 【마신】으로서의 고집인가.

"나, 여우를 좋아하거든. 일설에 의하면 여우와 인간의 관계는 개보다 훨씬 오래됐다고 해. 귀엽고, 똑똑하고, 사냥의 명수…… 세상에서는 주로 개를 좋아하는 사람 고양이를 좋아하는 사람으로 나누지만, 여우는 그 양쪽의 매력을 겸비한 동물이 아닐까."

궁기의 머리를 쓰다듬으면서, 평소와 다르게 말을 많이 하는 미야모토. 아무래도 여우에 대해서 일가견이 있는 것 같다.

"코바야시 군, 그거 알아? 우리나라 사람들한테 아주 익숙한 이나리 신사⋯⋯ 거기 모셔진, 이나리 신이라고 부르는 우카노미타마노카미는 하얀 여우를 심부름꾼으로 삼고 있어. 그만큼 여우, 특히 하얀 여우는 신성한 존재라는 뜻이야."

'나, 얘 마음에 들었어!'

더더욱 기분이 좋아져서 미야모토 양의 손을 날름날름 핥아대는 궁기.

너무 귀엽게 굴지 마! 그게 【마신】이 할 짓이냐! 나는 하얀 여우보다 붉은 여우가 더 좋다고!

"만약에 기르는 사람이 없다면, 내가 데려가고 싶은데."

'갈래, 갈래! 데려가 줘!'

그런 소리를 하면서, 자발적으로 두 발로 서는 전직 마지막 보스. 아, 진짜⋯⋯.

일단 적당한 핑계를 대서 미야모토가 단념하게 하자, 미야모토는 아쉬워하면서도 일어나서 발을 돌렸다.

"그럼 코바야시 군, 다음에 봐. 가끔 도장에도 들르고.

당신하고 대련하는 것도, 내가 여기에 다니는 이유니까."

"나, 나도 알아."

아기토에 쿠로가메에 미야모토…… 곤란하게도 나랑 싸우고 싶어 하는 사람들이 점점 많아지고 있다.

어쩔 수 없이 고개를 끄덕인 나한테 "좋아"라는 말과 함께 미소를 지어 보이고, 미야모토가 걸어갔다.

그랬나 싶더니, 바로 걸음을 멈추고 다시 이쪽을 봤다.

"아, 그렇지. 타나카 씨가 내년부터 아오가사키 도장에 돌아온다는 얘기는 들었어?"

"뭐? 타나카 씨?"

갑작스러운 질문에 깜짝 놀랐다. 타나카 씨…… 누구지? 미야모토의 말투를 보면 내가 알고 있는 사람 같은데.

"아오가사키 선배 소꿉친구, 타나카 카즈히코 씨. 대항전에서 히노모리 군이랑 싸웠던 사람이야."

"……아."

생각났다! 전에는 아오가사키 도장 문하생이었지만 월상관으로 이적했던 사람이었지! 검사 아오가사키 레이한테 심취했던 잡몹 같은 사람이다!

"다, 당연히 기억하지. 타마하라 상고 3학년이잖아. 아마 여자 친구도 있었지?"

"어머나, 그런 것까지 알고 있어? 의외로 자세히 알고 있네"

타나카 씨가 돌아온다는 이야기는 나도 전부터 들었다. 그 사람도 고등학교 검도에서 전국대회에 나갈 정도의 실력이었지. 월상관 쪽에서는 아까운 인재를 놓치는 꼴이 된다.

"대학 입시 끝나면 돌아온다고 했던가?"

"맞아. 그런데…… 그것 때문에 여자 친구랑 다투고 있다는 것 같아."

"다퉈? 왜?"

"아무래도 타나카 씨 여자 친구는 꽤 질투가 심한가 봐. 예전부터 계속, 타나카 씨랑 아오가사키 선배 사이를 의심했던 것 같거든. 그런데 아오가사키 도장으로 돌아간다고 했으니까……."

한마디로 커플들 사이에 일이잖아. 네 이놈 타나카, 잡몹 주제에.

떨떠름한 표정을 지은 나를 보고 미야모토가 씁쓸하게 웃었다. 이어서 부자연스레 어흠, 하고 헛기침을 했나 싶더니―― 이해할 수 없는 말을 했다.

"난 그렇게까지 속박하지 않으니까, 안심해."

"……."

뭘 안심하라는 건데?

"하지만, 의외로 의존하는 타입인지도 몰라. 그건 각오해둬."

"……."

뭘 각오하라는 거야?

"혹시 안경 쓴 여자를 싫어하면 말해줘. 렌즈로 바꿀 테니까."

마지막에는 윙크를 날리고, 미야모토 양은 후다닥 뛰어가 버렸다.

……그랬었지. 월상관과의 대항전에서 상대한 이유로, 미야모토 여사는 나한테 관심을 보였다. 그 플래그, 여전히 살아 있었나.

'처음 만났을 때는 그렇게 싫어했는데…….'

멀어져가는 미야모토의 뒷모습을 씁쓸하게 지켜보는 내 발밑에서 궁기도 아쉽다는 것처럼 미야모토를 바라보고 있었다. 따라가고 싶은가보다.

"왠지 인간과 공존하는 것도 나쁘지 않다는 생각이 드네. 나, 이제부터라도 저 아이를 그릇으로 삼아볼까."

"그만둬. 미야모토의 생명력을 다 빨아먹을 셈이야?"

"아, 그렇지……. 처음부터 아기토가 아니라 미야모토한테 깃들었으면 좋았을 텐데. 그랬으면 좀 더 빨리 선량한【마신】이 됐을지도 모르는데."

웃기지 말라고. 만약 그랬다면 지난번 시즌은 완전히 파탄이 났을 거다. 쓰러트려야 할 마지막 보스가 하나도 없었을 테니까.

……그 뒤로 조금 지나서 돌아온 류가와 함께, 오늘은

일단 집에 돌아가기로 했다.

"어? 흰둥이는 없어졌어?"

"아, 응. 잠깐 눈을 뗀 틈에 없어져 버렸네."

실망해서 어깨를 축 늘어트리는 주인공을 달래면서, 왔던 길을 되돌아갔다.

'하아…… 오늘도 여러모로 피곤하네. 내일은 학교에 가야 하니까 일찌감치 자자. 아직 대낮이지만.'

하지만, 오늘의 에피소드는 아직 끝나지 않았다.

집에 돌아간 뒤에 또 다른 큰 문제가 발생하리라는 것을, 나는 아직 모르고 있었다.

여러모로 피곤하네―― 아무래도 이 말이 플래그를 세우는 스위치인 것 같다.

제3장 악마가 와서 밟히고

1

"비검 진소닉!"

무리 지어 돌진해오는 사역마들을 향해, 아오가사키 레이가 목도를 휘둘렀다.

날 끝에서 발사된 진공의 칼날이 털 없는 원숭이들을 일직선으로 꿰뚫었다. 그들은 제각기 탁한 단말마의 비명을 지르면서 큰길 바닥에 살점을 뿌려댔다.

마침내 그 시체가 분해되기 시작했고, 몇 초도 지나지 않아서 기화하는 것처럼 소멸해버렸다. 이미 질릴 정도로 본 광경이었다.

"후우, 겨우 일단락됐나…… 계속, 계속, 잘도 몰려오는군."

애도인 「어신목도」를 어깨에 걸치면서, 레이는 허파에 쌓였던 숨을 크게 토해냈다.

……아마도 사역마들은 곧바로 또 공격해올 것이다. 레이가 이곳의 수비를 맡은 이후로 베어버린 적은 500을 훌쩍 넘고 있었다. 하지만, 여전히 공세가 멎을 기미는 보이지 않았다.

'설마 내가 『나락의 사도』들의 거점을 지키기 위해서 검을 휘두르는 날이 올 줄이야.'

레이가 지키고 있는 큰길은 『나락성』 주위에 펼쳐져 있는 도시 안에 있는 곳이다.

간단히 말하자면 시가지의 메인스트리트.

성 주변 도시에는 그런 대동맥이라고 불러야 할 큰길들이 총 여섯 개 있다. 즉, 『나락성』의 정면 쪽과 뒤쪽에 각각 세 개씩.

시내에는 골목길이 복잡하게 얽혀 있는데, 성으로 가는 돌다리로 연결된 것은 이 여섯 개의 루트뿐. 그중에 하나를 『참무의 검사』가 방위하고 있었다.

'뭐, 나 혼자서 떠맡은 건 아니지만.'

그런 레이의 마음속을 읽기라도 한 것처럼, 뒤에서 사도 한 명이 다가왔다.

머리카락을 사이드 테일로 묶은, 치켜 올라간 눈꼬리가 인상적인 세일러복 차림의 소녀다. 아이돌이라고 해도 납득할 정도로 예쁘게 생겼지만, 그 정체는 인간이 아니다.

그녀는 『나락의 삼 공주』 중에 하나, 남장(嵐將) 미온. 백로형 장군 사도.

같이 이 큰길을 지키고 있는 레이의 파트너다.

"교대하자 아오가사키. 잠시 뒤쪽에서 쉬도록 해."

손을 살랑살랑 흔들면서 레이 앞으로 나서는 미온.

이렇게 교대로 적을 요격하는 것이 두 사람이 선택한 전법이었다. 긴 방위전을 치르려면 휴식도 필요하다……는 건 명목일 뿐이고, 실제로는 서로에 대한 라이벌 의식 때문이었다.

"정말이지, 도철 님은 지휘를 정말 못한다니까. 나랑 너를 같은 조로 짜다니."

백로 소녀가 투덜거린 말에, 레이도 자기도 모르게 동의했다.

——여섯 개의 큰길을 수비하기로 하면서, 【마신】 도철이 지시한 팀 구성은 다음과 같다.

정면의 세 곳을 담당하는 것은 아오가사키 레이 & 미온 페어, 엘미라 매카트니 & 키키 페어.

뒤쪽 세 곳을 담당하는 것은 시즈마 & 루니에 페어, 시마 & 사이힐 페어, 그리고 제르바, 가이고, 야구자로 구성된 부대장 트리오 & 약 천 명의 병졸 사도.

인원 배정이 너무 편중된 데다 서로 앙금이 있는 사신과 삼 공주를 콤비로 삼다니, 생각이 없는 것도 정도가 있지. 하다못해 시오리와 루니에를 한 팀으로 짤 것이지.

"지휘도 문제지만, 도철에 대한 불만은 그게 전부가 아니다. 그 【마신】, 싸우는 데 질렸다고 계속 성안에서 만화책만 읽고 있다는 게 사실인가?"

"사실이야."

“당장 끌고 나와라! 정신을 차리게 해주마!”

‘인간인 자신들을 이렇게 혹사하면서 사도의 왕이 농땡이를 피우다니, 이게 대체 무슨 짓인가!’

피로와 공복 때문인지, 레이는 필요 이상으로 분개했다.

쌍심지를 켜는 레이에게, 미온이 곤란한 표정을 지으면서 일단은 주인 편을 들어줬다.

“뭐, 그런 건 좀 관대하게 넘어가 주지 그래? 우리도 사역마 따위 때문에【마신】님을 번거롭게 하고 싶지는 않거든.”

“그렇게 응석을 들어주는 건 좋지 않다. 그렇다면 도철 문제는 백 보 양보한다 치고, 그놈들은 어떻게 됐나? 기껏 있는 전력을 안 쓸 이유가 없을 텐데.”

“그러게…… 아직 성안에서 반성문을 쓰고 있는 걸로 아는데, 슬슬 도와주러 와줬으면 싶어.”

……그렇다.『나락의 사도』중에는 아직 투입되지 않은 전력이 있었다.

도철과 미온 등도 예상하지 못했던, 생각지도 못한 증원이.

그것은 간장 바론, 분장 히가이아, 조장 작붕이라는『나락의 팔걸』에 이름을 올린 장군 사도들, 총 40명의 부대장과 약 40명의 병졸 사도들이었다.

‘그들은【마신】궁기가 합체 사도 슈한테 흡수시켰을 텐데. 어떻게 부활했는지는 불명이지만…… 아군이 늘어난

건 다행인가.'

다시 만난 그들은 하나같이 도철, 혼돈, 도올을 따르겠다고 했다. 『나락성』을 탈환한 직후의 싸움에서는 그 힘이 큰 도움이 됐었다.

'궁기가 쓰러진 지금, 그들은 남은【세 마신】한테 충성을 맹세하는 수밖에 없겠지. 세다가 이계가 침략당하는 큰일이 벌어졌으니까. 참전하는 것도 이해할 수 있다.'

하지만 도올과 달리, 도철은 엄한 태도를 보였다.

'일단은 이 몸에게 거역했던 네놈들을 그냥 받아줄 수는 없지. 마땅한 대가를 치러야 한다'면서, 그들에게 벌을 내렸다.

원고지 열 장 분량의 반성문을 쓰라는 벌을. 무슨 대가가 그따위인지.

"바론이랑 그놈들. 겨우 반성문 열 장 쓰는데 뭐가 그렇게 오래 걸리는 건지."

"문제는 최소한 두 곳 이상『피식하고 웃기는 부분』이 있어야 한다는 점이야. 우리 사도는 개그 센스가 거의 없거든."

"알게 뭐냐!"

결과적으로 추가 전력을 썩히고 있다. 도철이라는【마신】의 사고회로를, 레이는 도저히 이해할 수가 없었다.

"하다못해 도올 님이 거들어주시면 어떻게든 되겠지만,

계속 낮잠을 주무시는 것 같으니까…….”

자기도 모르게 레이와 미온이 동시에 한숨을 쉰 그때.

“——여어, 레이와 미온. 오래 기다렸지.”

두 사람 뒤쪽에서 그런 목소리가 들려왔다.

고개를 돌려보니 정장을 입고 중절모를 쓴 청년이 이쪽을 향해 걸어오고 있었다. 뒤에는 열 명가량의 사도를 거느리고.

“실례지만, 누구지? 누군데 함부로 이름을 부르는 건가.”

눈살을 찌푸리면서 한 말을 듣고, 바로 코앞까지 다가온 청년이 안타깝다는 것처럼 하늘을 우러러봤다. 머리 위에는 밝게 빛나는 거대한 달이 있는데, 가로등 따위는 필요도 없을 정도로 시내를 빨갛게 비춰주고 있다.

“날 잊었다니 슬픈데, 레이. 그대에게 결혼을 신청했던 건 정확히 따지자면 야마나시 아사오가 아니라 나였는데.”

그 말을 듣고 레이는 바로 그자의 정체를 깨달았다. 호랑이도 제 말 하면 온다더니.

“네놈…… 간장 바론인가?”

예전에 아사오로 위장해서 아오가사키 도장을 없애버리려고 했던 사마귀형 사도. 이것이 그의 원래 인간체 모습인가.

“겨우 도철 님께 복귀 허가를 받았어. 히가이아와 작붕도. 도철 님을 제일 피식하게 만든 건 내 반성문이었지.”

시시한 자랑을 하는 동료에게 미온이 퉁명스레 물었다.

"그런데 너희들, 어떻게 부활한 거야? 거기에 대해서는 아직 못 들었는데."

"아마도 궁기 님이 쓰러지시기 직전에 반혼 능력을 사용하셨겠지. 덕분에 혼면전으로 송치되지 않고, 이렇게 오명을 만회할 기회를 얻게 됐다."

"궁기 님이 자발적으로 능력을…… 뭐, 그것 말고 다른 가능성은 없지만."

"그래 보여도 부하들을 아끼는 구석이 있으시거든. 사도들을 험하게 다루기는 하지만."

장군들 간의 대화를 들으며 레이는 자기 턱에 손을 얹고서 생각에 잠겼다.

'과연, 이유는 그것분일까?'

원래 【마신】 궁기는 텐료인 아기토를 그릇으로 삼고 있었다. 숙주가 이렇게까지 커다란 다른 세력을 만들고 있는데, 그걸 전혀 몰랐을 리가 없다.

그렇다면 바론과 다른 사도들의 부활은, 솔로몬 & 72 악마에 대항하기 위한 처치라고 생각해야 하는 걸까? 궁기에 의한, 이계의 왕으로서 남긴 선물이라고?

'아니, 너무 넘겨짚었나. 그 근성이 완전히 비뚤어진 【마신】이 그런 기특한 짓을 할 리가…….'

거기서 미온이 어깨를 툭, 두드렸고, 레이는 생각하던

걸 멈췄다.

“그럼 아오가사키, 우리는 일단 『나락성』으로 돌아가자. 여기는 바론 쪽에서 맡는다고 하니까.”

“그래도 되나?”

“그래도 돼. 특히 당신들 사신은 원래 이계를 지켜줄 의리도 없잖아.”

“의리라면 있다. 우리는 『나락의 사도』와 공존하기로 했다. 그리고 솔로몬, 텐료인 아기토는 인간계에 대해서도 선전포고를…….”

“식사와 수면, 그리고 목욕도 하고 싶지?”

“성으로 돌아가도록 하지.”

자신이 생각해도 너무 노골적인 것 같지만, 목욕이라는 말을 듣고는 바로 고개를 끄덕이고 말았다.

이계에는 더운물이 없다는 것 같지만, 어쨌거나 목욕을 할 수 있다는 건 다행이었다. 이쪽에 온 뒤로 계속 전투만 하느라 땀을 상당히 많이 흘렸으니까.

“그럼 바론, 여기는 맡기겠다. 내가 돌아올 때까지 뚫리지 마라.”

시합을 넣어주려고 목도 끝으로 살짝 찔렀더니.

바론이 이상할 정도로 움찔하고 반응하더니, 펄쩍 뛰어서 뒤로 물러났다. 너무 큰 반응 때문에, 레이는 자기도 모르게 눈을 깜박거렸다.

"왜 그러나? 딱히 세게 찌른 것도 아닌데…… 과거의 원한은 깨끗이 청산했다."

"아, 알고 있어. 그래도 그 목도, 이쪽으로 겨누지 말아줬으면 하는군."

……아무래도 지난번에 싸웠을 때, 레이의 오의를 맞고 갈가리 찢어졌던 일이 트라우마가 돼버린 것 같다. 나약하구나, 간장 바론.

"정말이지, 그래서 어쩌자는 거냐. 다른 팔걸이 비웃——"

다음 순간, 어디선가 남자의 절규가 들려왔다.

레이 일행이 있는 큰길에서 오른쪽으로 수십 미터 떨어진 곳…… 엘미라와 키키가 지키는 큰길 쪽이었다.

"으아아아! 엘미라아아! 그 불꽃 저리 치워라아아아!"

미온의 말에 의하면, 그 녀석은 잉어형 사도인 히가이이아의 목소리라는 것 같다. 그러고 보니 그 녀석은 엘미라가 쓰러트렸었지.

……아무래도 엘미라의 오의를 맞고 숯덩어리가 돼버렸던 것이 트라우마가 된 것 같다.

나약하구나, 분장 히가이이아.

2

아기토의 맨션에서 쿠로가메와 대면하여 갈망을 알아낸

뒤, 류가와 같이 아오가사키 선배네 집에 갔다가 분 앞에서 미야모토 양과 잡담을 나누고, 그 뒤에 주인공의 희망에 따라 결국 저녁 무렵까지 동네 이곳저곳을 순찰한 뒤에…… 겨우 집에 돌아왔다.

'순찰이라고 할까, 거의 흰둥이를 찾아다닌 거지만.'

아무래도 류가는 궁기가 상당히 마음에 들었던 것 같다. 나올 리가 없는 하얀 여우를 찾아다니는 허무한 짓을 했더니 유난히 피곤했다.

'저녁밥은 그냥 컵라면으로 때우자. 류가가 준 도시락이 은근히 양이 많았으니까.'

일단 배가 고플 때까지 거실에서 TV를 보면서 쉬기로 했다. 일요일 저녁에 볼 프로그램은 딱 하나. 그 국민적인 장수 애니메이션*이다.

'나카지마, 오늘은 나오려나. 나카지마가 나오려면 일단 카츠오가 중심인 에피소드가 돼야 하는데…… 첫, 첫 번째는 타라인가. 이 녀석 머리 모양, 나카지마랑 겹친단 말이야.'

그런 생각을 하면서, 어느새 꾸벅꾸벅 졸고 있었는데——

첫 번째 문제가 발생했다.

'야 이 자식아! 왜 네놈이 여기 있냐?!'

'으아, 일어났다! 하와와와…….'

*일본의 국민 애니메이션이라고 불리는 사자에상. 방송 시간은 일요일 오후 6시 30분

내 안에서 갑자기 그런 고함 & 당황한 목소리가 연속으로 들려왔다. 이어서 뭔가 우당퉁탕 뛰어다니는 소리가 나고, 그러다가 찌익! 하고 장지문 종이가 찢어지는 소리까지 났다.

'어쩐지 사흘쯤 전부터 누가 보는 것 같은 기분이 들어서 지박령인가 했더니, 네놈이었냐!'

'나, 난 평범한 여우라니까! 이런 데 지박령이 있을 리가 없잖아!'

'여우도 있을 리가 없잖아! 그것도 말하는 여우가!'

……무슨 일이 일어났는지 알겠다.

궁기가 기어코 혼돈한테 들킨 모양이다. 그 바보! 그렇게 조심하라고 했는데!

잠시 후, 내 등 뒤에 산적처럼 생긴 호랑이 수염 아저씨가 나타났다.

그의 손에는 궁기가 붙잡혀 있었다. 고양이처럼 목덜미를 잡았고, 뒷다리가 덜렁거리고 있었다.

"이봐 도령! 이게 어떻게 된 일이야?! 이놈이 건재하고, 게다가 네 안에 깃들어 있다니, 난 그런 얘기 못 들었다고!"

엄청 살벌하게 쏘아붙이는 혼돈의 얼굴에는 사인펜으로 그려놓은 안경이 있었다. 게다가 이마에는 「마(魔)」라고 적혀 있었다. 아마 【마신】의 마겠지.

'그런 장난을 하니까 들키는 거야! 솔직히 그런 짓까지

했으면 지박령이 그랬다고 우길 수도 없잖아!'

궁기, 너는 교활하고 계산을 잘하는 【마신】 아니었냐?

다시 등장한 뒤로 계속 추태만 보이고 있잖아! 아군이 된 적 캐릭터는 두뇌까지 약해지는 거야?!

"내가 실수를 했네. 하다못해 히라가나로 「마(ま)」라고 적을 걸…… 획수가 너무 많아서 쓰는 중에 깨버렸어."

"그 전에 딸랑거리는 종소리가 너무 시끄럽단 말이다!"

주인공이 선물한 목걸이가 생각지도 못한 재앙을 불러온 것 같다.

거기에 재미 & 즐거움을 우선하는 궁기의 나쁜 버릇이 어우러지면서 이 사태를 불러온 건가.

어쨌거나 이렇게 됐으니 어쩔 수 없지. 나는 체념하고, 혼돈하게 사정을 다 말하기로 했다.

——어젯밤에 사역마의 습격을 받은 일.

——그 뒤에 집에 와서 궁기가 자신에게 깃들어 있다는 것이 판명됐다는 것.

——하쿠보기주쿠 고등학교 오컬트 연구회의 악마 소환 의식에 대해. 그리고 악마가 빙의한 인간은 그 갈망이 폭주한다는 것.

——아기토네 맨션에 열려 있는 크레바스가 이계의 폐성채로 통한다는 것.

——그리고 오늘, 『악마 빙의자』가 된 쿠로가메와 조우

했다는 사실.

"이 몸이 자는 동안에 그렇게 많은 일이 있었나. 도령은 여전히 바쁘구먼."

이야기가 끝났을 무렵에는 혼돈도 약간 냉정해져 있었다. 그래서 궁기를 통해서 알게 된 정보들을 전부 혼돈에게 들은 거로 해달라고 탄원도 했다.

"그렇게 됐으니까 혼돈, 미안하지만 협력해줘. 사태를 더 복잡하게 만들지 않기 위해서라도 궁기의 존재를 숨기고 싶어. 이젠 나쁜 짓을 할 생각도 없는 것 같으니까."

"흥. 이 자식이 그렇게 간단히 개심할 것 같지는 않은데."

"그렇지도 않아. 오히려 톤짱 쪽이 의심이 가는데 말이야. 네가 공존하고 싶어 하는 인류는, 솔직히 말해서 중학생 이하 여자애들뿐이잖아?"

"너 이 자식, 털가죽 벗겨서 목도리 만들어버린다!"

또다시 술래잡기를 시작한【마신】들을 나는 힘없이 지켜봤다.

내가 그릇으로서 진화해버린 탓에 복수의【마신】을 밖으로 내보낼 수 있게 됐다. 지금까지는 상반신만 동시에 나올 수 있었는데, 이제는 그 제한도 없어졌다.

그래서 보다시피, 혼돈과 궁기가 자유롭게 거실 안을 뛰어다니고 있었다. 어디까지나 나를 중심으로 3m 범위 안에서만.

"너희들, 그만 와서 앉아봐. 이제 혼돈한테 이계의 정보를 들을 차례니까."

둘을 좌우로 격리하는 모양으로 앉게 하고, 나는 혼돈한테 전황을 보고하라고 했다.

……혼돈의 말에 의하면, 여전히 이쪽이 우세하다는 것 같다. 바론을 비롯한 부활한 자들도 이미 합류했다는 것 같고. 거기까지는 예상했다.

"바론네가 가세하기는 했지만, 아무래도 적은 수만이나 되니까. 게다가 쉬지도 않고 공격해와서, 이쪽은『나락성』을 방위하는 게 고작이야."

가슴팍을 벅벅 긁으면서 혼돈이 말했다.

한마디로 교착상태라고 보면 되는 걸까. 아직 72마리의 악마가 출전하지 않았다는 건 좋은 소식이다.

"혼돈 아저씨는 언제 부활한 사도들의 존재를 알았어?"

"오늘 아침에 전이했을 때. 다들 이 몸도 알고 있다고 생각했는지, 아무도 가르쳐주지 않았다. 뭐, 들어보니 굳이 도령한테 보고할 정도는 아닌 것 같더라고. 안 그래도 이기고 있으니까."

그게 고민되는 부분인데 말이야……라고 걱정하고 있는데, 궁기가 끼어들었다.

"그런데 톤짱. 부활한 사도 중에 레이다도 있을 텐데, 시즈마하고는 만났어?"

그랬지. 그것도 확인해야 했다.

어머니가 부활했다는 건, 시즈마한테 무엇보다 기쁜 일일 테니까. 내일 그 둘도 철수하라고 해야 할지도 모른다. 전장에서는 마음 편하게 얘기도 못 할 테니까.

하지만 혼돈은 고개를 저었다.

"레이다가 있다는 얘기는 못 들었는데. 솔직히 누가 부활했는지 얼마나 부활했는지 파악할 수 있는 녀석도 없으니까. 그걸 알고 있는 건 너뿐이잖아, 이 망할 여우."

눈을 부릅뜨고 노려보는 혼돈에게 메~롱 하고 혀를 내미는 궁기.

'정말 사이가 나쁘네.'

여기에 도철까지 돌아오면 대체 어떻게 되려나. 이젠 그 녀석한테도 숨길 수 없게 돼버렸으니…….

보고를 들은 뒤에, 나는 자세를 바로잡고 결연하게 선언했다.

"아무튼, 코바야시 이치로는 이번 『72마리의 악마 편』에서 가능한 노출을 자제하고 철저하게 친구 캐릭터 역할에 집중할 생각이야. 너희들도 그것만은 알아두도록 해."

"아직도 그런 생각을 하고 있었나……."

혼돈이 질렸다는 것처럼 말했지만, 이것만은 양보할 수 없다.

【마신】을 셋이나 데리고 있는 나는, 지금에 와서는 밸런

스를 깨트리는 존재다. 잘못하다가는 이야기를 재미없게 만들 수도 있다.

"혼돈 아저씨는 내일 저녁 일곱 시에 예정대로 문을 열어줘. 그때 사신 히로인즈를 귀환하게 하고, 때에 따라서는 삼 공주와 시즈마도 철수시킬 생각이야."

"코바야시 소년. 텟짱은 어쩔 거지?"

"그 녀석은 이계에 놔두려고. 보나 마나 지금쯤은 싸우는 데 질려서 만화책이나 읽고 있을 테니까."

그 추측을 들은 혼돈이 "역시 도령이야. 정답이다"라고 말했다. 당연히 알지. 벌써 반년 가까이 그 녀석 그릇 노릇을 하고 있으니까.

"이계가 침략당해서 화가 나겠지만, 지금은 혼돈도 얌전히 있어 줬으면 싶어. 관대한 마음으로 악마들을 대해줬으면 싶기도 하고."

"정말이지 대단한 도령이라니까…… 뭐, 솔직히 나도 적들이 너무 시시해서 맥이 빠진 참이니까. 최종적으로 그 자식들을 해치워 버린다는 조건이라면, 그 촌극에 어울려 주지."

이해가 빠른 【마신】이라 다행이다. 비록 로리콘이기는 하지만, 사흉 중에서 제일 융통성 있는 보스인지도 모른다. 안경(낙서)이 의외로 잘 어울리네.

"그럼 도령, 또 전이하고 오겠다. 레이다에 대해서는 만난 녀석한테 확인해보도록 하지. 그 상황에서는 합류가 늦어진 녀석이 있어도 이상하지 않으니까."

"부탁할게. 그리고 적의 본진이 폐 성채에 있다는 건 비밀이야. 다른 사람들이 그걸 알게 되면 총공격을 해버릴 수도 있으니까."

그렇게 다짐을 받으면서 내용물이 가득 들어 있는 커다란 비닐봉지를 혼돈에게 건넸다.

주먹밥, 반찬, 빵, 음료수 등이 들어 있는「선물」이다. 집에 오는 길에 류가랑 같이 슈퍼에 들러서 최대한 조달해온 것들이다.

"그렇게까지 신경 써줄 필요는 없지 않나? 성에 비축된 것도 있을 텐데 말이야."

"뭐, 혹시 모르는 일이니까. 아, 텟짱한테는 주지 말고. 일도 안 하는 것 같으니까."

"먹을 것보다 갈아입을 옷이 좋지 않을까? 특히 사신이나 삼 공주 같은 여자들은 팬티도 갈아입어야 할 텐데 말이야."

"성에 비축해둔 건 없나."

"팬티를 비축해뒀을 리가 없잖아."

짐을 받아 든 아저씨가 영차, 소리를 내면서 일어났다.

궁기의 존재가 들켰을 때는 어떻게 되나 싶었는데, 어떻게든 해결돼서 다행이다……라고 안심한 그때였다.

갑자기 주머니 안에 둔 휴대전화에서 벨 소리가 울렸다.

"응? 누구지?"

화면을 확인한 순간── 내 얼굴이 굳어지는 게 느껴졌다.

화면에 표시된 모르는 번호. 하지만 나는 바로 누군지 짐작이 갔다.

서둘러서 전화를 받아봤더니, 역시나. 들려온 목소리는 낮에 전화번호를 알려준 적 간부였다.

"코바야시 군. 낮에는 고마웠어."

"너……."

"아, 바엘입니다. 아까 맨션에서 신세를 졌던."

나도 알아. 당연하다는 것처럼 악마 이름으로 자기소개하지 말라고. 그리고 신세는 무슨 신세를 졌다고.

"푸르카스가 취침했으니까, 두세 시간 정도라면 맨션에서 벗어날 수 있어. 지금 바로 너희 집에 가볼까 하는데…… 괜찮을까."

그렇게 해서, 두 번째 문제가 발생했다. 악마가 가정방문을 희망한 것이다.

어느새 TV에서는 국민적인 장수 애니메이션의 엔딩 노래가 나오고 있었다.

3

바엘의 전화를 받고 40분 정도 지났을 때.

우리 집 초인종이 손님이 왔다는 걸 알렸다.

'왔구나…… 생각보다 빨리 왔네.'

현관으로 가서 문을 열었더니, 거기에는 하쿠보기주쿠의 교복을 입은 소년이 서 있었다. 굳이 말할 필요도 없지만 바엘이다. 서열 1위 악마인.

"안녕 코바야시 군. 갑자기 찾아와서 미안해."

"괜찮아. 집에는 나밖에 없으니까, 신경 쓰지 말고 들어와."

친구를 맞이하는 것처럼 대응하면서 안으로 들어오라고 했다.

참고로【마신】들은 일단 들어가 있으라고 했다. 상황이 이렇게 됐으니까 혼돈도 조금 있다가 전이하라고 했고.

'굳이 연락까지 하고 온 걸 보면 싸울 생각은 없을 거야. 아무래도 쿠로가메한테도 비밀로 하고서 맨션을 빠져나온 것 같고…….'

어쨌거나 계속 경계하기로 마음을 먹고 바엘을 거실로 안내했다. 일단은 손님이니까 차를 내줬더니 "신경 써줄 필요는 없는데"라고 말했다. 예의 바른 악마다.

탁자 맞은편에 앉아서 다시 한번 상대를 관찰했다.

……이렇게 가만히 보니까, 정말 특징이 없는 사람이었다.

타마하라 상고의 타나카 카즈히코 씨와 캐릭터 디자인을 바꿔도 아무 문제가 없을 것 같다는 기분이 들 정도로. 그 정도로 잡몹 같이 생겼다.

'어라, 이마에 뿔이 없어졌네? 뗄 수 있는 건가?'

이쪽의 시선을 눈치챈 바엘이 자기 이마를 살짝 문질렀다.

"그 뿔은 우리가 힘을 발동했을 때만 나타나는 거야. 그래서 평소에는 들어가 있지."

"아, 그렇구나……."

"말하자면 마력 결정체라고 할까. 72 악마는 그것이 부서지면 빙의 상태를 유지하지 못하게 되고 지옥으로 강제 송환된다. 즉, 우리는, 평범한 인간으로 돌아——"

"잠깐만! 그런 얘기, 나한테 해도 되는 거야?"

아무렇지도 않게 정보를 제공하는 바엘을 다급히 말렸다.

즉, 『악마 빙의자』를 해방하려면 이마에 있는 뿔을 부수면 된다는 건가? 그거, 적의 톱 시크릿 같은데?!

"하지만 우리한테 달린 이 뿔은 그리 쉽게 부술 수 있는 게 아니야. 다이아몬드만큼이나 단단하니까."

"아, 그렇구나……."

"하지만 『악마 빙의자』가 마력을 소모하면 그만큼 경도가 떨어지지. 즉, 일단 어느 정도 싸워서 『악마 빙의자』를 약하게 만든 뒤에——"

"그러니까 그만하라고! 그건 말하면 안 돼! 고문을 당하더라도 말하면 안 된다고!"

뭐 이렇게 말이 많은 간부가 다 있어. 왜 이 녀석은 남의 집에 쳐들어와서 자기들을 쓰러트리는 방법을 폭로하고 있는 거냐고! 너한테 빙의한 녀석이 혹시 바엘이 아니라 이노우에 코조*냐!

"뿔과 마찬가지로, 우리의 그림자가 악마 모양이 되는 것도 힘을 발동했을 때뿐이야. 따라서, 그림자를 단서로 『악마 빙의자』를 찾는 건 힘들어…… 이건 여기서만 하는 얘기야."

"그만해 코조! 입에 지퍼 채워!"

"잡병인 사역마는 우리 72 악마의 독기가 응고해서 실체화한 존재야. 지금까지 총 숫자는 4만 정도지만, 1만은 더 있다고 생각하면 좋겠어."

"아~ 몰라~ 안 들려! 난 아무것도 안 들려!"

내가 귀를 틀어막았지만, 그 뒤로도 바엘은 다양한 정보들을 늘어놨다.

——말하기를, 악마에는 랭크라는 것이 존재한다고.

——말하기를, 랭크가 존재하지만 서로 간에 입장은 대등하고, 전투력은「갈망의 강도」에 비례한다고.

——말하기를, 아기토는 오메이 고등학교에 있던 때도

---

*이노우에 코조. 일본의 연예 리포터. 직업상 말이 많다

자주 하쿠보기주쿠에 가서 바엘을 비롯한 측근들을 만났다고.

——말하기를, 아기토는 이미 72마리 악마를 전부 소환했다고.

——말하기를, 쿠로가메가 마지막으로 탄생한 『악마 빙의자』라고.

——말하기를, 쿠로가메가 크레바스의 문지기를 맡게 된 건, 끈질기게 싸우자고 졸라대는 게 귀찮아진 아기토가 멀리 떼어놓으려고 한 것이 가장 큰 이유라고.

이미 알고 있던 정보도 있었지만, 결국 끝까지 다 듣고 말았다. 72마리 악마에 대해서 완전히 정보통이 돼버렸네.

"바엘, 그만 좀 해…… 내가 대체 무슨 짓을 했다고 이러는 거야……."

결국에는 우는소리를 했더니, 바엘은 그제야 말을 멈추고 차를 후루룩하고 들이켰다.

"망설이는 기분도 이해해. 하지만 너한테는 꼭 알려주고 싶어. 그중에서도 중요한 건 『악마 빙의자』는 뿔을 부수면 쓰러트릴 수 있다는 점이다."

"죽일 필요는 없다고 말하려는 거지? 그건 이쪽도 명심하고 있어. 너희가 『악마한테 빙의 당했을 뿐인 인간』이라는 건 알고 있으니까."

"그건 고마운데, 그래도 다시 한번 말해두고 싶어. 실제로 이미……『악마 빙의자』 중에 부상자가 나왔거든."

그 말을 듣고서 살짝 놀랐다.

이미 부상자가 나왔다고? 그거 한마디로…… 배틀 중에 다친 사람이라는 얘기야?

"사실은 너희가 맨션에서 나간 뒤에, 이계에서 정기 연락이 왔어. 벨레드, 푸르손, 살레오스, 아미…… 합계 네 명의『악마 빙의자』가 출전했고, 그리고 쓰러졌다고."

이럴 수가. 어느새『악마 빙의자』가 네 명이나 당했다니.

혼돈이 마지막으로 이계에 전이한 건 새벽 다섯 시. 생각해보면 이젠 최신 정보라고 할 수도 없다. 전황은 이미 움직이고 있었다.

"보고에 의하면 살레오스는 환장 주리에게, 아미는 폭장 키키에게 패배했다는 것 같아. 벨레드와 푸르손은 갑자기 나타난【마신】도철한테 한 방에 당했다고……."

이야기를 들어보니 벨레드와 푸르손은 왕공 랭크고, 가장 고참 간부라고 한다.

그런 녀석들을 이런 초반에 잃어버리다니…… 뭐랄까, 정말로, 쓸데없는 짓만 하는【마신】이다.

'텟짱 자식, 성에서 얌전히 만화책이나 읽고 있으란 말이야! 아마 따분하다고 산책하러 나갔겠지! 그리고 운도 없는 벨레드와 푸르손이 산책 나온 도철과 딱 마주쳤고!'

이를 뿌드득 갈고 있는 내 앞에서, 바엘도 입술을 깨물고 있다.

“아무래도 그 넷은, 『나락성』으로 연행된 것 같아. 포로가 된 그들이 어떤 취급을 받을지…… 정말 걱정된다.”

거기에 대해서는 괜찮을 거라고 보는데. 그쪽에는 사신 히로인즈가 있으니까 비인도적인 행위는 용납하지 않겠지. 유키미야의 능력이 있으면 부상자들을 치료해줄 수도 있고.

바엘에게 그 얘기를 했더니 조금 안심한 것처럼 표정이 풀어졌다. 동료를 아끼는 악마다.

“그럼 코바야시 군, 슬슬 본론으로 들어가겠다.”

“본론? 지금까지 한 얘기가 본론 아니었어?”

“아니. 내가 너를 만나러 온 건, 긴히 부탁할 게 있기 때문이다.”

그렇게 말하고는 가지고 온 가방 속을 뒤지는 바엘. 이번에야말로 스마트폰이 아니라 흉기가 나오는 건 아닌지 경계했지만, 가방에서 나온 건 과자 선물 세트였다.

“미안하다. 너무 늦게 꺼냈군.”

“아, 아냐, 고마워…… 그나저나, 우리가 적이라는 건 알고 있지?”

“그게 중요한 점이다. 코바야시 군, 긴히 부탁할 일이 있다. 내 독단이기는 하지만── 화친을 맺어주면 안 될까.”

“………….”

5초 정도, 넋이 나가버렸다.

"……뭐라고?"

"이 싸움, 우리에게는 승산이 없다. 히노모리 류가 일행도, 『나락의 사도』도, 도저히 우리가 감당할 상대가 아니다. 한마디로 항복이라고 받아들여도 좋다."

제2기, 완(完).

고소라도 당하는 건 아닐까 걱정했었는데, 합의 제안이 들어왔다.

"이, 이, 바보야! 제정신이냐 바엘! 지금 무슨 소리를 하는지 알고 있는 거야!"

"이쪽이 먼저 시작해놓고서 할 말이 아니라는 건 알고 있다. 네가 화내는 것도 당연한 일이지."

"화내는 건 내가 아니야! 독자라든지, 시청자라고!"

큰일이다. 이거 정말 큰일이 났다. 설마 이런 형태로 절체절명의 위기가 찾아오리라고는 생각도 못 했는데!

패배 선언을 해도 곤란하거든. 『72마리의 악마 편』은 이미 시작됐단 말이야. 주인공인 히노모리 류가도 의욕을 불사르고 있고.

"제발 받아줘! 부디, 코바야시 군!"

"제발 다시 생각해줘! 부디, 바엘!"

둘이서 테이블에 이마를 비비고 있는데.

"——이거 참, 나도 이런 전개는 예상을 못 했는데."

어느샌가 내 옆에, 궁기가 나와 있었다.

앞발 두 개를 테이블 위에 얹고서 고개를 빼꼼 내밀고 있는 하얀 여우를 보고, 바엘이 한눈에 봐도 알 수 있을 만큼 당혹스러운 표정을 지었다.

"여, 여우? 게다가, 말을 하는……."

"안녕 바엘 군, 오랜만이네. 예전에 아기토한테 깃들어 있던【마신】궁기야."

그 자기소개를 듣자마자, 바엘의 얼굴에서 핏기가 싹 가셨다. 그 직후, 뒤로 자빠지려다가 간신히 손을 짚어서 버텼다. 이상할 정도로 벌벌 떨고 있다.

"아, 아스모데우스를 쓰러트린, 그 여우 가면【마신】……! 말도 안 돼, 히노모리 류가한테 패배하고 봉인 당했다고 들었는데……."

"보다시피, 지금은 코바야시 소년한테 깃들어 있어. 그쪽 정보만 듣는 것도 불공평하니까 말이야. 내 존재 정도는 알려줄게."

쓸데없는 짓을……이라고 생각하면서 혀를 찼는데, 일단 나와 버렸으니 어쩔 수 없다.

그보다 신경 쓰이는 일이 있다. 그걸 확인하는 게 우선이다.

"잠깐, 아스모데우스는 또 누구야. 그 녀석도『악마 빙의자』인가?"

"코바야시 소년, 너한테 하나 사과해야 할 게 있어. 아스모데우스, 즉 쿠로다 료세이는 하쿠보기주쿠 3학년이고 오컬트 연구회 부장이야. 그 녀석도 처음에 했던 악마 소환 의식에서『악마 빙의자』가 됐던 스타팅 멤버거든."

아스모데우스…… 듣자 하니 그 녀석도 왕공 랭크라는 것 같다. 내가 어디서 이름을 들어본 것 같은 기분이 들 정도니까, 꽤 유명한 악마겠지.

"그 녀석은 아기토한테 반기를 든 적이 있었어.『부장이자 3학년인 내가, 어째서 2학년 유령 부원을 따라야 하는가!』라면서."

그 아기토한테 거스르다니, 반골 정신이 꽤 투철한 녀석이네. 주장하는 내용이 맞는 말이기는 하지만.

"너무 시끄럽게 떠들어대서 낮잠 자다가 깨버렸거든. 그래서 화풀이 삼아 한 대 때려줬어. 하는 김에 뿔도 부러트려 버렸고."

"뿔을 부러트렸다고?"

"지금 바엘 군이 한 이야기를 들어보니까, 그건 하면 안 되는 짓이었네. 아마도 아스모데우스는 이미 지옥으로 강제 송환됐을 거야."

"웃기지 마 인마! 72마리 악마를 다 소환했다면서 아스모데우스가 없다니, 여섯쌍둥이 중에 쵸로마츠*가 없는 거

*쵸로마츠. 만화 오소마츠 군에 등장하는 여섯쌍둥이 형제 중에 셋째

나 마찬가지잖아!"

"그래서 미안하다고 했잖아."

"나 말고 부장 씨한테 사과해! 그리고 아기토한테도!"

"그 뿔, 스카치테이프로 붙이면 안 될까?"

"쿠로가메 같은 생각은 하지도 말고!"

"자, 자. 지금은 그런 얘기 할 때가 아니잖아?"

내 질책을 무시하고 테이블 위로 폴짝, 하고 올라오는 하얀 여우. 이어서 바엘 쪽을 보고 멋대로 이야기를 시작했다.

"바엘 군, 네가 휴전을 원한다는 건 알았어. 하지만 거기에 대답하기 전에, 두 가지 정도 질문을 해도 될까?"

바엘이 서둘러 자세를 바로잡고는 "아, 예"라고 대답하며 열심히 고개를 끄덕였다.

생각해보면 바엘은 아스모데우스를 간단히 쓰러트린 【마신】을 본 시점에서 힘의 차이를 통감해 버린 건지도 모른다.

그렇다면 이 너무나 성급한 항복 선언도 궁기한테 어느 정도 책임이 있다는 뜻이 된다. 쓸데없는 짓만 하는 【마신】이 여기에도 있었다. 진짜 목도리로 만들어버릴까.

"그럼 바엘 군. 첫 번째 질문이다. 화친을 제안하는 상대로, 어째서 코바야시 소년을 선택했지? 보통은 아무리 생각해봐도 히노모리 류가나 【마신】한테 얘기해야 하지 않겠어?"

……듣고 보니 맞는 말이다.

이런 중요한 이야기를 어째서 나한테 타진한 거지? 과자 선물 세트까지 준비해서.

"아기토가 말했다. 적 중에서 가장 위협이 되는 건 코바야시 이치로라고."

이의 있소! 라고 소리치려던 내 입을, 궁기가 앞발로 막아버렸다.

"그 몸에 무시무시한 【마신】을 둘이나 깃들였으면서도 절대로 앞에 나서려고 하지 않는…… 이 세상을 하나의 『이야기』로 생각하고, 주인공으로 정한 인물이 돋보이게 하는 데만 집중하는 남자…… 아기토 군은 너를 그렇게 평했다."

아주 정확한 인물평이었다.

내 입으로 말하기는 좀 그렇지만, 그것이 코바야시 이치로의 모든 것이다. 지금은 깃들어 있는 【마신】이 하나 더 늘었다는 게 문제지만.

"아기토는 그런 네게 부정적이었지만, 나는 공감한다. 모든 이가 눈에 띄는 걸 바라는 건 아니야. 가마에 타는 사람이 있다면, 그 가마를 메는 사람도 필요하니까."

"바엘……."

처음으로, 내 「친구 캐릭터에 대한 고집」을 이해해주는 사람을 만난 것 같다.

"코바야시 군이 협력해준다면, 사망자가 발생하는 최악의 사태만은 피할 수 있을지도 몰라. 그러면서도 싸움을 최고의 결말로 끝내줄 수 있을지도 모른다고…… 그렇게 생각했다."

정신을 차려보니 나는 바엘의 찻잔에 차를 추가로 따라주고 있었다. 어깨도 주물러주고 싶다.

……한마디로 바엘은, 일종의 짜고 치는 시합을 바라는 건가.

패배는 절대로 피할 수 없다. 그렇다면 만에 하나라도 동료들에게 끔찍한 일이 일어나지 않게, 그러면서도 이쪽이 납득할 수 있는 형태로 이 소동을 끝내자는 것이다.

'날 교섭 상대로 선택한 건, 가장 위협적인 상대라는 이유만이 아니라…… 바엘은 코바야시 이치로의 스토리 플래너로서의 수완을 인정해준 거야! 아마도!'

궁기의 직감이 딱 맞았다.

역시 바엘은 이 새 시리즈의 열쇠를 쥔, 가장 중요한 캐릭터였다.

72마리 악마 중에 서열 1위와 유착 관계를 맺는다면, 솔직히 말해서 일이 상당히 편해진다. 이야기를 뜨겁게 만들고 싶다는 내 생각과 바엘의 생각은 틀림없이 양립할 수 있다.

"그런데 바엘 군. 코바야시 소년에게 이 이야기의 조정을 맡긴다는 게 어떤 일인지는 알고 있어? 너희 72 악마가 전부 쓰러진다는 뜻인데?"

"물론 그래도 좋다. 『악마 빙의자』들이 인간으로 돌아가고, 모두가 무사히 원래 생활로 돌아갈 수 있다면…… 얼마든지 비겁한 내통자가 될 수 있다."

바엘을 빤히 쳐다보면서 "흐응~" 하고 중얼거리는 하얀 여우.

뭔가 석연찮은 구석이 있는 것 같다. 솔직히 말해서 나도 그러니까. 이 바엘이라는 소년에 대해 아까부터 계속 마음에 걸리는 부분이.

"그럼 두 번째 질문. 뭐, 이쪽은 덤 같은 거지만."

이어서 궁기가 던진 질문은 바로 내가 품고 있던 의문 그 자체였다.

"아무래도 너는 갈망이 폭주한 상태로 보이지 않아. 하지만 네가 『악마 빙의자』라는 건 틀림없고."

"……."

"바엘 군은── 어떤 갈망을 품고 있을까?"

잠시 침묵하더니, 마침내 바엘이 입을 열었다.

그리고는 자신의 갈망을, 자신의 처지와 함께 술회하는 것처럼 말하기 시작했다.

바엘, 즉 쿠로카와 코지. 그가 마음속에 숨겨뒀던 생각은 상냥히 의외였다.

그리고 나에게는…… 도저히 남의 일처럼 여겨지지 않는 것이었다.

4

나와 아기토는 유치원 시절부터 알고 지낸 사이다.

무엇 하나 특징이 없었던 나와 반대로, 그 녀석은 그 당시부터 만능이었지. 머리가 좋고 운동도 잘하고, 노래나 그림도 잘하고…… 아무튼 뭐든지 잘하는 녀석이었어.

그래서 유치원 연극에서도 당연하다는 것처럼 주인공 모모타로로 뽑혔었지. 나는 부하인 꿩 역할이었고. 보다시피 개성이 없으니까.

옛날의 아기토는 아주 밝은 아이였다.

잘 웃고, 상냥하고, 친구도 많았어. 초등학교에 들어간 뒤에는 자주 나한테 공부도 가르쳐줬지. 이런 나 같은 놈한테.

"코지가 학원에 다니기라도 하면, 같이 놀 시간이 줄어들잖아"——그렇게 말해줬던 게, 지금도 기억이 나.

그런 아기토가 조금씩 변하기 시작한 건, 초등학교 4학년 무렵이었지.

점점 사람들과 거리를 두고, 과묵해지고, 웃는 일도 거의 없어졌어. 그 무렵, 아기토네 부모님이 이혼하고…… 어머니 쪽 성인 「텐료인」이 됐지.

그런 가정 사정을 말해준 사람은 나 하나뿐이었고.

내 입으로 말하기는 그렇지만, 난 아기토의 친한 친구였으니까. 여기서만 하는 얘긴데, 그게 내 자랑거리였어. 텐료인 아기토와 친한 친구라는 것이.

하지만…… 혼자만의 착각이었어. 나한테는 아기토를 지탱해줄 힘이 없었거든.

그 뒤로도 아기토는 점점 변해갔어.

어느샌가 오만한 언동을 하는 일이 많아졌고, 나한테까지 벽을 쌓게 됐어. 언제부터인지 날 부를 때도 이름이 아니라 성인 「쿠로카와」로 불렀고.

나는 그런 아기토가 걱정돼서, 최대한 도와주려고 했어. 그래서 필사적으로 공부를 해서 아기토와 같은 하쿠보기주쿠에 진학했지. 아슬아슬한 성적이었지만.

……고등학생이 된 나는, 아기토도 꼬드겨서 오컬트 연구회에 들어갔어.

딱히 오컬트에 관심이 있었던 건 아니야. 굳이 말하지만 아까 말했던 베레드와 푸르손…… 쿠로키와 쿠로에가 들어오라고 권유했기 때문이야. 그 애들은 우리 반에서 중심인물이었고, 동료가 생기면 아기토한테도 좋을 것 같다고 생각했거든.

하지만. 지금도 그걸 후회하고 있어.

그리고 나는, 올해 여름방학 때…… 엄청난 죄를 저지르고 말았지.

"저기 아기토. 오랜만에 오컬트 연구회에 가볼래?"

"쿠로카와. 난 거기서 퇴부할 생각이다. 더 어리석은 것들과 어울릴 틈은 없어."

"그, 그러지 말고. 오늘 말이야, 엄청난 실험을 한다는 것 같아. 3학년 쿠로다 선배네가 부에 들어왔을 때부터 계획했던 악마 소환 의식이라나."

"악마라고? 한심하군. 사도 쪽이 훨씬 쓸만하다."

사도라는 게 뭔지, 그때는 몰랐어. 내가 『나락의 사도』나 【마신】의 존재를 알게 된 건, 아까 말했던 아스모데우스가 쓰러졌던 때였으니까.

"알았어, 아기토. 그럼 나도 이번 실험이 끝나면 탈퇴할게. 어차피 아무 일도 없을 테니까. 그러니까 마지막으로 같이 가자, 응?"

……그 뒤에 어떻게 됐는지는, 코바야시 군도 알고 있는 것 같던데.

한마디로 아기토가 솔로몬으로 각성한 건── 나 때문이야.

내가 그 녀석을 끌어들였어. 그때, 악마 소환 의식 같은 데 데려가지만 않았어도, 아기토가 솔로몬이 되는 일은 없었을 거야.

게다가 나는 아기토가 인류를 멸망시키기 위해서 【마신】 궁기한테 협력하고 있다는 것도 몰랐어. 제일 가까이에 있었는데. 계속 신경 쓰고 있었는데.

친구는 무슨.

나는 결국, 어둠으로 향하는 아기토를 되돌리기는커녕…… 그 등을 떠밀었을 뿐이었어. 그 녀석을 막아준 코바야시 군네와 싸울, 새로운 「나쁜 힘」을 줘버린 거고.

"아기토. 이런 짓은 그만두자. 히노모리나 【마신】한테는 이길 수 없다고!"

"쿠로카와. 아니, 바엘. 너는 장기 말로서 내 명령에 따르기만 하면 돼. 『악마 빙의자』가 된 너희들은 어차피 나한테 거역할 수 없으니까. 이 솔로몬의 말에, 말이지."

친구가 아니라 장기 말이라고 말한 게 쓸쓸하기도 했어.

하지만 아기토가 말한 대로 우리는 솔로몬의 명령에는 거역할 수 없어. 게다가 나한테는 의견을 말할 자격도 없고. 아기토를 솔로몬으로 만든 건 바로 나니까.

나는…… 어째서 내가 『악마 빙의자』가 됐는지, 확실하게 자각하고 있어. 내 마음속에 숨겨진 갈망은, 유치원 때부터 단 하나뿐이었으니까.

——친구로서, 텐료인 아기토를 돕고 싶다.

그게 내 갈망. 쓸데없이 참견하는 우정과, 한없는 죄악

감의 폭주.

어린 시절의 아기토는 항상 웃는 얼굴이었어. 그 녀석 주위에 있는 사람도 전부 웃는 얼굴이었고. 지금은 상상도 못 하겠지만.

분명히 지금도, 아기토 주위에는 많은 『악마 빙의자』가 있어. 하지만 이건 아니야. 그중에 아기토의 친구는 한 명도 없어.

아기토한테 그 사람들은 전부 장기 말일 뿐이고, 그 사람들한테 아기토는 솔로몬이야.

나는 그 사람들을 막지 못했어. 아기토한테도, 72 악마한테도, 내 목소리는 전해지지 않았어. 그리고 싸움이 시작돼버렸지. 인간계와 이계를 적으로 삼은, 이 무모한 싸움이.

그렇다면 나도, 내 갈망이 이끄는 대로 움직일 뿐이야.

나는 내 방식으로 싸움을 끝내겠어. 아군에도 적에도, 결코 희생자가 나오지 않게 하면서. 그러기 위해서라면 적과 내통할 수도 있어. 악마는 수단을 가리지 않으니까.

단, 내 진짜 역할은 틀림없이 그다음에 있어.

이 싸움에 패배했을 때, 나는 아기토가 의지할 곳이 되어줘야 해. 넌 혼자가 아니라고…… 이번에야말로 그 녀석의 손을 잡고, 어둠 속에서 꺼내줘야만 해.

그때는 나도 바엘이 아니게 돼 있겠지만, 이 갈망은 사라지지 않아.

——친구로서 텐료인 아기토를 돕고 싶다.

그것이 아기토가 바라는 방식이 아니더라도, 설령 그 녀석의 분노를 사더라도.

내가 바엘로서 받은 지령은 크레바스의 수호…… 그것만 지키면, 이렇게 어느 정도 자유롭게 행동하는 것도 가능해.

그래서 나는 코바야시 군을 만나러 왔어.

너라면 틀림없이—— 내 목소리가 전해질 거라고 믿었기에.

예상했던 것보다 세 배 정도 긴 독백이었지만, 그렇다고 딴죽을 걸 수도 없었다.

'그 사람한테서는 왠지, 너와 비슷한 냄새가 나'—— 궁기가 했던 말의 의미를 엄청나게 알 것 같다.

'나랑 조금 다른 타입이기는 하지만, 이 녀석도 친구 캐릭터였구나…… 조연의 소양을 가진 남자였어……!'

설마 유치원 연극에서 모모타로의 동료 역할을 했던 것까지 똑같을 줄이야.

하지만 꿩 역할을 했던 건 개인적으로 좀 부럽다. 난 목도리도마뱀이었는데. 녹색 전신 쫄쫄이였는데.

"그렇구나. 그래서 바엘 군은 『악마 빙의자』답지 않았어. 갈망이 갈망인 만큼, 그게 비대해진다고 해서 뭔가 극적으로 달라지는 것도 아닐 테니까."

"그렇습니다, 【마신】 궁기. 하지만 갈망이 폭주한 것만은 틀림없습니다. 동료를 배신하고 코바야시 군과 내통하려고 하는 것이…… 그 증거입니다."

아기토를 도울 생각이라면 그냥 장기 말로서 우직하게 움직이는 것이 도리인지도 모른다.

하지만 바엘은 그러지 않았다. 아기토 본인의 뜻에 어긋나더라도, 자신이 생각한 친구의 길을 밀어붙이는 쪽을 선택했다.

그 생각을, 적어도 나만은 나무랄 수 없다. 【마신】을 셋이나 깃들였으면서도 배틀에 참가하는 걸 거부하고, 지금 와서 조연으로 돌아가려고 발버둥 치는 나는.

'어차피 나도 바엘도 자기가 하고 싶은 대로 움직일 뿐인 이기적인 놈이겠지. 하지만 우리는…… 지금 와서 삶의 방식을 바꿀 수도 없단 말이야!'

애당초 친구 캐릭터라는 존재 자체가 단순한 자기만족이니까.

우리에게는 자기 자신보다 소중한 누군가가 있다. 그 녀석을 위해서라면 목숨조차도 버릴 수 있고. 우리는 그런 특이한 인종이다.

"네 마음은 잘 알았어, 바엘. 같은 친구 캐릭터로서, 이 협력 요청을 거절할 수는 없지."

"친구 캐릭터……?"

고개를 갸웃거리는 동업자에게, 과자 선물 세트에서 꺼낸 쿠키를 건넸다. 기왕 가지고 온 것이니까 같이 먹기로 했다.

"네 말을 받아들여서, 이 싸움은 이쪽에서 조정할게. 새 시리즈를 제대로 성립시키면서도 모든 『악마 빙의자』를 무사히 해방하고, 사태를 원만하게 수습하자고."

"새 시리즈……?"

바엘이 또 고개를 갸웃거렸다. 아직 스토리 플래너로서의 소양은 없는 것 같다.

"어디까지나 나와 너 둘만의 일이지만, 화친을 받아들일게. 잘 부탁해."

"고, 고마워 코바야시 군!"

……그 뒤로 우리는 바로 앞으로의 방침에 대해 의논했다. 궁기도 같이.

"바엘. 72 악마의 움직임은 어디까지 알고 있지? 출동하는 『악마 빙의자』를 네가 선택한다든지 하는 거야?"

"내가 일단은 『악마 빙의자』의 리더이기는 하지만…… 그 정도 권한은 없어. 우리는 기본적으로 아기토의 지령이 절대적이니까. 지금은 나와 푸르카스 말고는 전부 이계에 남아 있는 중이야."

"그럼 인간계로 보내는 『악마 빙의자』만 주의하면 되는 게 아닐까? 이쪽으로 오려면 반드시 크레바스를 통화해야 하잖아. 그 크레바스의 문지기는 다른 사람도 아닌 바엘 너니까."

"그렇구나. 만약 인간계로 쳐들어오는 녀석이 있다면 전화나 문자로 연락해줘."

"알았어. 『악마 빙의자』들의 정체도 최대한 알아볼게. 미안하지만 내가 파악하고 있는 72 악마 멤버들은, 주로 하쿠보기주쿠 고등학교 관계자들뿐이지만."

"아주 철저한 원 맨 조직이네. 아기토다워."

나, 바엘, 궁기 순서로 발언을 했다. 열기가 담긴 제작 회의다.

"바엘이 신원을 특정할 수 있는 『악마 빙의자』는 몇 명이나 있지?"

"딱 20명이야. 아니, 이젠 15명인가. 아스모데우스 쿠로다 부장, 벨레드 쿠로키, 푸르손 쿠로에, 살레오스 타케시타, 아미 토미하루…… 그 사람들은 전부 하쿠보기주쿄 고등학교 학생이었어."

"그렇구나. 왕공 랭크랑 대공 랭크 외에는 성에 꼭 쿠로(黑)가 들어가는 게 아니네."

"저기 바알. 너, 낮에는 좀 더 뻔뻔했었는데 말이야. 혹시 그거 연기였어?"
"그렇지 뭐. 푸르카스가 그렇게 구니까, 나라도 악마처럼 굴지 않으면 히노모리 군이 당황할 것 같아서……."
"아하하. 넌 역시 코바야시 군이랑 동족이구나."
"대단한데 바엘. 역시 찡 역할을 했던 사람은 뭐가 달라도 달라."
"사실은 그거, 아기토가 추천했었어. 소위 말하는 낙하산이지."
"코바야시 소년, 배고파. 나도 쿠키 줘."
그렇게 떠들썩하게 회의하고 있는데.
"이봐 너희들, 이야기 탈선했다. 그 정도 하면 됐잖아, 못된 꿍꿍이 상담은."
계속 내 안에 들어갔던 혼돈이 더 참지 못하고 튀어나왔다. 맞다, 이계로 전이시킬 예정이었지.
갑자기 나타난 산적 같은 아저씨를 보고, 바엘이 "으아아!" 하고 소리를 지르며 뒤로 자빠졌다. 아주 멋진 놀라는 반응이야. 찡이 새총을 맞은 것 같은 느낌이네.
"걱정하지 마라, 악마 꼬마. 사정은 알고 있으니까. 그나저나, 너도 사서 고생하는 놈이구나…… 악마 노릇이나 하기에는 정말 아까워."
그리고는 쿠키를 우적우적 씹어 먹기 시작한 혼돈에게, 바엘이 "가, 감사합니다"라고 말했다. 아저씨랑 눈은 마주지지 않으면서.

"이런 말 하기는 그렇지만, 네가 관여할 생각이 있었건 없었건, 어차피 텐료인 아기토는 언젠가 솔로몬으로 각성했을 거야. 너무 가슴 아파하지 말라고."

"걱정해주셔서, 감사합니다. 하지만 역시, 제가 계기를 만든 건 사실이니까……."

"그런데 악마 도령, 이 여우를 데려갈 생각은 없냐? 조금이나마 전력에 보탬이 될 텐데."

"그, 그러지 마, 톤짱. 그랬다간 미야모토 양한테 미움받는단 말이야."

또 다투기 시작한【마신】들을 멍하니 쳐다보는 바엘.

친해진 다음이라 다행이다. 바엘이 아직 적이었다면, 절대로 보여줘선 안 될 광경이니까…… 그렇게 안도하면서, 혼돈한테 빨리 전이나 하라고 재촉했다.

"그럼 다녀오겠다. 분명『악마 빙의자』가 네 명 정도 포로로 잡혀 있다고 했었지? 그 녀석들은 내일 이쪽으로 연행하겠다고 말해두겠다."

"죄송합니다. 잘 부탁드리겠습니다……."

고개를 깊이 숙이는 바엘을 슬쩍 보고, 혼돈이 슉, 하고 사라져버렸다.

그러자마자 바엘도 "슬슬 푸르카스가 깰지도 모르니까"라면서 돌아갔다. 다시 한번, 쿠로가메를 잘 부탁한다고 말해뒀다.

……그렇게 해서 나는 『악마 빙의자』의 필두 바엘과 뒤쪽에서 손을 잡게 됐다.

그는 적의 주전력이다. 출연자도 겸하려면 힘들겠지만, 부디 잘 해줬으면 좋겠다.

'바엘. 새 시리즈가 성공하면 같이 축배라도 들자고.'

그리고 밤새도록 이야기를 나누자. 조연이 얼마나 훌륭한지, 그리고 그 참맛에 대해서.

5

바엘이라는 믿음직한 친구 캐릭터가 아군이 된, 그다음 날.

나는 눈을 비비고 30초 간격으로 하품을 하면서 비틀거리는 걸음걸이로 학교를 향해 걸어가고 있었다. 오늘은 월요일. 당연한 얘기지만 학교에 가야 한다.

'1교시가 뭐더라…… 뭐가 됐건 안 잘 자신은 없지만.'

어젯밤에는 하필이면 새벽 두 시까지 궁기와 격투 게임을 하고 말았다.

대충 데리고 놀아주려고 했는데, 그 여우 실력이 프로급이었다. 앞발 젤리로 컨트롤러 버튼을 재주껏 눌러대면서 엄청난 콤보를 연속으로 날려댔다.

"코바야시 소년, 고향으로 돌아가. 너한테도 가족이 있잖아."*

"여기가 우리 집이야!"

짜증 나는 【마신】의 건방진 얼굴을 떠올리면서, 빨간불이 켜진 건널목 앞에서 걸음을 멈췄다.

……가족 하니까, 한 가지 심각한 문제가 있었다. 사실은 바엘이 돌아간 직후에, 어머니한테 국제전화가 걸려왔었다.

우리 부모님은 골동 미술품을 다루는 일을 하는 탓에, 둘이서 세계 각지를 돌아다니고 있다. 많이 바쁜 건지 아니면 귀찮아서 그런 건지, 벌써 아홉 달가량 집에 안 돌아오고 있다.

'덕분에 우리 집은 거의 내가 집주인 같은 입장이 돼버렸지. 뭐, 덕분에 【마신】이나 삼 공주와 같이 살 수 있지만.'

그런 어머니가—— 가까운 시일 내에 잠깐 귀국한다고 했다.

『겨우 일이 일단락됐거든. 아빠는 무리지만, 나 혼자라도 오랜만에 집에 가게 됐어. 금방 또 나와야 하겠지만.』

『자, 잠깐만요 어머니. 귀여운 아들 얼굴을 보고 싶다는 마음은 알아요. 하지만 마음을 단단히 먹고, 부디 일을 우선해주세요.』

---

*격투 게임 스트리트 파이터 2의 캐릭터 가일의 승리 대사 패러디

『네 시시한 얼굴 같은 건 보고 싶지도 않거든. 대청소하려고 가려는 거야. 집이 쓰레기장이면 그냥 안 둔다?』
『괜찮다니까! 오히려 예전보다 더 깨끗해요!』
『뭐야? 엄마가 집에 안 오길 바라는 이유라도 있어? 동물이라도 키우는 건 아니겠지.』
키우고 있습니다. 백로라든지, 킹코브라라든지, 에조늑대라든지, 그리고 여우라든지. 아저씨랑 도플갱어도 있어요.
『날짜가 정해지면 다시 연락할 테니까. 네가 해주는 미네스트로네 수프, 기대할게.』
『만들어본 적도 없어! 내가 배운 건 프렌치토스트 정도라고!』
……그렇게 해서, 쓸데없이 귀찮은 일이 또 늘어나고 말았다. 어머니가 와 계신 동안만이라도 우리 집 식객들을 어디로 대피시켜야겠다.
기왕에 오려면 아버지가 더 좋은데. 사소한 일은 신경 쓰지 않는 성격이라서, '친구들이 놀러 왔다'라고 둘러대면 되는데.
'어머니는 감이 좋으니까…… 당분간은 다들 이계에 가 있으라고 하는 수밖에 없겠지. 젠장, 올해 안에는 안 올 거라고 했으면서…….'
어느샌가 하품을 한숨으로 바꾸고 우울한 기분으로 학

교에 도착했더니.

"안녕 이치로. 아침부터 표정이 왜 그래."

2학년 B반 교실에 들어가자마자, 바로 말을 걸어온 사람이 있었다.

중성적인 얼굴에, 아주 화려하고 날씬한 몸매의 소년. 문화제 밴드 연주에서 베이스 기타를 맡았고, 결과적으로 학교 안에서 유명인사가 돼버린 내 친구.

한마디로 히노모리 류가였다. 좋았어, 오늘은 입술에 아무것도 안 발랐구나.

"안녕 류가. 그 뒤로 적은 나타나지 않았고?"

"응, 아무 일도 없었어. 걱정되는 건 흰둥이가 어디 갔는지 정도야."

그대로 둘이서 창가 구석으로 가서, 이계의 근황에 관해서 대략적으로 보고했다.

그래 봤자, 그쪽에서는 여전히 사역마 구제가 계속되고 있다는 것 같다. 다행히 그 뒤로 72마리 악마는 한 명도 나타나지 않았다고 했고.

바엘과의 내통은 당연히 극비사항이다. 고문을 당해도 불 생각이 없다.

"헤에, 벌써 저쪽에서 『악마 빙의자』를 네 명이나 쓰러트렸구나. 그 사람들을 해방하려면 이마의 뿔을 부러트리면 된다고……."

"그래. 그러려면 『악마 빙의자』를 어느 정도 소모하게 해야 하지만. 한마디로 쿠로가메를 해방하는 건, 어쨌거나 힘든 일이 될 거라는 얘기야."

"정말이지, 사람 귀찮게 하는 소꿉친구라니까…… 뭐, 그래도 할 거지만."

씁쓸하게 웃으면서도 그런 믿음직한 말을 한 뒤에. 갑자기 류가가 다른 이야기를 꺼냈다.

"그런데 이치로. 조금 있으면 기말고사인데, 공부는 잘하고 있어?"

"기말고사……."

"학업도 중요한 사명이야. 레이, 시오리, 엘은 괜찮겠지만, 이치로는 좀 걱정이 되거든. 집에서 복습 같은 건 하고 있어?"

"무슨 바보 같은 소리를. 날 뭐로 보는 거야."

"……안 하는구나. 제발 부탁이니까 이번에는 열심히 해야 한다? 겨울방학 때 보충수업이라도 받게 돼서 크리스마스 예정을 다 망치지 말고?"

크리스마스…… 그 이벤트가 있었구나.

나로서는 기말고사보다 그쪽이 더 불안하다. 지금 나는 많은 사람과 플래그를 세워버렸거든.

분위기를 보면, 류가는 틀림없이 데이트하자고 하겠지.

유키미야, 아오가사키 선배, 엘미라도 그런 제안을 할지도 모른다.

아마 삼 공주도 크리스마스 파티를 계획하고 있을 테고. 다 같이 입을 산타 의상을 만든다고 했었지.

'까딱하면 미야모토 양한테서도 오퍼가 들어올 우려가 있어. 전부 대응하는 건 불가능해.'

크리스마스에 예정이 있다니, 친구 캐릭터로서 부끄러워해야 할 일이다. 차라리 보충수업을 받아버릴까…… 같은 생각을 하고 있는데.

"저기 코바, 히노모리. 엘미라는 오늘 결석이야?"

남학생 두 명이 다가와서 우리한테 그런 질문을 했다. 같은 반 사토와 오구라였다.

시계를 봤더니 종이 치기 5분 전. 하긴, 평소 같으면 엘미라도 와 있어야 할 시간인데…… 지금 엘미라는 이계에 가 있다. 돌아오는 건 오늘 밤이고.

"으, 응. 오늘은 감기 때문에 쉰다고 했어. 엘미라한테 무슨 볼일 있어?"

"이번 달 『엘미라 통신』 취재를 하려고 했거든. 그렇구나, 오늘 쉬는구나."

……그랬다. 이 사토와 오구라는 「엘미라 매카트니 사설 팬클럽」 회장과 부회장이다.

엘미라는 그 미모와 소악마 같은 캐릭터 때문에, 학교 전체에 많은 팬이 있다. 그런 사람들이 모여서 팬클럽까지

결성했고.

하지만 활동 내용은 별것 없다. 엘미라에 관한 정보를 다 같이 공유하자는 정도다. 회비 같은 것도 없다고 했고.

그 수단이 한 달에 한 번 회원들에게 메일로 발송하는 『엘미라 통신』.

기삿거리를 모으는 것은 엘미라와 같은 반인 두 사람의 일이다.

"코바랑 히노모리는 엘미라랑 친하구나. 제발 부탁이니까 새치기는 하지 마라?"

"걱정하지 말라고. 팬클럽이 해산하게 만드는 짓은 안 할 테니까."

내가 말하자, 옆에 있는 류가도 고개를 끄덕였다.

"그렇게 말하니까 안심이 된다. 그래, 하는 김에 조금만 협력해줄래? 사실은 엘미라에 대해서 몇 가지 불확실한 정보가 있거든."

"부, 불확실한 정보?"

"그래. 엘미라 본인한테 확인할 생각이었는데, 결석이니까 어쩔 수 없잖아."

그렇게 말하면서 펜과 수첩을 꺼내는 사토와 오구라. 마치 형사의 탐문 같다.

대체 뭘 물어보려는 걸까. 당연한 얘기지만 이야기 본편과 관계된 정보는 NG다.

뱀파이어라는 얘기라든지 【주작】의 계승자라든지, 내가 정기적으로 피를 제공하는 「전속 도너」라는 얘기라든지…… 마지막 부분은 류가한테도 NG다.

남몰래 긴장하는 나한테, 사토와 오구라가 물었다.

"요즘 엘미라가 유난히 시즈마라는 이름을 많이 말하던데…… 그게 누구야?"

"우리가 조사해 보니까, 우리 학교에는 그런 사람이 없었거든. 대체 누구지?"

처음부터 문제 발언이 나왔다.

아무리 그래도, 엘미라가 한 아이의 엄마라는 사실은 밝힐 수 없다. 친어머니인 레이다가 부활한 지금은 그 관계성이 어떻게 될지 불명이지만…… 아무튼 솔직하게 말할 수는 없다.

"그, 그러니까…… 시즈마라는 건, 엘미라네 친척 아이야. 사정이 있어서 맡아두고 있다는 것 같더라고."

내가 설명했더니 류가도 맞아, 맞아 하면서 동조했다. 여기는 나한테 맡기기로 한 것 같다.

"뭐야, 친척이었구나. 그럼, 엘미라가 종종 자기를 『상암(토코야미)의 혈족』이라고 하는데…… 그건 무슨 뜻이야?"

꽤 묵직한 돌직구가 날아왔다. 물론 정직하게 말할 수는 없지.

"엘미라네 집안이 대대로 이발소를 운영했다는 것 같더

라고. 정확히는『이발소(토코야) 혈족』이야."

"뭐야, 잘못 들은 거구나. 그리고 말이야,【주작】이 시키는 대로 불을 뿜지 않는다고 투덜댄 적이 있는데, 그건 무슨 의미야?"

나와 류가의 얼굴이 점점 일그러졌다. 그 흡혈귀, 대체 정보를 얼마나 뿌리고 다닌 거야! 말실수라고 넘어갈 수준이 아니잖아!

"주,【주작】이라는 건, 엘미라가 기르는 새 이름이야. 불이 어쩌네 했던 건, 아마도 구워 먹으려고 했다는 얘기 아닐까?"

"기, 기르던 새를 구워 먹는다고?"

"몰랐네…… 엘미라는 의외로 잔혹한 일면도 있었구나."

류가가 팔꿈치로 내 옆구리를 찔렀다. 그 눈이「위험해 이치로」라고 말하고 있다.

"그리고 이것도 물어보자. 가끔 엘미라 주위에 도깨비불이 떠 있던데, 그건 또 뭐야?"

제발 그만 좀 해라, 엘미라! 너, 정체를 감출 생각이 있는 거냐!

"여기서만 하는 얘긴데, 엘미라가 저주에 걸렸거든! 그거 아마도, 죽은 사람 영혼이야!"

"자기가 뱀파이어라고 하던데, 그건 무슨 얘기야?"

"그냥 다 떠들고 다녔잖아! 그게 아냐! 동네 야구에서 주심(엄파이어)을 맡고 있어!"

"코바한테【마신】이 깃들어 있다고 하던데, 무슨 뜻이야?"

"그건 내 NG 사항이잖아! 그런 거 없어! 도철 같은 거 몰라!"

슬쩍 봤더니 류가가 손가락으로 미간을 누르고 있었다. 「난 모른다」라는 것처럼.

그제야 겨우 사토와 오구라가 수첩을 덮었다.

"정리하자면 엘미라한테는 친척 어린애가 있고, 집은 이발소를 하고, 새고기를 좋아하고, 귀신이 씌웠고, 취미는 야구 엄파이어…… 응, 꽤 중요한 정보가 들어왔는데."

"이걸로 이번 달 『엘미라 통신』도 문제없겠네. 고마워 코바! 또 정보 가르쳐줘!"

고맙다고 말하고서 의기양양하게 떠나는 사토와 오구라. 너희들도 이상하다는 생각 좀 해라…….

"어쩔 거야 이치로? 엘이 엄청나게 이상한 사람이 돼버렸는데."

"어쩔까…… 일단 스트라이크! 하고 외치는 연습부터 시키는 게――"

그런 상담을 하고 있는데, 이번에는 여학생 한 사람이 우리 쪽으로 다가왔다.

"코바야시 군, 히노모리 군. 잠깐 괜찮아?"

같은 반 카와카미였다. 수영부 소속이고 다음 주장으로

정해진 쾌활한 소녀다. 예전에 내가 작성했던 「미소녀 리스트」에도 이름을 올렸던 사람이다.

"뭐, 뭔데, 카와카미."

"코바야시 군이랑 히노모리 군, 아오가사키 선배랑 친하지? 특히 히노모리 군은 문화제에서 선배랑 밴드도 했었고…… 그래서 좀 물어볼 게 있거든."

그러고 보니 카와카미는 아오가사키 선배 팬이었지.

지난번 문화제에서 리드 기타를 연주했던 탓에, 지금 아오가사키 선배의 인기는 최고점에 도달해 있었다. 거의 여학생들한테 인기지만.

"사실은 이번에 아오가사키 선배 팬클럽이 발족했거든. 회장은 나고."

수영부 부장에다가 팬클럽 회장까지 취임한 건가.

"그래서 『아오가사키 통신』을 만들자는 얘기가 나왔거든. 혹시 좋은 정보 없어?"

한고비를 넘었더니 또 고비가 왔네. 우리 학교 학생들인 왜 이런 일에 쓸데없이 힘을 발휘하는 거냐고! 좀 더 학업에 힘을 쏟으란 말이야! 이제 곧 기말고사인데!

"저기 히노모리 군. 설마 아오가사키 선배랑…… 사귀는 건 아니지?"

"아, 아냐, 아니라고. 그냥 검술만 배우고 있어."

카와카미가 캐묻자, 류가가 고개를 열심히 저었다. 검은

끈으로 묶은 뒷머리가 슝슝 선회하면서 내 얼굴을 때찌때찌하고 때렸다.

“그거, 선배네 집에 드나든다는 얘기야? 한마디로 가족들하고도 알고 지낸다는 거야?”

“그, 그런 게 아니라니까! 도장에는 E반 미야모토 양도 다니고 있어!”

다행히도 그때 종이 울려서, 카와카미의 취재는 중지됐다.

살았다. 계속했으면 나도 뭔가 실수를 했을지도 모른다. 아오가사키 선배의 스리 사이즈라든지 스타킹이 몇 데니어인지, 팬티는 티백이라든지.

“후우, 큰일이네…… 설마 『유키미야 통신』도 있는 건 아니겠지.”

류가의 불길한 말을 듣고, 내 자리로 돌아갔다.

만약 그런 게 있다면 또 취재하러 오려나. 쓸데없는 일을 폭로하지 않게 조심해야겠다…… 우리 학교의 이노우에 코조가 되는 건 싫으니까.

‘안 그래도 바엘이랑 공모 때문에 바쁜데…… 골치가 아프다.’

어머니의 일시 귀국. 기말고사. 크리스마스. 엘미라에 대한 사죄와 잔소리――

연말을 앞두고, 이벤트 러시가 멈출 줄을 모른다.

6

같은 시각. 이계의 중추인『나락성』.

현재 알현실에서는 사신과 삼 공주가 작전 회의를 하고 있었다.

하지만 전황은 여전히 변함이 없고…… 그래서 작전 회의라기보다는 식사를 겸한 잡담 시간이라는 느낌이었다.

"키키가 좋아하는 김 맛 포테이토칩을 보내주다니, 이치로 남작은 센스가 이쭙니다."

"제가 좋아하는 팥빵도 잊지 않고 넣었다니, 기특하군요, 코바야시 이치로."

키키와 엘미라가 사이좋게 간식을 먹고 있었다.

미온 그 모습을 바라보면서 주먹밥을 먹고 있었다. 편의점에서 파는 것이지만 꽤 맛있다. 물론 이것도 혼돈 님이 가져다주신, 이치로 군과 류가가 보낸 물건들이다.

'키키 쟤가 정말, 아까부터 과자만 먹고…… 한 봉지 더 뜯으려고 하면 한마디 해야겠네.'

아니, 오늘은 특별히 용서해줄까. 아미라는『악마 빙의자』를 쓰러트렸으니까, 그 상으로…… 같은 생각을 하고 있는데.

"미온. 슬슬 우리도 전선으로 돌아가야 하지 않겠나?"

거의 동시에 주먹밥을 다 먹은 아오가사키가 그런 말을 했다.

"잠도 잤고, 배도 채웠고, 찬물로 땀도 씻어냈다. 휴식은 충분하다."

"좀 더 쉬어도 괜찮아. 보고를 들어보니까 큰길은 전부 문제없이 방위하고 있다는 것 같거든."

"하지만 적의 공세는 여전하잖나. 『악마 빙의자』도 나타나기 시작했고…… 방심은 금물이다."

"만약에 72마리의 악마가 또 나온다고 해도, 당장 방위선이 무너지지는 않을 거야. 바론도 히가이아도 작붕도, 그쪽이 생각하는 만큼 약하지는 않으니까."

그 셋에게 현장을 맡긴 지 세 시간. 이미 셋이 합해서 천 이상의 사역마를 사냥했다는 것 같다.

그 보고에 도철 님도 기분이 좋아 보였다. '훈련병 강등을 취소해주마'라고 말했을 정도로. 정작 본인은 변함없이 서고에서 만화책만 읽고 있지만.

"하긴, 그들의 활약에는 감탄하고 있다. 반성문을 쓰면서 성 내부 청소까지 했을 줄이야…… 『부활』 대신에 『갱생』이라고 쓴 것도 정말 훌륭했다."

진지한 얼굴로 그런 말을 하는 『참무의 검사』를 보고, 미온이 자기도 모르게 씁쓸하게 웃었다.

그때 자리를 비웠던 주리와 유키미야가 알현실로 돌아

왔다.

"레이 씨, 지금 돌아왔어요."

"같이 가줘서 미안해, 주리. 그래서, 그 사람들은 어땠어?"

가까이 다가온 『축명의 무녀』에게 주먹밥을 건네며 아오가사키가 물었다. 유키미야와 주리는 포로로 삼은 『악마 빙의자』들을 보러 다녀왔다.

……벨레드, 푸르손, 살레오스, 아미.

연행된 네 명은 현재 『나락성』의 지하 감옥에 구류해뒀다.

유키미야의 치유 능력으로 상처는 완치해줬지만, 당연히 감옥에서 내보내 줄 수는 없다. 그래도 미온은 파격적인 대우라고 생각하고 있었다.

"식사는 잘하고 있지만, 네 사람 모두 정신상태가 상당히 불안정해요. 저희한테 엄청나게 겁을 먹기도 했고…… 저 상태면 정보를 알아내는 것도 불가능할 것 같아요."

한숨을 쉰 유키미야에 이어서, 주리가 보고했다.

"어쩔 수 없이 최면술로 재워뒀어. 혼돈 님이 명령하신 대로, 당장 오늘 밤이라도 인간계로 돌려보내야겠지."

――이마의 뿔이 부러진 『악마 빙의자』는 악마한테서 해방된다는 것 같다.

혼돈 님이 가르쳐주신 정보에 따라, 미온 일행은 바로 그것을 실행했다.

결과적으로 네 명의 『악마 빙의자』를 무력화하는 데 성공했다. 하지만 한편으로…… 한 가지 사고가 발생했다.

인간으로 돌아온 그들은 『악마 빙의자』였던 때의 기억을 전부 잃어버렸다.

한마디로 그들은 정신을 차려보니 감옥에 있고, 이형의 괴물들이 자신들을 감시하는 상태에 놓여 있는 꼴이 되었다. 정신이 불안정해질 만도 하겠지…….

미온도 따라서 한숨을 쉬었을 때. 키키와 엘미라도 다가왔다.

"그런 악마들보다, 문제는 레이다임미다."

"맞아요. 혼돈 말로는 그 사람도 부활했다고 했잖아요? 그런데 어째서 안 보이는 걸까?"

그렇다. 혼돈 님이 가져다준 정보는 『악마 빙의자』를 해방하는 방법만이 아니었다.

——궁기는 봉인되기 직전에 완전판 슈가 흡수했던 혼, 그리고 표주박에 남아 있던 서른 정도 되는 병졸들의 혼을 부활시켰다는 것 같다더라고.

——그중에 레이다의 혼도 있다나 없다나…… 미안하지만, 정보 출처는 사정이 있어서 밝힐 수가 없다.

그 말을 떠올리면서 미온은 팔짱을 꼈다.

'궁기 님이 자발적으로 반혼 능력을 썼으리라는 건 추측할 수 있었지만, 거기에 레이다가 포함돼 있었다니…… 이런 정보가 나올 곳은 한 군데밖에 없겠지.'

미온은 이미 어렴풋이나마 추측하고 있었다. 혼돈 님이 어떻게 그걸 알게 됐는지도. 주리도 눈치를 챈 것 같았다.

……아마도 궁기 님은 잠들지 않았다.

모든 정보는 궁기 님에게서 나왔겠지. 『악마 빙의자』를 해방하는 방법도, 부활한 사도의 상세…… 그것들을 동시에 알아낼 수 있는 존재는 하나뿐이다.

아마도 텐료인 아기토한테서 나와 새로운 그릇에 깃들어서 봉인을 면했다. 그 그릇이 누구인지도 짐작이 간다. 이젠「그」가【마신】님을 아무리 많이 깃들인다고 해도 놀라지 않는다.

'보나마나 이치로 군은 그걸 류가랑 다른 사람들한테 비밀로 하려고 들겠지…… 뭐, 그건 일단 넘어가기로 하고.'

그 레이다가 아직 합류하지 않았다는 사실이 마음에 걸렸다.

부활해서 합류한 병졸 사도들은 지금까지 29명. 완전판 슈는 병졸들을 흡수하지 않았으니까, 이 나머지 한 명이 레이다라고 생각하면 될 것이다.

그런데, 그녀만이 모습이 보이지 않는다. 과연 그냥 합류가 늦어진 것뿐일까? 아니면 설마…… 적의 수중에 들어갔을까?

미온과 같은 걱정을, 키키와 엘미라도 소리 내서 말하고 있었다.

"어쩌면 털 없는 원숭이들한테 잡혔을 찌도 모름미다. 하지만 레이다는, 그렇게까지 약한 사도가 아닐 검미다. 말 형이니까 발도 빠름미다."

"걱정되는 건 72마리 악마와 조우했을 가능성이겠죠. 병졸 클래스가 단독으로 상대하기에는 조금 부담이 되니까…… 시즈마도 걱정하고 있을 거예요."

그리고 시즈마는 여전히 뒤쪽을 수비하느라 열심히 싸우고 있다.

레이다가 부활했다는 얘기를 듣고도 '지금 제가 할 일은 성의 방위입니다. 그것을 허투루 하는 것이 오히려 불효라고 생각합니다'라고 말하며, 고집스레 자기 자리를 지켰다.

사실은 당장이라도 레이다를 찾으러 가고 싶을 텐데…… 그렇게 고집을 부리는 구석은 대체 누굴 닮은 걸까.

잠시 모두가 생각에 잠겨 있었는데. 조금 지나서 입을 연 사람은 유키미야였다.

"그럼 이렇게 하죠. 유키미야 가문의 경비원으로 고용한 스무 명의 사도들을 레이다 수색대로 편성하겠습니다. 부활해서 참가한 추가 전력도 있으니까, 나락성 방위에는 지장이 없을 거예요."

하긴, 이라고 생각하며 고개를 끄덕이는 일동을 슬쩍 보고서 빙글, 하고 몸을 돌리는 『축명의 무녀』. 그리고는 세상에, 그대로 정면에 있는 황금 옥좌로 걸어가서 거기에 앉아버렸다.

"잠깐, 거기는【마신】님 자리야."

"톳코 자리라면 제가 앉아도 문제없겠죠. 안 그런가요 키키?"

키키가 척, 하고 차려 자세를 취하더니 "지크 유키미야!"라고 외치며 경례를 했다. 뭐야 그건.

"이 싸움, 우리 군에서는 단 한 명의 전사자도 내지 않을 생각입니다. 반드시 레이다를 발견하고, 그 뒤에는 완전 승리를 목표로 하겠습니다."

하다하다「우리 군」이라는 소리까지 나왔다. 그 말을 듣고는 아오가사키도 얼굴을 찌푸렸다.

"아오가사키, 어떻게 좀 해봐. 유키미야 쟤, 원래 저런 캐릭터였어?"

"으, 음…… 시오리가 저래 보여도, 의외로 분위기를 타는 구석이 있어서 말이다. 그리고 사신 멤버 중에서도, 화가 나면 제일 무섭기도 하고."

미온과 아오가사키가 그런 이야기를 수군대거나 말거나, 유키미야 각하의 연설은 계속됐다.

"저와 레이 양과 엘미라는 오늘 밤에 인간계로 귀환합니다. 혼돈 씨의 말에 의하면 저쪽에 리나 양이 나타났다고 하니…… 저희는 사신으로서, 그녀의 탈환을 위해 온 힘을 다해야만 합니다. 엘미라! 팥빵 먹지 마세요!"
"미, 미안해요."
"세바스찬은 이쪽에 남겨두겠습니다. 도철 씨는 도움이 안 되니까, 그를 임시 지휘관으로…… 듣고 있습니까, 주리? 부대장으로 강등시키겠습니다!"
"이, 이건 횡포 아냐?!"
"자, 그럼 저희도 전선으로 돌아가도록 하죠! 시간이 허락하는 한에서, 적의 전력을 조금이라도 더 줄입시다! 이상! 해산!"
그대로 어영부영, 작전 회의라는 이름의 잡담 시간은 강제로 종료되고 말았다.
모든 이가 어쩔 수 없이 알현실에서 나가려고 한 그때.
"하아, 이제 만화에도 질렸네. 슬슬, 진지하게 【마신】으로서 할 일을 해볼까."
마침 도철 님이 그런 소리를 중얼거리면서 나타났다. 당연하다는 것처럼 옥좌 쪽으로 갔지만, 거기에는 이미 『축명의 무녀』가 자리 잡고 있었다.
"어, 내 옥좌!"
"뭐죠? 도철 씨."
"거기 내……."
"뭐라고요?"
"……아뇨, 아무것도 아닙니다."

유키미야의 위풍에 주눅이 들어서, 결국 도철 님은 옆에 있는 방석 위에 무릎을 꿇고 앉았다.

완전히 【얼간이 마신】님이시네.

제4장 그 남자, 중2병에 걸려서

1

의욕이 하나도 없는 상태로 간신히 수업 시간을 넘기고, 드디어 방과 후.

나는 류가와 같이 바로 학교에서 나와, 역 앞에 있는 번화가로 순찰하러 갔다.

……오늘 저녁 7시, 혼돈한테 이계로 가는 문을 열어달라고 할 예정이다.

그리고 유키미야, 아오가사키 선배, 엘미라를 돌아오게 해서 쿠로가메와 관련된 일에 대해 협의할 예정이다. 저쪽 전황에 따라서는 삼 공주와 시즈마도 불러들일 예정이고.

문을 여는 장소는 히노모리 저택. 그래서 아예 우리 집에 들르지도 않고 이대로 류가네 집까지 같이 갈 생각이다. 순찰은 오후 7시까지 시간을 보내기 위해서 한다는 의미도 있고.

"흰둥이가 어디로 갔을까…… 어쩌면 처음에 만났던 역 앞에 있는 건 아닐까 싶기도 한데."

뭐 순찰이라기보다는 여전히 궁기 수색 활동이지만. 진실을 밝히면, 과연 나는 무사할 수 있을까…….

"괜찮을 거야 류가. 아마 주인한테 돌아갔겠지. 지금쯤 속 편하게 자고 있거나, 같이 사는 아저씨한테 장난이라도 치고 있을 거야."

"뭐야, 왜 그렇게 낙관적인 소리나 하는 건데. 들개나 야생 조류한테 괴롭힘이라도 당하면 어쩌려고 그래?"

웃음이 터져 나왔다. 그런【마신】은 나도 보고 싶다……는 말은 당연히 못 했지만.

"역시 여우를 집에서 키우는 건 힘들려나. 그럼 학교에서 키우는 건 어떨까? 라이언이랑 알렉스라면 흰둥이하고 사이좋게 지낼 것 같은데."

라이언과 알렉스. 그 두 마리는 오메이 고등학교에 눌러살게 된 강아지 형제 이름이다. 예전에 내가 새로운 캐릭터 이름인 줄 알고 엄청나게 동요한 적이 있었지.

두 번쯤 인사차 보러 갔고, 지금은 완전히 낯이 익었다. 머리를 쓰다듬어주려는 내 손을 깨물어버릴 만큼, 두 마리 모두 친구 캐릭터를 대하는 방법을 터득했다. 뭐, 그건 그렇다 치고.

"음~ 아무래도『악마 빙의자』가 나타날 기미는 없는 것 같던데."

"적은 이계를 침략하느라 바쁘니까. 슬슬 철수할까?"

……여러 곳을 돌아보는 사이에 어느새 오후 6시.

지금부터 류가네 집으로 가면 시간상으로 딱 좋겠지. 배도 고프고.

“그럼 이치로, 그만 집에 갈까. 자, 이건 내가 사는 거야.”

류가가 자판기에서 꺼낸 캔 커피를 나한테 건네줬다.

11월은 이 시간대가 되면 꽤 서늘해진다. 물론 류가는 따뜻한 캔 커피를 골라줬다. 마음씨도 좋고 인심도 좋은 주인공이다.

“오, 고마워. 응? 넌 어쩌고?”

“하나만 샀어. 그걸로 같이 마시자.”

……그런 꿍꿍이었냐.

분명히 같은 남자들끼리라면 ‘그거 한입만 주라’라고 하면서 같이 마시는 경우가 있다. 하지만 캔 커피를 홀짝홀짝 나눠 마신다는 얘기는 들어본 적이 없다. 여자들끼리도 없을 거다.

“알았어. 내가 하나 더 뽑을게. 내가 사주는 거야.”

“안돼~! 그러면 의미가 없잖아!”

“간접 키스했다고 좋아하는 건 초등학생이나 하는 짓이야!”

“그래도 좋거든. 다른 사람들 돌아오기 전에 조금이라도 더 이치로랑 알콩달콩할 거란 말이야. 이게 마지막 기회라고.”

말을 너무너무 안 듣는 주인공이 우겨댄 덕분에, 어쩔 수 없이 캔 커피를 나눠 마시게 되고 말았다. 누가 보지 않게,

류가네 집까지 가는 동안 최대한 사람이 없는 길을 골라서 걸어갔다.

"이치로, 한 번에 잔뜩 마시면 안 된다고. 조금씩 마셔."

"대체 어쩌라고……."

"한 방울씩 마셔. 귀중한 한 캔이니까."

"여기가 무슨 사막이냐!"

그렇게 해서, 커피 캔이 두 사람 사이를 스무 번은 왕복하는 사이에 류가네 집 대문 앞 몇 미터 거리까지 도착했다.

"후후, 간접 키스 잔뜩 했다."

"이렇게까지 잔뜩 하면 기쁜 마음도 싹 가실 것 같은데 말이야."

내 말을 듣고서 "아하하" 하고 웃은 뒤에, 류가가 갑자기 진지한 표정을 지었다.

"저기, 이치로. 리나 말인데."

"응? 쿠로가메?"

"레이랑 시오리와 엘이 돌아오면…… 당장 내일이라도 다시 한번 다 같이 텐료인네 맨션에 가볼까 싶어."

"아니, 그래도…… 또 무작정 덤벼들 텐데?"

"그건 나도 알아. 하지만, 나 혼자서 상대할 생각이야. 분명히 여럿이서 덤비면 더 쉽게 끝낼 수는 있겠지만, 그래서는 리나의 갈망이 채워지지 않을 테니까."

"그러면 다른 사람들은 왜 데려가려는 건데? 일단 다 같이 설득부터 해보려고?"

"내가 리나와 싸우는 틈에── 다른 사람들한테는 그 사람을 제거해달라고 할 거야. 크레바스를 지키는 또 한 사람의 문지기를."

그거, 바엘 얘긴가? 우리 소중한 스태프를 쓰러트리겠다는 거야?

"72마리 악마 중에서 서열 1위를 쓰러트리면 텐료인한테도 큰 타격이 될 거야. 이계에서 싸우고 있는 사람들을 지원하는 효과도 있고. 거기다가 리나까지 해방할 수 있다면, 그게 제일──"

"미안하지만 그 수작은 그냥 넘어갈 수 없겠는데."

그때 류가의 말을 자르고, 전방에서 남자 목소리가 날아왔다.

깜짝 놀라서 발을 멈춘 우리 앞에── 고등학생이 한 명 있었다. 하쿠보기주쿠 교복을 입었고 약간 구부정한 자세에 마른 체형, 그리고 이마에 뿔이 하나 나 있는 소년이.

"……『악마 빙의자』인가."

바로 주인공 모드로 들어간 류가가 낮은 소리로 중얼거렸다. 아마 틀림없겠지.

류가의 집은 이미 적이 알고 있으니까…… 매복이라도 했다는 건가? 사실은 번화가보다 류가네 집을 더 경계해야 하는 건 아닐까?

두 손을 주머니에 집어넣은 채, 상대가 천천히 다가왔다. 보아하니 사역마는 없는 것 같았다. 혼자서 류가한테 도전하다니, 목숨 아까운 줄을 모르네…….

"일단 자기소개부터 하겠다. 나는 바사고── 아니면 진명(眞名)인 쿠로무라 토시야라고 하는 쪽이 좋으려나?"

"바사고…… 왕공 다음가는 대공 랭크인, 서열 3위의 악마인가."

"호오, 벌써 체크했다는 건가? 너무 유명해도 문제군."

대담한 미소를 지으며 어깨를 살짝 으쓱거리는 바사고. 진명은 또 뭔데. 그냥 본명이잖아.

"참고로 72 악마에는 그에 대응하는 12궁이라는 행성이 있다. 즉 이 바사고는 아리에스(양자리)와 주피터(목성)……뭐, 이런 레벨의 이야기는 너희가 알 리가 없겠지."

왠지 사람 속을 긁는 방식으로 말을 하는 녀석이다. 거만한 표정이라서 더 짜증 나고.

'아기토라면 또 모를까, 너 같은 놈이 건방지게 굴지 말라고. 이런 말 하긴 그렇지만, 그렇게 멋있는 캐릭터 디자인도 아니면서 말이야.'

분수에 맞지 않는 언동을 보이는 바사고한테 마음속으로 지적했을 때.

갑자기 내 주머니 속에 있는 휴대전화가 진동했다. 은근슬쩍 꺼내서 확인해봤더니 바엘한테서 메시지가 들어와 있었다.

『코바야시 군, 긴급 연락이다. 어젯밤에 내가 너희 집에 가 있던 사이에 72 악마 중에서 몇 명이 이쪽으로 넘어온 것 같다.』

연락이 너무 늦었잖아 스태프!

『서둘러 멤버를 확인하고 있는데, 다행히 딱 한 사람은 판명됐다. 바사고, 쿠로무라 토시야다.』

그 자식 지금 내 눈앞에 있거든! 지금 막 자기소개도 끝났어!

설마 바엘이 자리를 비운 사이에 크레바스를 사용했을 줄이야.

그러고 보니까 바엘이 그랬었지. 그쪽도 이계의 상황은 낮에 한 번 있는 정기 연락 때만 들을 수 있다고. 솔로몬군은 연계가 엉망이라니까.

'아기토 혼자 좌지우지하는 조직의 문제점이 드러났군. 그나저나 이렇게 됐으면 어쩔 수 없지. 바사고는 여기서 처리하는 수밖에 없겠어.'

물론 히노모리 류가가 하는 거지만.

난 실황중계 역할만 하자. 상황에 따라서는 인질이 되는 것도 나쁘지 않고.

배틀을 참관하게 된 친구 캐릭터는 그런 일도 아닌 법이니까. 사실은 초등학교 2학년 때, 히어로 공연을 보러 갔다가 인질 역할로 발탁된 적도 있거든. 난 실무 경력직이다.

"이치로, 뒤로 물러나 줘."

"그, 그래. 힘내 류가."

주인공의 후의를 받아들여서 길 가장자리로 대피했다. 아, 다행이다. '이치로, 해치워'라고 하면 어떻게 하나 싶었는데

그런 류가를 보고, 어째선지 바사고가 혀를 찼다.

"멋있는데, 히노모리 류가. 생각했던 대로 마음에 안 드는 놈이야……. 그런 너를 지금부터 신나게 두들겨 팰 수 있다고 생각하니까, 너무 기뻐서 미칠 지경이다."

"바사고. 너는 텐료인한테 아무 말도 못 들었나? 히노모리 류가가 지금까지 어떤 싸움을 했고, 그리고 이겼는지."

"그럭저럭 세다는 얘기는 들었지. 그게 과대평가가 아니기를 바라겠다."

너무나 조용한 골목길에, 두 사람의 멋진 대사가 울린다.

응, 좋네. 배틀 전에 하는 대화로는 만점이야.

이 바사고라는 남자, 어쩌면 기대할 만하겠는데. 그러니까 캐릭터 디자인은 일단 눈감아주자.

"자, 싸우자 히노모리. 인간계를 수호할 수 있는지 보도록 하겠다."

이번에도 엑설런트한 대사를 읊어주셨네.

바사고가 화려하게 질풍 같이 밤하늘로 뛰어올랐다.

2

막이 오른 류가와 바사고의 전투는 꽤 괜찮게 시작했다.

노도와도 같은 기세로 주먹과 발차기를 날리는 『악마 빙의자』와 철저하게 수비만 하는 주인공. 일단 적의 실력을 파악하겠다는 류가의 의도가 느껴졌다.

그 광경을 지켜보면서, 나는 거창하게 경악했다.

"어, 엄청난 연속 공격이다! 이게 72 악마의 실력인가!"

류가가 반격에 나설 때까지는 계속 바사고를 띄워줘야겠지. 적이 얼마나 강한지 어필해야 그런 적을 쓰러트리는 주인공의 힘이 강조된다…… 아주 초보적인 실황 기술이다.

"호오, 생각보다 좋은 반응이구나 히노모리 류가."

"넌 좀 더 단련이 필요한 것 같은데. 갑자기 강해진 신체능력에 휘둘리고 있어."

"날 얕보지 마라!"

맞아 류가, 얕보면 안 돼! 초반에는 칭찬해줘야지! 적을 띄워줘야 한단 말이야!

류가가 공격을 전부 피하자, 바사고가 태세를 바로잡으려는 것처럼 뒤로 펄쩍 뛰어서 거리를 벌렸다. 다행히도 아직 얼굴에는 여유가 보인다.

그렇게 나와야지. 이 정도로 식은땀을 흘리면 곤란해.

하지만 녀석의 공격이 유난히 빈틈투성이라서 걱정이다. 류가가 마음만 먹었다면 열 번은 쓰러트렸을 것 같단 말이야.

"그렇다면, 이건 어떠냐?"

바사고가 오른팔을 수평으로 쫙 뻗었더니, 바로 그 손에 시커먼 오라가 모여들었다. 그 오라에 점점 질감이 생겨나더니, 마침내 칠흑의 검이 됐다.

그렇구나, 마력을 써서 무기를 연성할 수 있는 건가. 뭐, 악마라면 그 정도는 해야지…… 마음속으로 그런 생각을 하면서도, 나는 매우 놀란 척했다.

"뭐, 뭐야?! 지금, 어디서 칼을 꺼낸 거지?! 마치 마법 같잖아!"

"내가 뭘 했다는 거지? 이 정도는 놀랄 일도 아닐 텐데?"

내 반응을 듣고 만족스러운 표정을 짓는 바사고. 맞아, 사실은 하나도 안 놀랐어. 미안하지만 지금 단계에서는 뭐 하나 놀랄 요소가 없었다고.

"우리 72 악마에게 이 정도 재주는 아주 Easy 한 일이다. 연성에 마력을 소비하는 게 문제이기는 하지만, 아주 날카롭지…… 맨손인 상대한테는 좀 치사하려나?"

"상관없어. 이쪽도 내 전용 장비 정도는 있으니까."

그렇게 말하고, 류가가 온몸에서 황금색 오라를 발산했다. 그것을 두 손에 모으더니, 순식간에 투박한 방어구가 나타났다.

물론 이건 류가의 수호신인 【황룡】을 변화시킨 건틀렛. 그렇다, 이 정도 재주는 류가한테도 Easy 한 일이다.

"네, 네놈, 나와 같은걸……!"

그걸 본 바사고가 아주 멋지게 동요했다. 대놓고 식은땀까지 흘리고 있네.

……저 반응, 위험한 거 아닌가? 아까까지 보여주던 여유는 어디 갔지? 왠지 갑자기 분위기가 이상해졌는데 말이야.

"네 말대로, 놀랄 정도 재주는 아니야. 디자인이 예쁘지 않은 게 문제지만."

씁쓸하게 웃으면서, 류가가 두 주먹을 부딪쳐서 철컹, 하는 소리를 울렸다. 저 건틀렛으로 한 대라도 맞으면 그 자리에서 배틀이 끝나버리겠지.

"까불지 마라, 히노모리 류가!"

고함을 질렀나 싶더니, 바사고가 바닥을 박찼다. 순식간에 류가의 눈앞까지 육박해서 대상 단으로 들어 올렸던 칼을 내리쳤다.

역시나 『악마 빙의자』답게 스피드는 있다. 바위 정도라면 두 쪽을 낼 수 있는 참격이다. 하지만 솔직히 말해서, 나는 낙담하는 기분을 감출 수가 없었다.

'너무 느려. 그걸로 류가를 쓰러트리는 건 무리라고.'

부대장 클래스 사노라면 바시고와 괜찮은 승부가 될지도 모른다.

하지만 아쉽게도 상대는 히노모리 류가다. 그리고 관전자는 코바야시 이치로. 우리를 감탄하게 하기엔, 아무리 봐도 역부족이다.

"피할 수 있다면 피해 봐라, 히노모리! 슈발츠 크레에(암흑섬마황인)!"

이름 하나는 거창한 내리치기를, 류가는 예상대로 아주 간단히 피해버렸다.

"그렇다면 이건 어떠냐! 라스트 인페르노(옥염신패참)!"

바로 이어서 펼쳐진 가로 베기도, 류가는 아무렇지도 않은 얼굴로 간단히 피해버렸다. 거기서 끝나지 않고, 손가락 두 개로 칼날을 잡아서는 똑, 부러트려 버렸다.

'정신 차려 바사고! 멋진 건 기술 이름뿐이잖아!'

이 녀석은 글렀다. 대충 어렴풋이 느끼고는 있었지만, 아무리 봐도 주인공과 싸워도 되는 적이 아니다. 완전히 방난한테 덤비는 미평 같은 꼴이다.

황급히 다시 거리를 벌린 바사고가 류가를 매섭게 노려봤다.

"꽤 하는데 히노모리. 감히 내 마검 궁그닐을 피하다니……."

"궁그닐은 창 아니었나?"

류가의 지적을 무시하고, 자루를 쥔 손에 오라를 모으는 바사고. 그랬더니 부러진 칼날이 서서히 수복돼서 원래 모양으로 돌아왔다. 다행이다. 궁그닐(검)이 부활했다.

"마음에 안 들어…… 하나부터 열까지 마음에 안 드는 자식이다, 히노모리 류가."

"아까부터 궁금했는데 말이야, 왜 그렇게 내가 싫은 건데?"

검을 고쳐 쥐고 슬금슬금 거리를 좁히면서, 바사고가 저주하는 것처럼 중얼거렸다.

"먼저, 그 히노모리 류가라는 거창한 이름이다. 그리고, 나를 제치고 미소녀들로 하렘을 구축했다는 점이다."

"그렇게 말해도 말이야, 부모님이 지어준 이름은 내가 어떻게 할 수도 없고…… 동료들이 여자들뿐인 것도 우연히 그런 거고……."

"그 비주얼도 용서할 수 없다! 보란 듯이 잘생긴 얼굴을 해서는!"

"아, 고마워."

기쁘다는 것처럼 쑥스럽게 웃는 주인공을 보고, 바사고가 더 못 참겠다는 것처럼 폭발했다. 그리고는 끈질기게, 또다시 류가를 향해 칼을 휘둘렀다.

"장난은 끝이다! 받아라! 슈발츠 크레에(암흑섬마황인)! 라스트 인페르노(옥염신패참)!"

또 차이가 뭔지 알 수도 없는 필살기를 날리는 바사고.

하지만 결과는 마찬가지였다. 칼날은 허무하게 허공을 갈랐고, 때때로 류가가 똑, 부러트려버리면 다시 수복하는 허무한 루틴을 되풀이할 뿐이다.

큰일이다. 독자나 시청자들이 입을 쩍 벌리고 하품하는 모습이 눈에 선하다. 이대로 가면 72 악마 전체의 체면에 문제가 생긴다!

'어떻게든 분위기를 띄워야 하는데…… 뭔가, 바사고한테 칭찬할 구석은 없을까?'

필사적으로 그런 부분을 찾았다. 그 녀석 부모님이라도 된 기분으로 찾았다.

하지만 소용없었다. 갈 다루는 실력도 완전히 초보라서 도저히 봐줄 수가 없었다. 그렇다면 주인공을 칭찬하는 수밖에 없다. '오히려 류가가 대단한 것이다'라는 느낌으로 가는 수밖에 없어!

"여, 역시 류가야! 누구도 간파한 적이 없을 암흑섬마황인을 종이 한 장 차이로 피하다니! 시공조차도 갈라버린다는 옥염신황참도 아슬아슬하게 피하고 있어!"

"종이 한 장 차이도 아슬아슬도 아냐. 너무 느려서 곤란할 지경이라고."

내 혼신의 해설에, 류가가 찬물을 끼얹었다.

나도 알아! 그래도, 조금이나마 말을 맞춰달란 말이야!

나도 일이라고! 널 위해서 하는 거야!

"야 거기 잡몹! 내 옥겸신황참은 시공이 아니라 공간을 갈라버리는 기술이다! 엉터리로 해설할 거면 아예 하지를 마라!"

알 게 뭐야! 비슷한 거잖아! 그리고 뻥 치지 마! 너 혹시, 그냥 중2병 환자 아냐?!

"이런 이런. 이걸 보면 72 악마의 수준도 알 만하네."

"'이런 이런' 같은 소리 하지 마라! 그건 내 말버릇이다!"

류가의 코멘트를 듣고서 화를 내고, 그래도 굴하지 않고 칼을 휘둘러대는 바사고. 숨을 헐떡이고 있다.

……그냥 끝났다고 봐야겠지. 여기서부터 바사고가 역전하는 전개는 없을 것 같다. 72 악마 중에서 제일 약하다는 설정으로 하고, 빨리 류가한테 쓰러지기나 바라는 수밖에 없다.

엉망진창이 되어가고 있는 배틀을 포기하려고 하던 그때.

"——어라, 코바야시 군? 이런 데서 뭐 하는 거야?"

전방에서, 오메이 고등학교 교복을 입은 한 소녀가 다가왔다.

이럴 수가, 미야모토였다. 바로 어제 아오가사키 선배네 집 앞에서 이야기를 나눴던 미야모토 치즈루. 어깨에 죽도집을 메고서, 빠른 걸음으로 날 향해서 다가왔다.

"미, 미야모토? 그쪽이야말로 왜 여기에?"

갑자기 등장한 미야모토 양을 보고, 곤혹스러워하면서 물었다.

분명히 미야모토네 집은 이 근처가 아닐 텐데. 아오가사키 도장에서도 멀리 떨어져 있으니까, 미야모토가 여기 있을 이유는…… 그런 내 의문은, 바로 간단하게 해소됐다.

"쿠로가메네 집에 수업 필기 노트를 가져다주러 갔었거든. 오늘 결석해서."

그러고 보니 미야모토 양은 2학년 E반이었다. 쿠로가메와 같은 반이다.

두 사람의 성격만 보면 물과 기름 같지만, 의외로 사이가 좋다는 이야기를 들은 적이 있다. 둘 다 무도 소녀라서 마음이 맞는 걸까.

"그런데 코바야시 군. 저쪽에 히노모리 군이랑 또 한 사람은 뭐 하는 거야? 설마…… 싸우는 건 아니겠지?"

지금 실제로 배틀을 펼치고 있는 류가와 바사고를 보며, 미야모토 양의 얼굴이 약간 굳어졌다. 이건 학생회장의 얼굴이다.

"아, 아냐, 그게 아니야, 미야모토! 그냥 좀, 이능 배틀 놀이를 하는 것뿐인데……."

"또 한 사람은, 검을 휘두르고 있는 것 같은데?"

"아, 아니라니까! 저 궁그닐은 장난감이야! 돈키호테*에

*일본의 잡화 할인매장

서 산 싸구려라고!"

"두 사람, 그만 해요! 싸움의 원인은 뭐지?"

내 해명을 무시하고 배틀 현장을 향해 성큼성큼 걸어가는 미야모토.

큰일이다. 저기 가까이 가면 위험한데. 서둘러 다가가서 미야모토의 어깨를 붙잡으려고 손을 뻗은 순간—— 나보다 빨리 움직인 자가 있었다.

"이건 어떠냐, 히노모리 류가!"

바사고였다.

그 녀석이 재빨리 몸을 돌리더니 미야모토를 향해서 빠르게 돌진했다.

내 눈앞에서 미야모토의 모습이 사라져버렸다. 정신을 차려보니 바사고는 몇 미터 떨어진 곳에 있었고, 미야모토를 뒤쪽에서 풀 넬슨 자세로 붙잡고 있었다.

"꺄악…… 뭐, 뭐야?"

"꼼짝 마라 히노모리! 이 자식의 목을 베어버리겠다!"

미야모토의 목에 칼날을 대고, 바사고가 소리를 질렀다.

……지금 와서, 생각지도 못한 위기가 찾아왔다.

미야모토의 신병이 적에게 구속돼서, 인질이 돼버린 것이다.

3

미야모토가 바사고한테 잡히면서, 처음으로 류가의 안색이 달라졌다.

하지만 그것은 낭패나 초조한 기색이 아니었다. 주인공의 눈동자에 깃든 것은 한눈에 봐도 분노의 감정이었다.

그리고 화가 나서 떨고 있는 건, 나도 마찬가지였다.

'바사고, 쿠로무라 토시야…… 끝까지 한심한 자식이네. 넌 대체 얼마나 어리석은 거야! 처음에 기대했던 내가 바보다!'

그런 짓을 해봤자, 류가를 진심으로 만들 뿐이다. 저 녀석이 전속력으로 움직이면 인질 따위는 의미도 없다. 바사고가 반응할 틈도 없이 미야모토를 탈환할 수 있겠지.

아니, 그 문제는 넘어가도 좋다.

내가 화를 내는 건 다른 이유 때문이다.

'기왕에 인질을 잡으려면, 친구 캐릭터를 노렸어야지! 아까부터 계속 여기 있었잖아! 배틀을 실황중계하고 있던, 시끄러운 바람잡이가!'

배틀 중에 인질이 돼서 주인공에게 방해가 된다── 나는 예전부터 그 포지션을 동경하고 있었다.

솔직히 여자 쪽이 인질로 잡혔을 때 그림이 나온다는 건 나도 이해한다. 하지만 나는 그걸 메우고도 남을 연기력을 지니고 있다. 제대로 보여줄 자신이 있는데!

'바사고, 너 아까 나한테 『거기 잡몹』이라고 했었잖아……
대체 뭐가 불만이었는데? 보란 듯이 빈틈을 보여주면서
기다리고 있었는데…….'

내가 선망과 질투가 담긴 눈으로 미야모토를 보고 있었더니 바사고는 핏발 선 눈으로 다시 한번 류가에게 말했다. 전투 때문에 숨을 헐떡이고 있는 탓에 거의 변태처럼 보였다.

"원래 이런 수단은 쓰고 싶지 않았지만, 그런 걸 따질 때가 아니게 됐다. 히노모리! 일단 손에 낀 장갑을 해제해라!"

시킬 필요도 없이, 이미 류가의 두 팔에 있던 건틀렛은 사라진 상태였다.

덕분에 미야모토가 그 건틀렛을 목격하는 일은 피했다. 류가가 이능력자라는 것도 들키지 않았고.

"……바사고. 지금 당장 그 사람을 풀어줘. 충고는 단 한 번뿐이다."

류가가 매섭게 번뜩이는 눈으로 쏘아보자, 바사고가 살짝 주눅이 들었다. 하지만 바로 기세를 되찾더니 지지 않겠다는 것처럼 받아쳤다.

"흥, 이 상황에서 허세를 부리는 거냐. 히노모리, 얌전히 항복해라. 얌전히 그 목을 넘긴다면 인질은 풀어주마."

자세히 보니 바사고가 한쪽 손으로 미야모토 양의 가슴을 움켜쥐고 있었다. 정신없는 틈을 타서 성희롱까지 하다니,

역시나 입시명문학교 하쿠보기주쿠 학생…… 빈틈이 없다.

"이런 이런. 검을 수복하는 데 마력을 소비하게 해서 뿔의 경도를 떨어트리는 작전이었는데…… 아무래도 너한테는 원만한 수단이 아니라, 따끔하게 혼쭐을 내줘야겠어."

"이 자식이! 또 내 말버릇을——"

바사고가 소리 지른 순간. 그녀가 행동에 나섰다.

하지만 「그녀」는 류가가 아니라, 미야모토였다.

"에잇!"

기합 소리와 함께, 미야모토의 팔꿈치가 바사고의 명치에 파고들었다. 인질이 날린 생각 하지도 못한 반격에 주춤한 바사고를, 그 직후에 업어치기로 날려버렸다.

"크헉!"

등부터 바닥에 처박힌 바사고의 어깨를, 미야모토가 죽도로 짜악, 하고 때렸다. 그리고는 매섭게 소리를 질렀다.

"그런 행패는 그만두세요! 경찰을 부르겠습니다!"

……깔끔한 탈출극이었다. 그리고 치한 격퇴였다.

미야모토는 그 아오가사키 레이가 「언젠가 자신과 어깨를 나란히 할 수준에 도달할지도 모른다」라는 평가를 받은 여걸. 얌전히 인질 노릇을 할 사람이 아니었다.

그나저나 바사고! 문제는 너야! 일반인한테 당하지 말라고! 72 악마의 간판에 얼마나 먹칠을 해야 직성이 풀리는 거야! 솔로몬 님도 화가 나겠다!

"으극, 이 년이……!"

"아오가사키류 검사를 얕보지 마세요. 잔말 말고 그 장난감 칼을 버리세요! 이마의 뿔도 떼고! 그것도 돈키호테에서 샀나요?!"

아무래도 미야모토 양은 바사고의 뿔을 파티용품이라고 생각하는 것 같았다. 게다가 아오가사키류라고 했는데…… 일단은 월상관 검사 아니던가?

분노한 얼굴로 자신을 바라보는 바사고를 당당하게 노려보는 미야모토.

하지만 몇 초 뒤에, 그녀는 "……어라" 하고 고개를 갸웃거렸다. 처음으로 바사고의 얼굴을 제대로 봤는지, 눈을 껌벅거리고 있다.

"당신 혹시, 쿠로무라 군?"

미야모토가 갑자기 바사고의 진명을 부르자, 나와 류가가 동시에 "어?" 소리를 냈다.

"나, 중학교 때 같은 반이었던 미야모토 치즈루인데…… 기억 안 나?"

"미, 미야모토……?"

그러자 바사고도 그녀의 진명을 불렀다.

이건 생각도 못 했다. 설마 두 사람이 아는 사이였다니. 중학교 때 같은 반이었더니.

"미야모토, 이 녀석이랑 친구였어?"

뒤늦게나마 미야모토를 향해서 뛰어간 내가 그렇게 물었다.

죽도에 맞은 어깨를 붙잡고서 웅크리고 앉아 있는 바사고를 내려다보며, 미야모토가 애매하게 고개를 끄덕였다.

"친구라고 할 만큼 친한 건 아니었지만…… 걔, 항상 혼자였거든. 가끔 말을 걸어도 『이런 이런』 하고 중얼거리기만 했고."

중2병 환자에다 외톨이였냐.

혹시 이 녀석이 류가를 이상할 정도로 원수 취급했던 건 리얼충으로 보여서 그랬던 걸까? 전형적인 주인공 캐릭터인 류가를, 자기 손으로 폭발시키고 싶었던 건가?

죽도를 집에 집어넣으면서 미야모토가 말을 이었다.

"쿠로무라 군이 성적은 상당히 좋아서 하쿠보기주쿠에 갔다는 건 알고 있었는데…… 그러고 보니, 쉬는 시간에는 항상 옥상에 있었지. 『실프의 통곡이 들린다』라고 말하면서."

엄청난 흑역사다.

"종종 팔에 붕대도 감고 있었어. 다친 것 같지는 않았는데…… 『나는 최종적으로, 르레자와 싱크로할 것이다』라고 했었지."

너무 심하잖아.

"해골 마크가 달린 안대를 차고 다니던 시기도 있었어.

어디서 들은 얘기 같았는데……『이건 악마와 계약한 대가다』라고 했어.”

그만 용서해줘! 옛 상처를 후벼 파지 말라고!

“그, 그만해에에에에에!”

그때, 바사고가 절규했다. 머리를 쥐어뜯어 가며 괴로워했고, 얼굴은 귀까지 새빨개져 있었다. 두 발도 버둥거리고 있고.

……어린 시절부터 친구 캐릭터를 지망했던 나는, 미안하지만 중2병 환자의 기분은 모른다. 자신에게 특별한 힘이 있다니, 생각만 해도 우울해진다.

저기, 바사고. 【마신】 같은 건 계약하지 않아도, 자기들이 알아서 찾아오거든? 할 수만 있다면 한 마리쯤 양도하고 싶다…… 절실하게.

“들어라, 미야모토! 나는 진정으로 『힘』을 손에 넣었다! 나는 그런 숙명을 지니고 태어났다! 그것을 보여주마!”

내가 그런 생각을 하고 있자니, 갑자기 바사고가 벌떡 일어나서는 우리를 향해 덤벼들었다.

“!”

재빨리 미야모토를 감싸려고 했지만, 그럴 필요는 없었다.

달려오는 바사고 앞에, 날씬한 사람이 끼어들었다. 히노모리 류가였다. 류가가 속 편하게 방관하고 있을 리가 없지.

"비켜라 히노모리 류가! 베어버린다!"

돌진하면서 궁그닐(검)을 치켜드는 바사고. 그 칼날이, 두 배 이상으로 길어져 있었다. 혹시 마력이 격정에 감응하고 있는 건가?

"바사고. 아니, 쿠로모리 군. 그『힘』은 가짜다."

"웃기지 마라!"

류가의 정수리를 향해 칼을 내리치는 바사고. 하지만 그 직후, 그 몸이 뒤쪽으로 날아가 버렸다.

돌바닥에 떨어져서 데굴데굴 구르고, 담장에 격돌해서야 멈췄다. 내 옆에 있는 미야모토가 깜짝 놀라는 게 느껴졌다.

'미야모토한테도, 지금 그건 안 보인 건가.'

큰 소리로 말할 일은 아니지만, 나한테는 보였다. 주먹 5연타…… 순식간에, 그 공격이 바사고의 복부를 때렸다.

건틀렛을 끼고 있었다면 틀림없이 의식을 잃었겠지. 하지만 맨손으로, 상당히 힘을 뺀 펀치였던 덕분에 바사고는 간신히 기절하지 않았다.

"으윽…… 쿨럭, 쿨럭……."

땅바닥에 엎어져 있는 바사고를 향해, 류가가 천천히 다가갔다.

"쿠로무라 군. 처음에 말했던 것처럼, 너는 갑자기 강해진 신체 능력에 휘둘리고 있어. 아마도 너는『악마 빙의자』

가 될 때까지 제대로 운동해본 적도 없겠지?"

"……."

"정말로 강해지고 싶다면 몸과 마음을 단련해야 해. 하루하루 노력하면, 사람은 얼마든지 강해질 수 있어. 아까 『악마 빙의자』인 너를 격퇴한, 미야모토 양처럼."

"다, 닥쳐라…… 날 얕보지 마라…… 질 리가 없다, 현재의 나는…… 지구 최강의, 디아보로스(마전사)다……."

끈질기게도 그런 설정을 밀어붙이는 바사고를 향해, 미야모토가 다가갔다. 그리고 달래는 것처럼 말했다. 만에 하나의 사태에 대비해서, 나도 따라갔다.

"쿠로무라 군, 괜찮다면 아오가사키 도장에 입문하지 않겠어? 그러면 틀림없이 히노모리 군이 말한 진정한 강함을 손에 넣을 수 있어."

무슨 말을 하나 싶었더니, 영업이었다. 월상관이 아니라 아오가사키 도장 쪽.

"우리 도장, 문하생이 적어서 곤란한 상황이거든. 어때, 지금 들어오면 입문 특전으로 세제도 주는데."

이젠 완전히 아오가사키 도장 쪽 사람이다. 「우리 도장」 같은 소리도 하고 말이야.

바사고는 그 말을 고개를 숙인 채 듣고 있다.

난 알고 있다. 저 녀석이 아직 전의를 상실하지 않았다는 걸. 가만히 류가의 빈틈을 노리면서, 움직일 타이밍을 노리고 있나는 사실을.

"……이봐, 미야모토."

"왜? 쿠로무라 군."

"너 혹시, 날 좋아하는 거냐?"

바사고의 당돌한 질문에, 미야모토가 큰 소리로 "뭐?"라고 말했다. 어떤 의미에서는 부정보다도 명확한 대답이었다. 그만큼 차가운 "뭐?"였다.

"그렇게까지 필사적으로 날 권유하는 건, 그런 뜻이잖아? 넌 중학교 때도 매일 아침 나한테 『안녕』이라고 인사를 했지…… 반하지도 않은 남자한테 그런 짓을 할 리가 없다."

"인사 정도는 다른 애들한테도 했는데."

"잡아떼 봤자 난 알 수 있다. 솔직해져라, 성노예."

"역시 그냥 경찰에 넘겨버릴까."

미야모토가 완전히 질렸다는 것처럼 탄식한 순간.

예상대로 바사고가 움직였다. 갑자기 미야모토를 향해서 궁그닐을 던진 것이다.

하지만, 아쉽게도 그런 기습 공격은 통하지 않는다. 직선으로 날아온 칼은 미야모토에게 도달하기도 전에, 류가가 쳐서 떨어트려 버렸다. 나도 방심하지 않았을 정도니까, 당연히 주인공도 방심 따위는 안 했다.

"기다리고 있었다! 이 순간을!"

바사고도 기습이 실패하리라고 예상했던 것 같다. 그 녀석은 재빨리 뒤에 있는 담장을 걷어차고, 그 반동을 이용해서 우리를 향해 총알처럼 날아왔다.

그 녀석의 진짜 목적은, 다시 인질을 잡는 것이었다.

그리고 그 인질은 미야모토가 아니라── 이번에야말로 나였다. 은근슬쩍 포획당하기 쉬운 위치로 이동해 있던 친구 캐릭터였다.

'기다리고 있었다! 이 순간을!'

바사고의 얕은꾀 정도는 나도 다 꿰뚫어 보고 있었다. 결국 너한테 남은 수단은 인질 작전밖에 없을 테니까.

그렇기 때문에 나도 이 기회를 노리고 있었다. 다음에는 꼭 인질이 되겠다고.

조연 마니아가 군침을 흘리는 그 역할을 반드시 차지하겠다고!

"움직이지 마라, 히노모리! 움직이면 네 일행을 죽이겠다!"

미야모토를 잡았을 때와 똑같이, 나를 풀 넬슨 자세로 붙잡는 데 성공한 바사고. 적 캐릭터로서는 정말 최악인 녀석이지만, 이건 그냥 넘어가 주자. 오히려 높이 평가해 주고 싶다.

'너, 마지막에 와서 밥값을 하는구나. 두 번째라서 임팩트가 좀 떨어진다는 게 아쉽기는 하지만.'

불만이 없는 건 아니지만 배부른 소리 할 때가 아니니까.

자, 지금부터는 내 턴이다. 새 시리즈에서는 최대한 출연자로 나오고 싶지 않았지만, 이런 형태라면 대환영이다.

여러분, 괄목하세요. 그리고 인식을 고치세요. 『코바야시 저거, 사실은 미야모토만도 못한 피라미 아닌가?』, 『저렇게 방해만 되는 놈은 진짜 짜증 난다니까』라고, 인터넷에서 열심히 욕해주세요.

바로 지금이 내 주가를 떨굴 절호의 기회다. 【마신】을 셋 데리고 있다고? 그게 어쨌다는 건데. 사흉 따위는 지난 시리즈 캐릭터일 뿐이잖아! 끝난 콘텐츠잖아!

"코, 코바야시 군!"

적의 손에 붙잡힌 나를 보고, 미야모토가 창백한 얼굴로 소리쳤다. 류가가 그런 미야모토의 어깨를 슬며시 움켜쥐고, 뒤로 물러나게 했다.

"크크크…… 두 번이나 인질을 잡히다니, 너도 꽤 얼빠진 놈이구나 히노모리. 어이쿠, 한 발짝도 움직이지 마라! 소중한 친구의 목이 부러질 테니까!"

"으아아아아~! 사, 사, 살려줘어어~!"

고양되는 기분을 억누르고, 한심한 비명을 질렀다. 마음만 먹으면 실금도 할 수 있지만, 아무래도 그건 너무 노골적이라서 자제했다.

"이봐 히노모리! 두 손을 뒷머리에 깍지끼고 바닥에 엎드려! 미야모토, 너도! 이놈이 어떻게 되건 상관없다는 거냐!"

"히이이이이익!"

"빨리해! 제한 시간은 5초다!"

"으허어어어엉!"

"시끄러, 인질! 좀 조용히 해!"

바사고한테 야단을 맞고 소리 지르던 걸 일단 그만뒀다. 너무 열심히 했나.

"히노모리 군, 지금은 시키는 대로……."

날 걱정해준 미야모토가 류가한테 속삭였다.

하지만 정작 주인공은 가만히 서 있었다. 미야모토가 인질로 잡혔을 때 두 눈에 깃들었던 분노가, 지금은 보이지 않았다.

'류가 저 녀석, 왜 저러는 거야? 뭐 됐고, 난 내 일만 하면 되니까.'

나는 프로 친구 캐릭터. 그러므로 알고 있다.

여기서 당황해서 난리를 치는 건 단순한 일반인이다. 친구 캐릭터씩이나 되면 추태로 끝나선 안 된다. 인질로서 꼭 해야 할 대사가 있거든.

"나, 난 신경 쓰지 마, 류가! 이 녀석을 쓰러트려!"

최대한 용기를 쥐어 짜낸 것처럼, 그토록 기다렸던 대사를 외쳤다.

그렇다. 바로 이것이 친구 캐릭터만이 할 수 있는 한 마디. 얼간이 평가는 그대로 유지하면서 씩씩한 구석도 있다고 어필해서 동정심을 끌어내는 고등 테크닉.

지금 이 장면을 보고 있는 사람들은 틀림없이 이렇게 생각할 것이다. 「답이 없을 정도로 방해만 되는 놈이지만, 그래도 구해줘!」, 「어떻게든 해 봐, 주인공!」이라고.

물론 류가는 그 기대에 응해주겠지. 다들 침을 꿀꺽 삼키고 있겠지.

그리고 날 구출한 류가는 시원스레 웃으면서 이렇게 말한다. 「어떻게 친구를 버리겠어?」라고. 절대로 날 책망하지 않고.

'아아, 류가, 너란 녀석은…… 고맙다! 정말 고맙다!'

그 감동적인 장면을 상상하면서 눈물을 글썽이고 있는데. 해프닝이 발생했다.

"그런데 미야모토 양, 다친 덴 없어? 아까 난폭하게 붙잡혔던데."

"뭐? 아니, 딱히…… 그보다 코바야시 군이……."

"미안해, 이상한 소동에 말려들게 해서."

류가가 날 내버려 두고 미야모토 양과 토크를 시작해버렸다. 이 장면엔 독자와 시청자들이 깜짝 놀랐겠지. 나도 놀랐고.

이미 5초가 지났는데도 시키는 대로 하지 않는 류가 때문에 바사고가 짜증을 냈다. 나도 짜증이 난다.

"야 히노모리! 내 말 안 들렸냐! 친구를 죽인다고!"

"류가, 미야모토와의 대화는 나중에 해줘! 하지만 난 신경 쓰지 마! 난 괜찮으니까! 미야모토도 괜찮으니까! 둘 다 신경 쓰지 마!"

내가 생각해도 무슨 말을 하고 있는지 모를 지경이 돼버렸다.

조금 지나서 류가가 빙글, 하고 몸을 돌렸다. 미야모토의 손을 잡고, 그대로 현장을 떠나려고 했다. 어라? 저기요 류가 씨? 아직 인질이 잡혀 있거든요?

"어두워졌으니까 집까지 바래다줄게. 미야모토 양 정도로 강하면 걱정할 필요는 없겠지만, 그래도 여자니까."

"저기, 히노모리 군. 그것보다 코바야시 군이……."

"괜찮아, 이치로라면 혼자서도 알아서 할 테니까."

"뭐?"

"미야모토도 대전해본 경험이 있으니까 잘 알잖아? 이치로가 보통이 아니라는 것."

"그야, 뭐. 나도 탈출했을 정도니까……."

미야모토가 류가의 말을 듣고서 이해해버렸다. 게다가 중성적인 미소년이 배웅해주는 것도 싫지는 않은 분위기고.

"야, 기다려 히노모리! 혹시 이 자식, 친구가 아닌 거냐?!"

보란 듯이 곤혹스러워하면서 소리를 지르는 바사고에게, 류가가 마지막으로 말했다. 시원하게 웃는 얼굴로.

"당연히 친한 친구지. 그러니까 신뢰하는 거야."

그런 신뢰는 필요 없어! 친구 캐릭터를 악마한테 넘겨버리지 말라고!

멀어져가는 두 사람의 뒷모습을, 나와 바사고는 그저 멍하니 지켜보기만 했다.

휘몰아치는 바람이 유난히 차갑게 느껴진다.

4

그렇게 해서 배틀 현장에는 나와 바사고만 남아버렸다.

인적 없는 어두운 골목길에서, 남자 고등학생을 뒤에서 안고 있는 남자 고등학생. 그 너무나 비현실적인 광경을 보는 사람은 이제 아무도 남아 있지 않았다.

'뭐야 이 상황은? 왜 이렇게 된 거지?'

인질이 됐다고 들떴던 기분은 완전히 사라져버렸다.

동시에, 지금 와서 깨달았다. 류가가 두 번이나 인질을 잡히는 실수를 저지른 것은, 노려진 대상이 나였기 때문이라는 것을.

그 시점에서 류가는 맡겨버리기로 했겠지. 바사고의 처리를. 나한테.

'설마 주인공이 전투를 방치할 줄이야…… 게다가 친구 캐릭터의 구출까지 내버려 두다니…… 류가, 너는 정말!'

어째서 내 계획은 번번이 깨져버리는 걸까. 어째서 내가 원하는 포지션을 시켜주지 않는 걸까. 다들 날 싫어하는 거야? 내가 무슨 짓이라도 저질렀어?

대체 얼마나 그렇게 굳어져 있었을까.

바사고의 몸이 부들부들 떨리기 시작했고, 결국에는 오늘 한 것 중에서 제일 큰 소리로 고함을 질렀다.

"어쩔 거야, 이거!"

풀 곳 없는 분노를 터트려버리는 『악마 빙의자』. 하지만 그 기분은 나도 마찬가지다.

"내가 묻고 싶다! 됐으니까 이제 떨어져! 언제까지 타이타닉 자세를 하고 있을 건데!"

"웃기지 마, 이 잡몹 자식아! 너 버림받았잖아! 대체 얼마나 인망이 없는 거야!"

"너 같은 외톨이한테 그런 소리 듣고 싶지 않거든! 분명히 말해두는데, 주인공한테 버림받은 건 너도 마찬가지라고! 까딱 잘못되면, 네가 나오는 장면은 처음 등장한 부분부터 끝까지 전부 통편집 당할 수도 있단 말이야!"

"영문 모를 소리 하지 마! 그리고, 난 외톨이가 아니야! 약자 놈들이랑 무리 짓는 걸 싫어할 뿐이다!"

"72마리씩이나 모여서 무리 짓고 있잖아! 그나저나 빨리 떨어져! 업어치기라도 먹여줄까! 그다음에 가로 누르기라도 해줄까!"

내 요구를 받아들여서, 바사고가 구속을 풀어줬다. 이

녀석도 계속 남자를 끌어안고 있는 건 싫겠지.

아직도 화가 안 풀렸는지, 바사고가 몇 번이나 바닥을 걷어찼다.

"젠장! 이래서 리얼충은 싫다고! 히노모리 자식, 여자를 인질로 잡혔을 때만 안색이 바뀌고…… 남자가 잡히니까 쳐다보지도 않잖아!"

정확히 말하자면 인질이 「남자」라서가 아니라 「코바야시 이치로」라서 내버려 둔 건데…… 이 녀석한테 그런 얘기를 해봤자 소용없는 일이고.

"게다가 미야모토까지 하렘에 집어넣다니…… 그 녀석은 나랑 플래그가 섰는데!"

안 섰거든. '뭐?'라고 했잖아. 실제로 미야모토 양이랑 플래그가 선 건 나지만, 이 녀석한테 그런 얘기를 해봤자 소용없는 일이고.

"결국은 히노모리도 여자 말고는 아무 관심도 없는 쓰레기 자식이었어!"

"류가한테 그런 소리 하지 마! 다른 사람한테 뭐라고 하기 전에 너 자신에 대해서 반성하라고! 솔직히 넌 설정 자체가 너무 엉망이야!"

"뭐, 뭐라고?"

무슨 소리냐는 것처럼 날 노려보는 바사고. 마친 좋은 기회니까 지적해주기로 했다.

"잘 생각해보니까 궁그닐은 북유럽 신화잖아! 넌 솔로몬의 악마고! 그렇다면 무기 네이밍도 세계관에 맞추란 말이야! 롱기누스의 창 같은 것도 있는데!"

"내 무기는 검이다! 롱기누스는 창이 아닌가!"

"궁그닐도 창이잖아!"

"내 센스를 트집 잡지 마라!"

"아무거나 이름만 붙이면 끝나는 게 아니라고! 그리고 슈발츠 크레에(암흑섬마황인)하고 라스트 인페르노(옥염신패참)도 좀 더 차별화해! 페이버릿(필살기)을 리본(재검토)하란 말이야!"

"너 이 자식, 나보다 멋있는 표현을 쓰지——"

그렇게 반성회를 하던 중에. 갑자기 바사고의 말문이 막혔다.

어떻게 된 일인지 넋까지 나가서. 내 머리 위를 올려다본 채로, 계속 입만 뻐끔거리고 있었다. 마치 거기에 무시무시한 뭔가가 있다는 것처럼.

"이봐, 왜 그래 바사무라."

별명으로 불러도 반응이 없다. 조금 전까지 화가 나서 새빨개졌던 얼굴이 지금은 시퍼런 색이다. 식은땀까지 지금까지 하고는 비교도 할 수 없을 만큼 줄줄 흘리면서.

"아, 어……."

메마른 소리를 내면서 그 자리에 털썩 주저앉아버리는

바사고.

……그 모습을 보고, 어젯밤에 봤던 바엘의 모습이 떠올랐다. 분명히 그 녀석도 비슷한 반응을 보였었지. 「어떤 존재」를 보고, 이상할 정도로 전율했었다.

'설마…….'

고개를 돌려서 머리 위를 확인해보니, 역시 내 생각이 맞았다.

거기에 있는 것은 여우 가면을 쓰고 아홉 개의 꼬리가 난 반인반수(半人半獸)의 괴물 여우.

코바야시 이치로를 새로운 그릇으로 삼은 사흉 중에 하나——【마신】 궁기였다.

"야, 멋대로 나오지 말라고. 자고 있던 거 아니었어."

귀를 기울여보니 드르렁~ 쿨~ 하는 코 고는 소리가 작게 들려왔다. 자고 있던 건 혼돈 아저씨뿐인 것 같다.

"너—— 미야모토 양한테 난폭하게 굴었지?"

내 말을 무시하고, 궁기가 땅바닥에 주저앉아 있는 바사고한테 으르렁거렸다. 여우 가면에서 나오는 빨간 눈빛이 기분 나쁘게 이글이글 빛나고 있다.

"아, 아, 아스모데우스를 순식간에 해치웠던 괴물……! 왜, 어째서 여기에!"

엉덩방아를 찧은 채, 바사고는 과호흡에 빠져 있었다. 자세히 보니 내가 예정했었던 실금까지 했고. 젠장! 나도 저 정도는!
"그 아이가 내 마음에 들었다는 걸 알고서 한 짓이야? 시시한 악마 주제에, 아주 건방진 짓을 저질러줬네. 변명은 안 들을 거야."
말투는 조용하지만, 궁기의 목소리에는 격렬한 분노가 깃들어 있었다. 그것은 온몸에서 발산되는 엄청난 사기(邪氣)만 봐도 일목요연했다. 힘을 대부분 잃었다는 걸 믿을 수 없을 정도다.
……그러고 보니까 궁기 자식, 이상하게 미야모토가 마음에 든다고 했었지. 여우 마니아인 미야모토가 시키는 대로 앞발 들고 일어서기까지 했었고.
그런 미야모토한테 못된 짓을 한 바사고 때문에 엄청나게 화가 나서 이렇게 나온 걸까.
네 숙주도 똑같은 자세로 잡혔었는데, 그건 상관없는 건가.
"자, 어떻게 죽여줄까."
그렇게 말하고, 궁기의 오른팔이 쭉 늘어나서 바사고를 붙잡았다. 상대의 얼굴을 움켜쥐고 그대로 허공으로 들어 올렸다.
"으, 으아아아악! 하지 마! 용서해줘! 살려줘어어어어!"
필사적으로 다리를 버둥거리며 목숨을 구걸하는 바사고.
겁먹은 연기를 나보다 잘하는 것 때문에 너무나 짜증이

난다. 아니, 이 녀석은 연기가 아니라 진심이다. 순수한 연기라면 내가 더…… 같은 대항 의식을 불사르고 있을 때가 아니지.

"이봐 궁기! 바사고를 놔줘! 그놈은 인간이라고!"

아무튼 지금은 바사무라의 목숨이 우선이다.

꾸물거리다간 궁기가 저 녀석의 머리를 터트려버릴지도 모르니까. 혹시나 죽은 사람이 나오기라도 하면 바엘을 볼 낯이 없다.

"너, 이번 새 시리즈에서는 스태프 역할만 하기로 약속했잖아! 연기자로 출연하는 건 허가할 수 없어!"

"하지만 이 자식, 미야모토 양 가슴까지 주물렀거든. 그 사람 가슴을 건드리는 건 내 역린을 건드리는 것과 마찬가지야."

"역린이 어디에 있는데! 알았어, 죽이지 마라?! 절대로 죽이지 마라?!"

"그거, 죽여도 된다는 뜻이지?"

"이중 부정에 의한 긍정이 아니라고!"

"그래, 목을 부러트리자."

"하지 말라고! 『편의점 가자』처럼 가볍게 말하지 말란 말이야!"

내가 그렇게 열심히 설득했지만, 궁기는 오른팔에 힘을 줬다.

다음 순간. 뿌득, 하는 소리가 주변에 울렸다. 하지만 그것은 바사고의 목뼈가 아니라── 그의 이마에 나 있던 뿔이 부러진 소리였다.

"끄아아아아아아아아아아!"

갑자기 바사고가 절규했다. 아니, 그건 아무리 봐도 그의 목소리가 아니었다. 낮고 굵은 남자의 목소리였다.

이어서 온몸에서 시커먼 연기 같은 것이 뿜어져 나왔고, 밤하늘로 녹아들었다. 어느새 바사무라는 팔다리가 축 늘어져서 꼼짝도 하지 않았다.

'뭐, 뭐야 지금 그거? 혹시 악마가 빠져나간 건가?'

악마는 뿔을 부숴버리면 빙의 상태를 유지하지 못하게 되고 지옥으로 강제 송환된다── 바엘은 그렇게 말했다.

한마디로 바사무라가 악마한테서 해방됐다는 건가? 평범한 인간으로 돌아온 거야?

"농담이야 코바야시 소년. 죽이지는 않아."

거기서 평소의 뻔뻔한 태도로 돌아와서 깔깔 웃는 궁기. 바사무라를 잡고 있던 손을 놔버려서, 나는 급하게 뛰어가서 떨어지는 바사무라를 받아냈다.

"난 사리분별을 할 줄 아는【마신】이야. 하지만 미야모토 양하고 관련된 일 때문에 조금 혼내주고 싶었던 것도 사실이고. 그 녀석은 혼쭐이 나야 해."

"정말이지, 사람 조마조마하게 하기는…… 그나저나 아스모데우스에 이어서, 또『악마 빙의자』를 쓰러트렸잖아……."

"하지만 히노모리 류가가 그냥 가버렸으니까 누군가가 바사고 군은 처리해야 하잖아. 넌 역시 하기 싫었지? 그래서 내가 대신해준 거야."

고마워하라는 것 같은 괴물 여우의 말에 입을 다물고, 일단 바사무라를 바닥에 눕혔더니.

바로 눈을 번쩍 떴다. 비틀비틀 상체를 일으켰고, 주위를 둘러보고, 뭔가 깜짝 놀란 것처럼 멍한 표정을 지었다.

"어, 어라? 여기는……."

"정신이 들었어 바사무라. 어디 아픈 덴 없고?"

"바, 바사무라? 저기…… 너, 누구야?"

이상하다는 얼굴로 날 보면서 그런 소리를 했다. 그러고 보니까 내 이름은 말을 안 했었구나.

"난 코바야시 이치로. 분에 넘치게도 히노모리 류가의 친구 캐릭터를──"

"으아아아아악!"

내가 자기소개를 하는 중에, 바사무라가 절규했다. 이번에는 제대로 본인 목소리로.

"괴, 괴, 괴물이다!"

어째선지 또 궁기를 보고 놀랐다. 그 반응, 이미 봤거든.

"뭐 하는 거야 바사무라. 테이크 2는 필요 없는데 말이야. 미안하지만 그렇게 다시 해봤자, 이 장면은 쓸 수가……."

“사, 사, 살려줘어어~!”

하지만 상대는 더더욱 당황할 뿐이었다. 자세히 보니까 두 번째 실금까지 했다. 이 녀석, 아직도 방광에 소변이 남아 있었나! 이거 나더러 보라고 하는 거야?!

“진정해 바사무라! 알았으니까! 연기력은 인정할 테니까!”

“코바야시 소년. 혹시 그 녀석…… 아까까지의 기억이 없는 게 아닐까?”

궁기의 추측을 듣고서 나는 “뭐?” 소리를 내면서 눈이 휘둥그레졌다.

기억이 없다고? 설마『악마 빙의자』는 그런 설정인 건가? 바엘은 그런 얘기 안 했었는데?

“궁기. 아스모데우스는 어땠어? 뿔을 부러트린 다음에, 그 부장이라는 사람도 기억을 잃었어?”

“음~ 아스모데우스는 그 자리에서 실신하고 구급차에 실려 가서 말이야…… 그 뒤에 어떻게 됐는지는 몰라.”

가면을 벅벅 긁고 있는【마신】은 내버려 두고, 나는 직접 바사무라한테 문진을 시도했다.

“저기, 너 바사고 맞지? 솔로몬 휘하의 72 악마지?”

“뭐, 뭐야 그게! 난 쿠로무라 토시야다! 그것보다 괴물이!”

“궁그닐은 기억나? 슈발츠 크레에(암흑섬마황인)은? 라스트 인페르노(옥염신패참)은?”

“몰라! 그딴 것보다 여우 괴물이!”

"지금이 몇 월 며칠인지는 알아? 악마 소환 의식은 기억해?"

"지금은 여름방학이잖아! 으아아아! 사, 사, 살려줘~!"

거기까지 들었을 때, 바사무라가 네 발로 엎드린 채 몸을 돌렸다.

의외로 빠른 속도로 골목길에서 발발발발 기어서 도망치는 바사고+쿠로무라=바사무라. 야 인마! 살려줘어어를 네 마음대로 쓰지 마! 그건 내 말버릇(?)이라고!

바사무라의 모습이 사라질 때까지 지켜본 뒤에, 궁기가 "흐음" 하고 고개를 끄덕였다.

"지금이 여름방학이라고 생각한다는 건…… 아무래도 악마 소환 의식 때부터 기억이 없는 것 같네. 한마디로 『악마 빙의자』였던 동안의 일은 하나도 기억하지 못한다는 뜻이려나."

아마도 그렇겠지. 뭐, 본인한테는 그쪽이 더 행복하겠지만.

그러니까, 가장 오래된 『악마 빙의자』라면 3개월이나 되는 기간의 기억이 비어버린다는 뜻이 되나. 힘들기는 하겠지만, 무사히 원래 생활로 돌아가게 되는 대가라고 생각하면 싸다고 할 수 있겠지.

'나중에 류가랑 합류하면 이 얘기도 해줘야겠다.'

그리고 잔소리도 해줄 생각이고. 주인공이 직무 태만을

저지른 탓에 전개가 아주 시시해져 버렸으니까.

기껏 내가 활약하는 장면이었는데, 이렇게 망쳐버리다니…… 라는 생각을 하면서 시무룩해 있는데.

"그나저나 미야모토 양은 예쁘기만 한 게 아니라 실력도 대단하네. 하아, 대단해…… 무릎 위에서 낮잠 자고 싶다."

화면에 나오지 않아야 할 【끝난 콘텐츠 마신】이 그런 소리를 진지하게 중얼거렸다.

이 녀석을 제작 반에 받아들인 건 실수였다는 생각이, 자꾸만 든다.

5

나는 궁기한테 들어가라고 지시한 뒤에 일단 바엘한테 메시지를 보냈다.

류가와 합류하기 전에 바사고를 처리했다는 걸 보고해 둘 필요가 있었기 때문이다. 인간으로 돌아온 바사고가 기억을 잃었다는 것도 당연히 말해줬다.

1분도 안 돼서 바엘한테서 답장이 돌아왔다.

『알았다 코바야시 군. 미안하지만 기억이 없어진다는 건 나도 몰랐다. 사실 아스모데우스였던 쿠로다 부장은 이미 전학을 가버렸다. 연락도 안 된다.』

그랬구나. 예전에 궁기가 뿔을 부러트렸던 오컬트 연구

회 부장이었던 아스모다가, 설마 연락이 안 되는 상황일 줄이야.

어쨌거나 지금 와서 그 사람의 행방을 쫓아봤자 의미는 없다. 부장 씨는 3학년이니까, 아마 지금쯤은 열심히 입시 준비를 하고 있겠지. 악마였다는 것도 잊어버리고.

'이걸로 바사무라와 아스모다 두 사람이 악마한테서 해방됐다. 아니, 이계에서도『악마 빙의자』가 네 명 쓰러졌다고 했었지.'

벨레드-쿠로키, 푸르손-쿠로에, 살레오스-타케시타, 아미-토미하루 네 명이라고 기억하고 있다. 기억하기 힘드니까 그쪽도 별명을 붙여주자.

'벨레키, 푸르에, 살레시타, 아하루면 되겠지.'

뭐, 이 녀석들은 더 출연할 일도 없겠지만…… 그런 생각을 하고 있는데, 또다시 바엘-쿠로키한테서 메시지가 왔다.

이쪽도 바에카와라고 부를까 싶기도 했지만, 동지니까 그만두었다.

『코바야시 군, 추가 보고다. 인간계로 쳐들어온 자들에 대한 건인데, 푸르카스 말로는 열 명 정도는 된다는 것 같다. 계속해서 알아볼 테니 기다려줘.』

약 열 명인가. 푸르카스, 즉 쿠로가메가 말했다고 하니까 그게 사실인지 의심이 가는데…… 그나저나 그쪽도『악마 빙의자』 상태인 동안에는 푸르가메라고 불러줘야 할지도 모르겠는데.

'뭐, 됐고. 그것보다 빨리 류가와 합류해야겠다. 일곱 시에 혼돈 아저씨한테 문을 열어달라고 할 거니까.'

시간을 확인해보니 벌써 6시 50분. 예정 시각까지 이제 10분밖에 안 남았다.

'미야모토네 집이 어디지. 버스 통학이라고 했으니까 꽤 멀 것 같은데 말이야…….'

일단 류가한테 전화해보려고 휴대전화를 꺼냈을 때.

"……아, 이치로. 바사고는 처리했어?"

그 주인공이 돌아왔다. 혼자서.

듣자 하니 미야모토가 '가까운 버스 정류장까지만 바래다주면 돼'라고 해서 그렇게 했다는 것 같다. 류가네 집은 바로 이 앞이니까, 일곱 시까지는 문제없이 도착하겠지.

류가네 집까지 가는 짧은 시간 동안, 바사무라와 있었던 일을 보고했다.

정말 유감이지만, 바사무라의 뿔은 내가 부러트린 거로 해두기로 했다. 류가한테 궁기의 존재를 알릴 수는 없으니까.

"아하하. 바사고도 바보 같은 짓을 했다니까. 설마 이치로를 인질로 잡다니."

"그 건에 대해서, 너한테 한마디 해야겠어. 난 전력으로 계산하지 말아줘. 그런 장면에서는 제발 식은땀을 흘려달라고."

"그렇지만 이치로가 『난 신경 쓰지 마』라고 했잖아."

"그냥 말이 그렇다는 거지. 츤데레로 치면 츤이야. 사실은 구해줬으면 싶으면서도 귀찮게 하고 싶지는 않다고 센척하는——"

"그거 알아? 사이고 다카모리*가 길렀던 개 이름이 츤이래. 허세 부리는 개였나."

"사람 말 좀 들어!"

반성하는 기색이 전혀 없는 주인공을 질책하는 사이에, 어느새 류가네 집에 도착했다.

교실보다 훨씬 넓은 응접실에 들어갔더니, 거기에는 언젠가 그랬던 것처럼 초밥이 차려져 있었다. 한눈에 봐도 특상급 초밥이라는 걸 알 수 있었다.

이계로 간 사람들이 오늘 돌아온다는 건, 당연한 얘기지만 쿄카도 알고 있다. 주인공의 여동생이 신경 써서 주문해둔 것이다.

"쿄카땅! 보고 싶었어어어!"

바로 내 안에서 혼돈이 튀어나왔고, 쿄카를 쫓아다녔다.

그런 아저씨한테 주의를 주고 있는데, 머릿속에서 여우도 "아, 유부초밥 있네! 나도 먹고 싶어!"라고 난리를 쳐대서,

---

*19세기 일본의 군인, 정치인

그쪽도 주의를 줬다.

"이봐요 혼돈, 벌써 일곱 시야. 문 열어줘."

"맞아. 다들 돌아오고 싶어 할 테니까. 전투 때문에 피곤하기도 할 테고."

나와 류가가 재촉하자 "알았다, 알았다고"라면서 문을 출현시키는 혼돈.

장지문 한 장 크기의 문이 실체화되자마자 바로 찰칵, 하고 열리더니—— 낯익은 얼굴들이 차례로 들어왔다. 문 앞에서 신발을 벗고서.

"여어, 류가와 코바야시. 이쪽은 별일 없나?"

제일 먼저 나타난 사람은 아오가사키 선배.

여전히 애도인 「어신목도」를 들고, 시원스레 웃고 있었다. 생각보다 피폐해지지는 않은 것 같다. 스타킹 올이 나가지 않았을 정도니까.

"지금 돌아왔습니다."

다음에 나타난 사람은 유키미야.

응접실에 들어오자마자 꾸벅, 인사를 하고 가련한 미소를 지었다. 하지만 그 직후에 갑자기 표정이 확 변하더니 "내 왔슈!"라고 말하며 한 손을 척, 들어 보였다. 톳코다.

"아아, 피곤하군요. 자 시즈마, 이리 오세요."

"어머님. 역시 저는 성 수비를……."

그다음은 엘미라. 그리고 내 사랑하는 아들 시즈마.

웬일로 고집을 피우는 세 살 아이의 손을, 빨강 머리 뱀파이어가 억지로 잡아끌고 있다. 꼭 아이를 치과에 데려가는 엄마 같다.

'어라, 레이다는 없는 건가? 혹시 아직 합류하지 못한 건가?'

그걸 물어보기도 전에, 이번에는 삼 공주가 문을 통과했다.

"다녀왔어. 하아, 겨우 돌아왔네."

"지금은 이쪽이 집이라는 기분이야. 보건실 업무가 많이 밀려 있지 않으면 좋겠는데."

"초밥이 이쯤미다! 시쥬마, 같이 먹는 검미다!"

평소와 똑같은 세 사람을 보고 일단 가슴을 쓸어내렸다. 뭐 인간계 기준으로 이틀, 이계 기준으로는 하루였으니까 변화가 없는 게 당연하겠지만.

쿄카가 바지런하게, 신발들을 집어서 비닐봉지에 집어넣었다. 그리고 그걸 방 한쪽에 놔두는 건 혼돈이 맡았고.

메인 캐릭터들이 다 모였을 때, 류가가 일동에게 수고했다고 말했다.

"다들 수고했어. 무사한 것 같아서 정말 다행이네. 보고할 일이 많겠지만, 얘기는 식사하면서 하자. 자, 앉아."

바로 사람들의 잔에 차를 따라주기 시작한 류가를 보고, 사신 히로인즈가 씁쓸하게 웃었다. 평소와 똑같은 주인공을 보고서 그쪽도 안심한 것 같다.

"신경 쓸 필요 없다, 류가. 사도와의 싸움과 비교하면 대단한 것도 없는 일이었다. 이계에서 하룻밤을 보내는 것도 귀중한 체감이었고."

"후후. 히노모리 군이랑 코바야시 씨, 저희 전과를 들으면 놀라실걸요?"

"뭐, 제가 진지하게 하면 그 정도라는 얘기죠."

……분위기를 보면 이계에서의 싸움은 큰 승리로 끝난 것 같은데.

나로서는 솔직하게 기뻐할 수 없다. 적을 너무 잔뜩 무너트려 놓으면 이 이후의 스토리에 지장이 생기니까. 진지하게 일하지 않아도 됐는데.

차를 따른 다음에는 물수건을 준비해주면서, 류가가 생글생글 웃으며 물었다.

"그러고 보니까, 나도 얘기 들었어. 슈한테 흡수돼 있던 바론, 히가이아, 작붕이 부활했다면서? 이치로한테 그 얘기를 들었을 때는 나도 깜짝 놀랐다니까."

"음. 그들도 지금은 완전히 개심해서 우리와 함께 싸워줬다."

"역시나 장군 클래스라니까요. 아군이 되니까 정말 믿음직해요."

"하지만, 우리 시즈마 정도는 아니었어요."

아오가사키 선배, 유키미야, 엘미라의 말에 고개를 끄덕이면서, 이번에는 초밥 상자에 씌워놓은 랩을 벗기는 주인공. 그러다가 갑자기 뭔가가 생각난 것처럼 날 쳐다봤다.

"그런데 이치로는 그걸 어떻게 알았어? 궁기가 잠들기 전에 그들의 혼을 해방했다는 걸."

그 기습 공격 같은 질문에 나는 대놓고 당황했다. 큰일 났다. 기껏 애매하게 넘어갔었는데, 여기서 그걸 캐물을 줄이야!

"나, 나는 혼돈한테 들었어. 아저씨가 어떻게 알아냈는지는 나도 잘 모르겠네. 본인한테 물어봐."

그랬더니 사람들의 시선이 혼돈한테 집중됐다.

하지만 혼돈은 이미 내 안으로 들어가 있었다. 그 신속한 대응에 마음속에서 박수갈채를 보내면서, 나는 "그 녀석은 잠들었나 봐. 일어나면 물어볼게"라는 말로 얼버무렸다.

'으악. 톤짱, 갑자기 뛰어 들어오지 말라고!'

'시끄러! 긴급 피난이니까 어쩔 수 없잖아!'

그런 궁기와 혼돈의 목소리는 넘어가고, 이번에는 반대로 내가 질문을 했다. 더 이상의 추궁을 피하려면 어떻게든 화제를 바꿔야겠지.

"그, 그렇지, 텟짱은 어떻게 됐어? 다른 팔걸은? 그리고 『악마 빙의자』를 네 명 정도 잡았다고 들었는데, 그 녀석들은――"

내가 질문을 줄줄이 늘어놓고 있는데, 말이 끝나기도 전에 갑자기 이계 쪽 문에서 청년 한 사람이 불쑥, 얼굴을 내밀었다. 딱 봐도 껄렁해 보이는 갈색 머리 형씨였다.

"우캬. 잠깐 실례 하겠수."

얼굴은 처음 보지만 '우캬'라는 소리를 듣고 누구인지 짐작이 갔다.

이 녀석은 아마도 조장 작붕이다. 예전에 류가한테 패배했고, 게다가 시마한테도 패배한, 팬티 도둑 맨드릴 개코원숭이형 사도다. 이게 그 녀석의 인간체 모습인가.

"물건은 현관에 놓고 가면 되나? 뒤처리는 알아서들 하고."

그렇게 말하면서 응접실로 들어온 작붕은 한쪽 옆구리에 두 명씩, 인간을 들고 있었다.

하나같이 하쿠보기주쿠 교복을 입은 남학생들이었다. 아마도 저 네 명이 포로가 된 『악마 빙의자』들이겠지. 벨레키, 푸르에, 살레시타, 아하루로 추정된다.

정신을 잃은 것 같은 네 명을 짐짝처럼 내려놓고 성큼성큼 걸어서 응접실에서 나가는 껄렁한 남자. 몇 초 만에 돌아왔을 때는 빈손이었다. 아마도 현관에 내려놓고 왔겠지.

포로를 전달해준 맨드릴 개코원숭이 사도가 백로 소녀한테 무슨 전표를 내밀었다.

"우캬캬. 역시 미온은 인간체도 끝내주네. 역시 내가 제일 좋아하는 여자야.”

“쓸데없는 소리 하지 말고 작붕. 레이다 수색도 부탁할게.”

“알았어! 그리고 미온, 나랑 사귀——”

“싫어.”

전광석화로 차인 뒤에, 원숭이는 시무룩해져서 이계로 돌아갔다. 나중에 기회가 되면 미온 팬티라도 하나 줘야겠다.

작붕이 가버린 뒤에 미온, 주리, 키키가 이쪽으로 고개를 돌렸다.

“들은 대로야 이치로 군. 궁기 님이 해방하신 혼 중에 레이다도 있었다는 것 같은데…… 아직 발견하지는 못했어.”

“그래서 『나락의 팔걸』과 가이고를 비롯한 부대장 클래스들은 그쪽에 남기로 했어요. 계속해서 잔당 섬멸과 레이다 수색을 맡아달라고.”

“참고로 도철 남작은 조금 늦게 올 검미다. 현재, 발정이 난 치타 사도가 『돌아가지 마세요!』라면서 풀 넬슨 자세로 꽉 붙잡고 이쭘미다.”

레이다가 아직 합류하지 않았다. 그게 조금 마음에 걸렸다.

빨리 발견해서 시즈마와 만나게 해주고 싶다. 아들이 훌륭하게 성장한 모습을 보여주고 싶다. 그리고 가능하다면,

내가 아버지라고 인지해줬으면 싶다.

'이계 쪽에는 루니에, 시마, 사이힐, 그리고 바론과 히가이아에 작붕까지 있으니까. 수비도 수색도 맡겨두면 되겠지. 그러고 보니 팔걸 중에 아직 등장하지 않은 녀석들이 있었는데…….'

아마 사츠키 & 바츠와나 두 명이었지.

하지만 『나락의 사도』와는 이미 화해했으니까, 지금 와서 튀어나와도 어떻게 취급해야 좋을지 곤란할 뿐이다. 그 두 사람한테는 미안하지만, 팔걸에서 육걸로 설정을 변경해야겠지.

'그나저나 텟짱 그 녀석, 하필이면 나랑 똑같이 풀 넬슨으로 붙잡혀 있을 줄이야. 오늘은 그냥 안 와도 되기는 하지만.'

그런 생각을 하고 있는데,

갑자기 백로 소녀가 내 쪽으로 얼굴을 들이밀고 귀엣말을 했다.

"이치로 군. 부활한 사도들에 대해서, 집에 간 다음에 확인할 게 하나 있거든."

"뭐?"

"혼돈 님이 이 정보를 누구한테 들었는지…… 삼 공주의 의견은 일치했어."

"그, 그게 누군데? 우와, 난 짐작도 못 하겠는데 말이야."

"흐~응, 잡아떼는구나. 아, 유부초밥이 있네. 조금만 싸 갈까. 분명 『그분』이 좋아하실 테니까."

……다 들켰네.

틀림없이, 미온은 눈치를 챘다. 날 그릇으로 삼은【마신】이 셋으로 늘었다는 걸. 역시나 자칭 정실부인 포지션의 여자다.

식은땀을 흘리면서 눈을 이리저리 돌리는 나한테 미온이 "괜찮아, 우리는 절대로 말 안 할 테니까"라고 말하면서 눈을 찡긋했다. 그대로 주리와 키키를 재촉해서, 제각기 탁자 앞에 있는 자리에 앉았다.

"아, 맞다. 『악마 빙의자』들 말인데, 그 사람들은 쓰러지면 악마에 씌웠을 때의 기억이 없어져 버리는 것 같아."

"나중에 최면술을 풀어줘서, 자기들 발로 집에 돌아가게 하죠."

"시쥬마. 힘내고, 일단 초밥을 먹는 검미다. 레이다는 틀림없이 찾아낼 검미다. 먹으면서 좋은 소식을 기다리는 검미다!"

이래저래 서론이 길어졌지만, 아무튼 이제야 겨우 초밥 타임이 시작됐다.

주인공의 후의를 받아들여서 사양하지 않고 젓가락을 놀리는 일동. 나도 배가 고프니까 일단 먹기로 했다. 시즈마 옆자리에 앉으려고 했더니 이미 어머니와 누나가 점령

하고 있었다.

"아오가사키, 연어 좋아했었지. 자, 여기."

"미온은 참치 뱃살을 좋아했지. 그 위치에서는 잡기 힘들 것 같군."

상대가 좋아하는 초밥을 집어서 접시 위에 얹어주는 미온과 아오가사키 선배. 이 두 사람에 대해서는 더 할 말이 없다. 완전히 친구다. 소울 메이트다.

"주리. 어째서 엄마 새처럼 저한테 초밥을 먹여주는 건가요?"

"당신이 아니라 톳코 님한테 먹여드리는 거야. 루니에가 잘 모시라고 부탁했거든."

"주리야, 다음엔 성게가 먹고 싶어야."

몇 초 간격으로 유키미야에서 톳코로 체인지한 타이밍에 맞춰서 입에 초밥을 넣어주는 주리. 덕분에 유키미야는 맛도 못 느끼고 배만 불러오는 부조리한 상황에 빠져 있다.

"자, 시즈마, 고추냉이는 뺐어요. 어서 드세요."

"키키도 뺄 검미다 엘미라! 매운 거 싫쭙미다!"

"어머님, 누님. 두 분 모두 입가에 밥알이 붙어 있습니다. 제가 떼어드리겠습니다."

보호자처럼 양쪽에 자리 잡은 엘미라와 키키를, 되레 시즈마가 챙겨주고 있다. 레이다가 부활해도 이 가족관계가 변하지 않기를, 절실하게 바란다.

잠시 화기애애한 분위기 속에서 초밥을 먹고 있는데.

아오가사키 선배가 얼굴을 살짝 찌푸리더니 류가한테 물었다.

"그런데 류가. 리나는…… 어떤 상태였지?"

쿠로가네 양의 이름이 나오자 유키미야와 엘미라도 진지한 얼굴이 됐다. 같은 사신 동료로서, 계속 쿠로가메 양을 걱정하고 있었겠지.

"응…… 리나는 지금 텐료인네 맨션이 있는 크레바스의 문지기를 맡고 있어. 서열 1위 바엘이라는 『악마 빙의자』랑 같이."

그리고 류가는 어제 쿠로가메와 있었던 일을 얘기했다.

지금 쿠로가메는 『강자와 싸우고 싶다』라는 갈망이 폭주했고, 여기 있는 멤버들과도 싸워보고 싶어 한다── 그 말을 듣고, 모두가 얼굴을 찌푸렸다.

그리고 류가는 바로 조금 전에 바사무라가 습격했던 일도 말했다. 뿔이 부러진 『악마 빙의자』가 기억을 잃어버리는 건 이쪽에서도 확인했다고.

"호오, 치즈루가 전투 현장에 있었다는 건가. 인질로 잡혔다가 제힘으로 빠져나오다니, 역시나 아오가사키류 검사다. 치즈루가 있으면 우리 도장도 안심이지."

미야모토의 활약을 들은 아오가사키 선배가 마치 자기 일이라도 되는 양 자랑스러운 표정을 지었다.

아무래도 미야모토를 다시 월상관으로 돌려보낼 생각이 없는 것 같다. 그때가 오면 풀 넬슨 자세로 붙잡아서 말리려고 하지 않을까.

"아무튼 리나에 대한 건 잘 알겠다. 그쪽이 싸우기를 바란다면 이 『참무의 검사』가 상대해주겠다. 뿔을 부러트리고, 리나를 악마 푸르카스한테서 해방해주마."

"제가 싸워도 좋아요. 긍지 높은 『상암의 혈족』으로서, 도전해온 승부에서 도망칠 수는 없으니까요."

제각기 결의를 표명하는 사신 히로인즈. 삼 공주도 질 수 없다는 것처럼 나섰다.

"나도 좋아. 이 남장 미온이 후다닥 하고 거북이를 퇴치해줄게."

"학생이 못된 장난을 했다면, 교사인 이 환장 주리가 지도를 해줘야겠지?"

"폭장 키키인 키키한테 맡기는 검미다. 키키는 언제든, 누구의 도전도 받아들임미다."

의외로 푸르가메 씨와의 대전에 의욕적인 일동의 말을 듣고, 류가가 황급히 고개를 저었다.

"자, 잠깐만 기다려봐. 리나하고 승부는, 나한테 맡겨주면 안 될까. 지금 리나는 악마에 씌워서, 상당히 위험한 존재가——"

그런 주인공의 말을 자르고.

"실례한다아아!"

혼돈이 열어놓은 문에서 새로운 손님이 나타났다. 나이는 40대 중반 정도, 둥그스름한 체형에 유난히 목소리가 큰 7대3 가르마 머리의 아저씨였다.

갑자기 등장한 사람을 보고, 주리가 한 손을 들어서 살짝 흔들었다.

"어머나, 히가이아. 고생이 많네."

"전할 물건은, 현관에 놔두겠다아아아!"

잉어형 사도인 분장 히가이아인 것 같다. 큰 걸음으로 성큼성큼 걸어온 히가이아는—— 이럴 수가, 한쪽 옆구리에 두 명씩 인간을 들고 있었다. 아까 작붕이랑 똑같이.

"어, 어라? 저 사람들은?"

눈이 휘둥그레진 나와 류가를 무시하고 응접실에서 나가는 히가이아. 조금 있다가 빈손으로 돌아와서는 우리한테 꾸벅 인사를 하고, 주리한테 전표를 건네고, 다시 문 너머를 향해 성큼성큼 걸어갔다.

"이치로 님. 저들도 사로잡은 『악마 빙의자』입니다. 그러니까…… 모락스 나카니시, 로노베 타노우에, 그레모리 니시모리, 발라크 바바입니다."

모라니시, 로노우에, 그레모리, 발라바라고?

"자, 잠깐만!"

전표를 보면서 아무렇지도 않게 말한 킹코브라 사도를

향해, 혼란스러워하면서 큰 소리로 불렀다.

어떻게 된 거야? 이계에서 쓰러트린 『악마 빙의자』는 네 명이 아니었어? 설마 마지막 순간에 가서 전황이 또 움직였다는 건가?

내가 심하게 동요하고 있는데, 또 방문자가 왔다. 이번에는 정장을 입은, 번화가에서 호객행위를 할 것 같은 뺀질뺀질한 남자였다.

"안녕하심까. 잠깐 괜찮으실까요?"

호객꾼들이 사람을 붙잡을 때 던지는 말과 함께 응접실로 들어온 남자. 그리고 이쪽도 당연히── 한쪽 옆구리에 둘씩, 사람을 들고 있었다.

"아, 바론임미다. 수고가 많쭘미다."

"안녕 키키. 자, 이거 전표."

아무래도 이쪽은 사마귀형 간장 바론인 것 같다. 먼저 온 둘처럼 전표를 주고, 『악마 빙의자』들을 내려놓고는 돌아갔다.

하지만 그것은── 아직 시작에 불과했다.

"안녕하쇼, 대장. 배달 왔습다."

"코바야시 경. 전해드릴 것이 있고."

"파파 씨~. 배달 왔어요~."

그 뒤에 부대장 트리오까지 차례로 나타나서는 사람을 네 명씩 내려놓고 갔다. 그 뒤에 작붕, 히가이아, 바론이 또 한 번, 그리고 부대장 트리오가 또…… 그렇게 두 번씩 왔다 갔다.

최종적으로 두고 간『악마 빙의자』는 총 38명.

슬쩍 복도 쪽을 봤더니 현관에서 응접실 앞까지, 남녀노소가 빽빽하게 누워 있었다. 배달이 너무 많이 왔잖아!

'뭐, 뭐야 이거……『악마 빙의자』들이 이렇게 잔뜩 쓰러졌을 줄이야……!'

바사무라에 아스모다까지 하면, 이걸로 총 50명이 탈락한 게 된다.

즉, 72마리 악마 중에 남은 건 겨우 22명. 3분의 1도 안 남은 건가. 어쩔 거야 이거! 제2기는 이제 막 시작됐는데!

깜짝 놀라서 가만히 있는 내 귀에, 사신 히로인즈와 삼 공주의 목소리가 들려왔다.

"어떠냐 류가, 훌륭한 전과지. 참고로 사역마들도 대부분 구축했다. 이젠 얼마 안 남았을 것이다."

"톳코랑 도철 씨가 열심히 해주셨어요. 손바닥에서 나오는 파동을 쏘기만 해도 수백, 수천이나 되는 사역마들을 순식간에 날려버렸거든요. 역시나【마신】이네요."

"그러니까, 이계는 팔걸한테 맡겨둬도 노 프라블럼이에요. 저희와 삼 공주, 그리고 시즈마는 이쪽에서 대기하도록 하겠어요."

"보아하니 인간계에도『악마 빙의자』가 와 있는 것 같으니까. 이쪽에서도 악마들을 사냥해야겠지. 나, 이계에서는 네 명밖에 못 쓰러트렸어.”

“난 세 명이었나. 뭐, 운이 좋아야 만날 수 있었으니까.”

“수훈상은 시쥬마임미다! 여섯 마리나,『악마 빙의자』를 쓰러트려쭘미다!”

“파트너였던 루니에 씨 덕분입니다. 사역마를 전부 맡아주셔서 다른 건 신경 쓰지 않고 일대일로 싸울 수가 있었죠.”

……너희들, 대체 무슨 짓을 한 거야.

주인공이 없는 데서 멋대로 적군을 괴멸시키지 말라고! 무시무시한 악마들을 남획하지 말란 말이야! 지금 멸종 직전이잖아!

‘말도 안 되는 전개가 돼버렸네…… 이대로 가면『72마리 악마 편』이 그냥 사족 에피소드로 끝나버리겠어. 어떻게든 손을 써야겠는데!’

빨리 집에 돌아가서 긴급회의를 열어야겠다.

일이 이렇게 됐으니까, 삼 공주와 시즈마한테도 사정을 설명해서 도와달라고 부탁하는 수밖에 없다. 악마 사냥을 금지하고, 오히려 보호 활동을 장려하는 수밖에 없겠지.

내 초조한 기분을 알지도 못하는 류가는 순진하게 “정말 대단하다!”라고 하면서 갈채를 보내고 있었다. 기뻐할 때가 아니라고 주인공! 너, 이 새 시리즈가 시작된 뒤로 사역마밖에 못 쓰러트렸단 말이야!

'아기토 자식, 자리에 드러눕지나 않았으면 좋겠는데…… 오히려 바엘은 기뻐하겠지만…… 하아, 앞으로 어떻게 조정해야 할지 정말 큰 일이네.'

하지만. 오늘 에피소드는 거기서 끝이 아니었다.

집에 돌아간 뒤에 또 다른 커다란 문제가 발생하리라는 것을, 나는 아직 몰랐다.

궁기에 관한 일, 푸르가메 양과 관련된 일, 레이다와 관련된 일, 그리고 72 악마의 대량 퇴장…… 안 그대로 문제가 산더미 같은데.

그런 일들을 능가하는 불의의 사태가, 코바야시 이치로를 기다리고 있었다. 잠시 후에 계속됩니다.

6

"——솔로몬 님. 쉬고 계시는 중에 정말 죄송합니다."

이계에 있는 솔로몬군 거점인 폐 성채의 한 방에서 황금 옥좌에 앉아서 꾸벅꾸벅 졸고 있던 텐료인 아기토는 그 목소리를 듣고 눈을 떴다.

그랬더니 전방에, 하쿠보기주쿠의 교복을 입은 소녀가 한쪽 무릎을 꿇고 있었다. 촛불에 비친 먹물을 흘려놓은 것 같은 긴 생머리가 여전히 아름다웠다.

"뭐냐, 파이몬."

그녀는 악마 파이몬이 빙의한 쿠로타니 사치에……『악마 빙의자』 중에서도 특히 뛰어난 힘을 지녔기 때문에 비서로 임명한 측근이었다. 하쿠보기주쿠 이사장의 손녀라고 들었다.

"죄송합니다만 보고드릴 것이 있습니다. 몇 시간 전에『나락성』으로 출격한 다수의 자가 아직 귀환하지 않았습니다. 무슨 일이 있었다고 생각해야 하지 않을까 싶습니다……."

아름다운 얼굴을 살짝 찌푸리고서 말하는 비서의 보고를 들으며, 아기토는 간신히 하품을 참았다. 그리고는 펼쳐진 채로 손에 들고 있던 수첩을 팔락팔락 넘겼다.

파이몬이 급하게 램프를 가까이 가져가서 수첩 지면을 비춰줬다.

"생각할 필요도 없어. 그놈들은 쓰러졌다. 다 해서 48명이지."

"그게 무슨……."

아기토가 태연하게 늘어놓은 말을 듣고, 파이몬이 놀라움과 곤혹이 뒤섞인 것 같은 표정을 지었다.

"아, 알고 계셨습니까."

"그래. 숫자는 물론이고 누가 언제 쓰러졌는지도."

"그렇게 자세한 것까지……."

"거기에 추가해서, 히노모리 류가에게 도전했던 바사고

도 쓰러졌다. 이걸로 아스모데우스까지 포함해서 50명의 『악마 빙의자』를 잃었군."

아기토는 가슴 주머니에 꽂아놨던 펜을 뽑아 들고 수첩에 가위표를 잔뜩 그렸다. 쓰러진 『악마 빙의자』들의 페이지를 순서대로…… 그 작업을 하던 도중에 깜빡 잠이 들어버렸다.

사실 아기토는 72 악마들의 행동 따위는 전혀 파악하지 않았다.

하지만 그들이 쓰러지면, 아기토는 그것을 알 수 있다. 왼손 손등에 새겨진 문장이 알려주기 때문이다. 벌써 50명, 예상보다 순조로웠다.

"잠깐 눈을 붙인 사이에—— 또 꿈을 꿨다."

기분이 좋았기 때문일까. 아기토는 자기도 모르게 그런 소리를 중얼거리고 있었다.

"꿈, 말씀이십니까?"

"솔로몬으로 각성한 이후로 이미 수십 번이나 꿨던, 똑같은 꿈이다. 아니, 그건 꿈이라기보다…… 그의 기억일까."

여름방학의 어느 날.

어릴 적부터 친구인 쿠로카와 코지의 권유로, 그냥 심심풀이 삼아 오컬트 연구회의 악마 소환 의식을 구경하러 갔다가—— 텐료인 아기토는 「솔로몬의 힘」을 이어받았다.

처음으로 꿈을 꾼 것은 그날 밤.

그것은 솔로몬이라는 남자의 반생이라고 해야 할 내용이었다. 위대한 위정자의 발자취를 주마등처럼 추상하는 기묘한 꿈이었다.

솔로몬. 약 3천 년 전에 존재했다고 하는 전설 속의 왕이자 마술사.

나라를 완벽하게 통치하고, 사람들이 숭배하고, 아내로 맞이한 여인은 헤아릴 수도 없고── 그 생애는 영광으로 가득했으리라고, 모든 이가 그렇게 생각했을 것이다. 그는 「신에게 사랑받은 존재」라고.

하지만, 사실은 그렇지 않았다.

그 또한 한 사람의 인간이었고, 그렇기에 갈망 또한 품었다는 것을 사람들은 모른다.

'죽은 뒤로 수많은 세월이 지난 뒤에, 꿈이라는 형태로 그 갈망이 드러나게 될 줄이야…… 말 그대로 꿈에도 몰랐겠지.'

분명, 그는 신에게 사랑받은 존재였을 것이다. 72마리의 악마조차 따르게 한 무력, 현명한 왕이라 칭송받은 지력, 그리고 한 나라의 주인으로서 지닌 권력. 그것들을 전부 가지고 있었으니까.

하지만. 그런 그에게도 딱 한 가지, 손에 넣지 못한 것이 있었다.

신에게 사랑받은 남자는── 어떤 한 소녀의 사랑만은

손에 넣지 못했다.

'그것은 나아마라는 이름의 아내. 솔로몬이 가장 사랑했던 존재.'

솔로몬이 나아마와 만난 것은 그가 왕자였던 시절. 두 사람은 왕족 간의 정략결혼이라는 형태로 부부가 됐다.

그런 경위로 맺어지기는 했지만, 솔로몬은 처음 본 순간부터 그녀에게 마음을 빼앗겼다. 갈색 피부에 쾌활한 성격의, 태양처럼 눈 부신 그 소녀에게.

마침내 왕이 되고 수많은 아름다운 여인들을 아내로 맞이했지만, 솔로몬은 나아마만을 맹목적으로 사랑했다.

다른 아내들에게는 눈길도 주지 않았다. 그가 사랑한 것은 오로지 나아마 한 사람…… 그녀와 있는 시간만이 솔로몬에게 왕으로서의 책무를 잊게 해줬다. 피폐해졌던 마음을 달래줬다.

하지만, 그 마음은 전해지지 않았다.

왜냐하면 나아마에게는 이미 마음에 둔 남자가 있었기 때문이다. 멀리 떨어진 고향에.

나아마와 그 남자는 장래를 약속한 연인 사이였다. 하지만 그녀 또한 왕족으로서의 책무를 다하기 위해서 그 사랑을 포기하고 솔로몬의 아내가 된 것이다.

나아마의 마음속에는, 그 남자가 계속 자리 잡고 있었다.

평민 출생인 보잘것없고 가난한 남자가. 들일 밖에 할

줄 모르고 취미는 낮잠이라고 하는, 웃기지도 않는 필부가.

절대적인 힘으로 수많은 적을 쓰러트린 위대한 왕 솔로몬—— 그런 그에게 처음으로 패배의 굴욕을 맛보게 한 자는, 얄궂게도 평범한 서민이었다.

그 사실을 견디기 힘들었던 솔로몬은 나아마의 사랑을 얻기 위해서 발버둥 쳤다. 계속 정성을 다하면 언젠가는 나아마도 알아줄 거라고…… 그렇게 믿으면서.

“전승에 의하면 솔로몬은 나이가 들어서 크나큰 실정을 저질렀다고 한다.”

“실정, 말입니까?”

아기토의 말을 듣고서 무슨 말인지 모르겠다는 것처럼 되풀이하는 파이몬. 이해시킬 필요는 없다. 이건 혼잣말이니까.

기나긴 시간이 흘렀지만 나아마의 마음은 변하지 않았다.

그리고 거기에 비례하는 것처럼 솔로몬의 초조와 집념도 커져만 갔다. 그리고 그것은 생각지도 못한 사태를 초래했다.

다른 아내들의 부친인 영주들, 그리고 주변 각국 왕가들의 불만을 산 것이다.

나아마가 사치를 누릴 수 있도록 무거운 세금을 부과한 탓에 백성들도 반발했다.

‘결과적으로 반석 같던 나라에 안팎으로 금이 가고 말았

다. 그것이 솔로몬의 실정이라고 하지만…… 웃기는군. 그 딴 건 실정이라고 할 수도 없다.'

나라를 다스리는 방법은 왕이 정하는 것.

설령 나라에 불이익을 가져다준다고 해도 왕이 좋다고 했으면 그것이 옳은 것이다.

불만이 있다면 공격하면 된다. 모반이나 폭동을 일으키면 된다. 그걸 제압하지 못하는 왕은 왕도 아니다. 힘없는 자에게는 왕좌에 앉아 있을 자격도 없다.

'그런 의미에서 보면, 솔로몬은 잘못 판단했다고 할 수 있다. 그는 결국 가장 사랑했던 나아마보다…… 나라의 안녕을 선택했으니까.'

솔로몬은 다른 아내들을 배려해서 나아마와 거리를 뒀다.

백성들도 배려해서 바로 세금을 낮췄다.

굳이 따지자면 바로 그것이 실정이다. 왕으로서의 권력을 지녔으면서, 72 악마라는 강대한 무력을 지녔으면서, 그것을 행사하지 않았다.

사람들은 솔로몬을 「어진 왕」「명군」이라고 부른다. 하지만 그런 찬미를 듣는 대가로, 끝까지 나아마의 사랑은 얻지 못했다.

과연 그는—— 만족하며 이 세상을 떠났을까?

그렇다면 꿈을 통해서 흘러들어오는 이 원통, 후회, 비분의 감정은 대체 뭐지?

'난 다르다 솔로몬. 당신의 후계자로서 같은 짓은 하지 않겠다. 나는 반드시…… 나야마의 사랑을 손에 넣고야 말겠다.'

꿈속에 나온 나야마라는 소녀를 처음 봤을 때, 아기토는 매우 놀랐다.

왜냐하면 나야마가 자신이 사랑하는 「그 소녀」와 똑같이 생겼기 때문이다. 텐료인 아기토의 인생 속에 딱 하나뿐인, 자신의 마음을 사로잡은 소녀── 히노모리 류가와.

'내가 꿨던 꿈은 틀림없는 솔로몬의 기억. 하지만 거기에는 내 꿈도 섞여 있을지도 모른다.'

그렇기에 꿈속의 나야마가 히노모리 류가였던 걸까. 그리고.

그렇기에 꿈속의 「나야마가 좋아하는 사람」이── 코바야시 이치로였던 건 아닐까.

내가 『솔로몬의 후계자』로 각성한 것은 틀림없이 우연이 아니다.

같은 처지였기에, 솔로몬이 텐료인 아기토에게 강림한 건 아닐까? 예전의 과오를 바로잡기 위해서. 이번에는 실정을 저지르지 않기 위해서.

"솔로몬은 나야마가 좋아하는 사람을 죽여버리지 않았다. 그런 짓을 하면 영원히 나야마의 마음속에 그 녀석이 눌러 살게 되니까…… 그것을 두려워했다."

억양도 없이 혼잣말처럼 말하는 아기토를, 파이몬이 걱정하는 얼굴로 지켜봤다.

"엄청난 실정이다. 결과적으로 그놈을 살려둔 탓에 나아마가 쓸데없는 미련을 품게 됐다. 그놈을 제거해야 했다."

"솔로몬 님. 아까부터 말씀하시는, 나아마라는 건……?"

"히노모리 류가를 손에 넣기 위해서는── 코바야시 이치로를 해치워야 한다."

그 순간, 파이몬의 표정이 살짝 변했다.

두 눈에 엄청난 분노의 기운이 불타오르고, 이까지 뿌드득 갈고 있다. 매끄러운 검은 머리카락은 뱀처럼 흔들리고 있었다.

"히노모리 류가…… 또 히노모리 류가……! 어째서 그 남자만……!"

그녀의 입에서 흘러나오는 원망이 서린 신음을 흘려들으며, 아기토는 수첩을 덮었다.

그러고 보니 파이몬의 갈망은「텐료인 아기토를 독점하고 싶다」라는 것이었지. 아기토가 집착하는 히노모리 류가는, 그녀에게는 증오와 질투의 대상이 된다.

'날 독점할 수 있는 것은 히노모리뿐. 네 갈망이 채워지는 날은 영원히 찾아오지 않는다.'

틀림없이 파이몬은, 솔로몬과 같은 절망을 맛보게 되겠지. 불쌍한 비서다.

“용서 못 해…… 히노모리 류가…… 이 손으로 갈가리 찢어주겠어……!”

“파이몬, 어째서 그렇게까지 화를 내지? 히노모리는 남자, 그리고 나도 남자. 그 적개심, 마치 사랑의 라이벌에게 보이는 것 같다만.”

놀리는 것처럼 말했더니 파이몬이 눈을 부릅뜨고 쳐다봤다.

“그 남자에 대해 이야기를 할 때면, 솔로몬 님에게서 그런 감정이 느껴집니다! 당신은 사실, 히노모리 류가를 사랑하고 있는 게 아니십니까?!”

“남자가 남자를, 말인가?”

“세상에는 BL이라는 장르가 있습니다! 저 또한 애호가입니다만, 그런 것은 창작물 속에서만 끝나야 합니다! 게다가 솔로몬 님이 『공』이라니!”

무슨 말을 하는 건지 이해할 수 없었기에, 아기토는 거기서 파이몬을 물러나게 했다. 더는 히스테리를 들어주고 싶지는 않았다.

‘히노모리가 여자라는 걸 알게 되면 어떤 표정을 지을까, 정말 걸작이겠지.’

혼자 남은 실내에서, 아기토는 다시 눈을 감았다.

한숨 더 자자. 또 그 꿈을 꾸게 될지도 모르지만, 그렇게 되면 그녀를 만날 수 있다. 아기토의 기억 속에 녹아든 나아마와. 즉, 히노모리 류가와.

"뭐, 짜증 나는 코바야시 이치로도 같이 만나게 되지만."

그렇게 중얼거린 뒤에, 아기토는 입꼬리를 슬쩍 끌어 올렸다.

예전에 자신에게 깃들어 있던【마신】이 했던 말이, 문득 떠올랐다.

——아기토. 너와 솔로몬은 다른 인간이다. 그 꿈에 너무 푹 빠져서, 네가 솔로몬이라고 생각하면 안 돼.

——아스모데우스를 보고 알았지?『악마 빙의자』따위는 전력으로 도움이 안 돼. 코바야시 소년과의 결판은, 내가 확실하게 준비해줄 테니까.

그런 충고를,【마신】궁기한테서 몇 번인가 들었다. 그리고 궁기는 자신이 말했던 대로 코바야시 이치로와 싸울 자리를 준비해줬고.

처음에는 폐공장. 두 번째는 오메이 고등학교 운동장.

그 모든 기회를 제대로 살리지 못한 것은 아기토 자신의 실수이기도 했다. 궁기도 확실하게 말했었다. 코바야시 이치로를 얕보지 말라고.

"지금 생각해보면 의외로 참견이 심한【마신】이었다."

꼭두각시라고 칭한 남자 따위는 그냥 내버려 두면 될 것을. 우리는 그저 서로의 이해가 일치했을 뿐인데.

여기서만 하는 이야기인데, 궁기가 없어진 뒤로…… 왠

지 혼잣말하는 때가 많아진 것 같은 기분이 든다. 이런 말을 하기는 그렇지만, 그와 지냈던 날들은 그렇게 나쁘지 않았다.

'하지만, 궁기는 없다. 그리고 그는── 딱 한 가지 오해를 했고.'

아기토가 72 악마를 전부 소환한 것은 전력으로서 기대했기 때문이 아니다. 그들에게는 다른 역할이 있다. 왕의 제물이라는, 중대한 역할이.

72명의 『악마 빙의자』들이 모조리 쓰러지게 되면──

바로 그때, 히노모리 류가(나아마)를 손에 넣을 수 있다.

코바야시 이치로에게도 이길 수 있겠지.

에필로그

눈을 뜬 『악마 빙의자』였던 사람 48명에게 주리가 「곧장 집으로 돌아가라」라는 암시를 걸고 류가네 집에서 내보낸 뒤에 우리도 류가의 배웅을 받으면서 그 집에서 나왔다. 당연히 내일도 학교에 가야 하니까 너무 오래 있을 수는 없다.

'내일 수업이 끝난 뒤에, 류가는 푸르가메 씨를 만나러 갈 생각이야. 가능하다면 저지하고 싶지만…… 그러려면 역시 사도 쪽의 협력이 필요해.'

참고로 도철은 혼돈의 문이 닫히기 직전에 아슬아슬하게 돌아왔다.

꼭 이럴 때면 도철 메테오 다이브를 성공하는 게 상당히 짜증 난다. 도철이 돌아왔을 때는 초밥이 거의 남아 있지도 않았지만.

"이거 참~ 제가 이계에서 활약했던 모습을 나리와 류가 땅한테도 보여주고 싶었다니까요! 아주 좋은 다이어트 운동이 됐네요. 살이 쭉 빠졌죠!"

"말은 그렇게 하는데, 보기에는 거의 안 빠진 것 같거든."

"아, 그렇지. 『악마 빙의자 중에』 푸르손이라는 녀석이 있었는데, 그 녀석 부모님이 의사라서 돈이 많은지…… 살려달라고 빌면서 만 엔짜리 지폐를 하나 줬어요."
"푸르에한테 삥 뜯은 거냐!"
"그런데 그 돈, 미온한테 압수당했어요."
"부하한테 삥 뜯기지 말고!"

이렇게 도철이 돌아온 뒤로, 나한테는 딴죽이라는 쓸데없는 일이 늘어나고 말았다. 정말이지, 넌 왜 돌아온 거야…… 이계에서 시마랑 그렇고 그러면서 지낼 것이지…….

뭐, 그건 그렇다 치고.

72마리 악마를 이렇게 잔뜩 쓰러트렸으니, 더는 느긋하게 있을 수 없다. 코바야시 패밀리를 제작반에 추가해서, 새로운 시리즈의 궤도를 수정해야만 한다.

중간에 유키미야, 아오가사키 선배, 엘미라와 헤어지고, 조금 지나서 우리 집에 도착했다.

뱀파이어 소녀가 '시즈마가 그쪽에서 묵겠다면 저도 그리로 가겠어요'라면서 떼를 썼지만, 오늘만은 안 된다고 했다. 대신에 내일은 시즈마를 그쪽 집에 보내기로 약속했다.

"……좋았어. 너희들, 일단 거실에 모여 줘. 돌아오자마자 미안하기는 한데, 중대하고 심각한 얘기가 있거든."

일동에게 그렇게 말하고, 나는 먼저 궁기의 존재를 밝히기로 했다.

미온, 주리, 키키, 시즈마, 도철이 거실 탁자 앞에 앉을 때까지 기다렸다가, 큰 결심을 하고 궁기를 불렀다.

다음 순간, 바로 내 안에서 작고 하얀 여우가 튀어나와서 탁자 한복판에 가볍게 착지했고, 얌전한 자세로 앉았다.

"여어, 안녕. 오랜만이야."

"……."

"미온, 유부초밥 줄래! 테이크아웃 해왔잖아?"

궁기가 나타나자 정적이 흘렀다.

삼 공주들은 궁기의 존재를 상정하고 있었을 텐데, 그래도 멍한 표정만 짓고 있었다. 『절복』된 궁기가 「그냥 여우」라는 것까지는 예상하지 못했겠지.

"저기, 나리…… 이 여우는 뭡니까? 말을 하는데 말이죠."

같은 사흉인 도철도 곤혹스러운 얼굴로 여우를 보고 있다. '루~루루루루' 소리를 내면서 머리를 쓰다듬으려다 손을 꽉 깨물렸다.

"아야야야! 이거 놔 이 여우야! 나라고! 호타루야!"

"거짓말도 말이 되게 해야지. 넌 호타루*가 아니라 바보텟짱이잖아."

그 말을 듣고, 시즈마가 정체를 눈치챘다. 서둘러서 자세를 바로잡고는 여우를 향해서 고개를 깊이 숙였다. 약간 복잡한 표정인 건, 예전에 자기 목숨을 노린 것 때문이려나.

---

*1981년에 일본에서 방영된 홋카이도를 무대로 삼은 드라마 「북쪽 나라에서(北の国から)」. 호타루는 해당 드라마의 등장인물. 여우를 부를 때 냈던 '루~루루루루' 라는 소리가 인상적이었다고 한다

삼 공주고 한쪽 무릎을 꿇고서 신하로서 예를 갖추는 중에 이번에는 내 안에서 산적틱하게 생긴 아저씨가 나와서는 도철에게 말했다.

"오, 텟짱. 배드 뉴스다. 그 녀석은 궁기다. 히노모리 류가네한테 쓰러지기 직전에 도령한테 이사 와서 봉인 당하는 걸 면했어."

그리고 혼돈이 나 대신 대략 상황을 설명해줬다.

——궁기는 이미 힘을 대부분 잃었고 나한테 『절복』 당했다고.

——아기토네 맨션에 있는 크레바스가 이계 북방의 폐성채로 연결돼 있다고.

——72 악마의 리더 격인 바엘은 싸움을 원만하게 해결하기를 바라고, 비밀리에 나와 담합을 맺었다고.

의외로 말을 잘하는 아저씨 덕분에, 삼 공주는 간단하게 상황을 이해했다. 그리고 예상대로, 완전히 질러버렸다.

"한마디로 이치로 군은, 또 물밑에서 이런저런 뒷공작을 하고 있다는 거구나……."

"게다가 궁기 님에 혼돈 님은 물론이고, 적 간부까지 공모해서……."

"이치로 남작은 여전히 머리가 이짱함미다."

그런 코멘트를 던지면서 동시에 탄식하는 미온, 주리, 키키. 나한테 쏟아지는 시선이 따가웠다. 쓰레기를 산더미처럼 쌓아놓은 집의 주인을 보는 것 같은 눈이었다.

한편으로 날 감싸주는 사람이 딱 한 명 있었다. 당연히 내 사랑하는 아들 시즈마다.

"하지만 누님들, 분명히 이번 적은 솔로몬도 그렇고 72 악마도 그렇고, 전부 인간입니다. 그래서 결판을 류가 씨 일행에게 맡기겠다는 아버님의 판단은 옳다고 생각합니다."

"……."

"저희는 이미 충분히 적을 쓰러트렸습니다. 이계에 쳐들어온 것에 대한 보복은 이 정도면 충분할지도 모릅니다. 말단인 제가 이런 말을 하는 건 주제넘은 짓이겠습니다만……."

아, 정말이지, 이 얼마나 효심이 깊은 아이인가.

레이다를 찾아낸 뒤에도 그냥 계속 내 자식으로 있어 줬으면 좋겠다. 정 안 되면 풀 넬슨 자세로 붙잡아서라도 그렇게 하고 싶다

삼 공주가 나란히 팔짱을 끼고서 음~ 소리를 내며 도철 쪽을 봤다. 이런 녀석이지만 일단은 주인님이니까, 의견을 들어보려는 생각인 것 같다.

"도철 님, 어떠십니까? 혼돈 님과 궁기 님은 이치로 군에게 협력하실 생각인 것 같습니다만."

"이제 도철 님의 뜻만이 남았습니다."

"결단을 부탁드림미다, 호타루."

삼 공주가 의견을 말해달라고 하자, 도철은 새끼손가락

으로 콧구멍을 후비면서 생각에 잠겼다. 지성이라고는 찾아볼 수 없는 태도로, 마침내【마신】이 결단을 내렸다.

"악마 놈들에 대해서는, 솔직히 이젠 아무 관심도 없어. 나리가 또 촌극을 벌이고 싶다면 거기에 어울려 드리겠습니다. 항상 하던 대로 말이죠."

"말 잘했다, 텟짱! 그래야 내【마신】——"

내가 기껏 칭찬해주려고 했는데, 도철은 끝까지 떼를 썼다.

"하지만 궁기! 네놈이랑 동거하는 것만은 싫어! 나리한테서 나가!"

집게손가락으로 칫, 하고 삿대질을 했더니 궁기가 한심하다는 것처럼 고개를 저었다. 류가가 선물해준 목걸이에 달린 방울에서 딸랑딸랑 소리가 났다.

"그건 그냥 이해해줘. 코바야시 소년이 허가했으니까."

"룸 셰어하는【마신】을 더 늘리는 건 싫단 말이야! 굳이 같이 살고 싶다면 일단 보증금이랑 사례금을 내! 그 뒤에 얘기하자!"

그건 너도 안 냈잖아.

"싫으면 텟짱이 나가면 되잖아."

"왜 내가 나가야 하는데! 먼저 살고 있었잖아!"

발작을 일으킨 것처럼 화를 내는 도철을 흘끗 보고서 탁자에서 가볍게 뛰어내리는 하얀 여우. 그대로 백로 소녀

옆으로 가더니 무릎에 머리를 문질러대면서 말했다.

"저기 미온, 너도 뭐라고 좀 해줘. 이 집 보스는 너잖아?"

"……궁기님. 정말로 마음을 바꾸신 거죠? 인류와의 공존에도 찬성하시는 거죠?"

"응. 이제 슈는 두 번 다시 안 만들 거야. 뭐, 그럴 힘도 없고."

"전에 그릇이었던 텐료인 아기토를 배신하게 됩니다만."

"그건 상관없어. 내가 전부터 생각했었거든. 기회가 된다면 한 번쯤── 아기토의 적이 되는 것도 재미있지 않을까? 하고."

이어서 주리, 키키, 시즈마한테도 머리를 문질러대고, 두 발로 서기도 하면서, 자존심이고 뭐고 다 내던져가며 아양을 떨어대는【마신】.

역시나『지혜의 궁기』야, 자기 비주얼을 잘 활용하고 있다. 실제로 삼 공주와 시즈마는 이 작은 동물한테 넘어가기 시작했다. 유부초밥까지 주려고 할 정도로.

"도철 님. 일단 과거의 원한은 잊으시고 룸 셰어를 받아들이도록 하시죠."

"모든【마신】님이 단결하시다니, 지금까지 단 한 번도 없었던 좋은 일입니다……."

"키키랑『나락의 사도』도【마신】님이 사이좋게 지내시면 정말 기쁨미다."

부하들이 설득했지만, 도철은 쉽사리 고개를 끄덕이지 않았다. 쓸데없이 고집이 세다니까. 꼭 쓰레기로 가득 찬 집의 주인처럼.

"아니, 안 돼! 우리【마신】에게는 수천 년 동안 싸우면서 쌓인 원한의 역사가 있다고! 그건 쉽게 청산할 수 있는 게 아니야!"

"축하하는 뜻을 담아서, 용돈을 500엔 올려 드리겠습니다."

"그걸 먼저 말해야지!"

미온의 한 마디에, 도철이 바로 룸 셰어를 받아들였다. 오랜 세월 쌓여온 원한, 청산돼버렸다.

"미온, 난 용돈 같은 건 필요 없어. 아기토한테 그럭저럭 많은 금액을 받았거든. 그 대신에 텟짱 용돈을 조금 더 올려줘."

"오오, 내 마음의 친구여! 야, 너희들. 궁기를 쫓아내자는 소리는 하지도 마라! 언제까지고 과거의 원한을 마음에 두지 말라고! 미래를 향해 달려가는 거야!"

도철이 그렇게 역설했지만, 더는 뭐라고 하는 사람은 아무도 없었다. 모든 이가 무시해버렸다.

뭐, 이 녀석은 이런 녀석이니까. 아무렇게나 취급하는 게 딱 좋은【마신】이다.

……그렇게 해서, 마침내 삼 공주와 시즈마, 도철이 협

력자가 됐다. 여기서부터 어떻게든 만회하는 수밖에 없다. 72 악마와의 싸움은 지금부터가 진짜다!

'일단 바엘한테 연락해서 류가네한테 대비하라고 해야겠지. 물론 주인공 일행이 그 맨션으로 안 가는 게 제일이기는 한데…….'

어떻게든 내일 예정을 중지시킬 수 없을까, 열심히 머리를 굴리고 있는데 갑자기 현관에서── 찰칵, 하고 문이 열리는 소리가 났다.

"어라? 누가 왔나 보네."

바로 주리가 자리에서 일어나 현관으로 갔다.

이런 시간에 찾아올 사람, 게다가 우리 집 열쇠를 가지고 있는 사람은 엘미라 정도뿐이다. 시즈마랑 같이 자고 싶어서 온 걸까?

'어차피 이렇게 됐으니까 엘미라한테도 협력해달라고 할까. 시즈마한테 잘 설득해달라고 해서, 내일 예정을 연기하게 하는 건 어떨까?'

사랑하는 아들의 부탁이라면 엘미라도 거절하지 못하겠지……라는 생각을 딱 잘라버리듯 현관 쪽에서 갑자기 "뭐야?!"라는, 주리의 깜짝 놀란 소리가 들려왔다.

예상밖의 반응에 거실에 있는 사람들은 서로 얼굴을 마주 보았다. 아무리 봐도 엘미라를 맞이하는 반응이 아니었다. 어, 그럼 누가 온 거지?

'혹시 바엘인가? 아니면 아기토? 설마 요네스케는 아니겠지?'

【마신】들한테 전부 들어가라고 하고, 나도 현관으로 갔다. 미온과 키키도 날 따라왔다.

우리 세 사람이 도착해보니, 주리가 가만히 서 있었다. 문 앞에 있는 손님을 멍하니 쳐다보면서.

……결론부터 말하겠다.

거기에 있는 사람은 엘미라가 아니었다. 시즈마의 어머니인 그 사람도 아니었다.

하지만, 어머니는 어머니였다. 문제는 다른 사람의 어머니라는 점이었다.

커다란 캐리어를 든, 실제 나이보다 상당히 젊어 보이는, 커리어 우먼처럼 보이는 정장 차림의 여성…… 나는 이 사람을 아주 잘 알고 있다. 태어났을 때부터 알고 있다.

"어, 어, 어머니!"

그렇다. 한마디로, 내 어머니였다.

아버지와 같이 외국에서 바쁘게 일하고 있는, 뼛속까지 워커홀릭인, 방임주의자 어머니였다. 참고로 이름은 「코바야시 사츠키」라고 한다.

어머니가 입을 떡 벌린 채, 마중 나온 킹코브라 사도를 보고서 눈이 휘둥그레졌다.

이어서 그 시선이 내 쪽으로 옮겨왔다. 날 보고, 그 뒤에 있는 백로 사도 & 에조 늑대 사도를 보고, 마지막에 다시 날 봤다.

"이치로, 너…… 이게 무슨 일이니?"

몇 달 만에 다시 만난 어머니의 첫 마디는, 그런 질문이었다. 그야 당연하겠지. 이런 시간에, 여성이 셋이나 집에 있으니까.

그나저나 왜 갑자기 집에 온 건데! 날짜가 정해지면 연락한다고 했잖아! 이런 서프라이즈, 아들은 바라지 않았다고!

"아, 아니, 이건……."

아무튼, 어떻게든 넘기는 수밖에 없다.

이 셋이 우리 집에 살게 된 자연스러운 이유를 지어내는 수밖에 없다. 그래, 내 사촌이라고……. 그건 아니지! 어머니가 모르는 사촌이 있을 리가 없잖아!

"그, 그게 아니라 어머니! 이 셋은 아버지가 숨겨둔 자식인데, 한마디로 나랑 배다른──"

"왜 우리 집에 주리랑 미온이랑 키키가 있는 거야?"

…….

…………뭐요?

거기서 나는 얼어붙었다. 어머니 입에서 장군 사도들의 이름이 나온 것 때문에, 뇌가 완전히 동작을 멈춰버렸기 때문이다.

나야말로 묻고 싶다. 왜 그쪽이 『나락의 삼 공주』를 알고 계신 거죠?

사태를 파악하지 못하고 혼란에 빠진 나한테, 이번에는 삼 공주가 물었다.

"이치로 군. 어째서 이치로 군네 어머니가……."

"이치로 님네 어머님이…… 어째서 사츠키인 거죠?"

"틀림없쫍니다. 『나락 팔걸』 중에 한 사람, 열장 사츠키 임미다."

열장 사츠키.

그것은 지금까지 등장하지 않았던, 팔걸 중의 한 사람인 장군 사도의 이름이었다.

그러니까…… 한마디로, 그런 얘긴가?

우리 어머니가, 사도였다는 거야?

작가 후기

여러분, 잘 지내고 계시는지요. 다테 야스시입니다.

『친구 캐릭터는 어렵습니까? 8권』을 구매해주셔서 정말 감사합니다!

매번 책이 나올 때마다 생각합니다만, 이 책도 벌써 8권입니다. 외전 『오브코스』까지 하면 아홉 권째…… 덕분에 호흡이 길게 이어지는 시리즈가 됐습니다.

책을 아홉 권이나 냈다는 이야기를 듣고서 생각했습니다만, 여기까지 왔으니까 자중해봤자 소용없을 것 같으니까.

여기까지 왔으니까, 제 호흡이 버티는 한 열심히 해볼 생각입니다.

필자의 폐활량에는 아직 여유가 있으니까요.

자.

이번 권부터 새로운 적 캐릭터로 「솔로몬의 72 악마」라는 악마들이 등장했습니다.

소재로 다루기 위해서는 당연히 자세히 조사해야 했습니다. 구글 선생님이나 위키 선생님께만 의지하다가는 게으르다는 말을 들어도 할 말이 없겠죠.

그런 이유로, 다양한 관련 서적들을 읽어봤습니다.

혹시 몰라서 72 악마가 나오는 게임 『페르소나』 시리즈도 플레이해봤습니다. 솔로몬이 나오니까 『기렌의 야망』* 이라는 게임도 플레이해봤습니다. 하는 김에 솔리티어도 플레이해봤습니다.

결과적으로 집필이 지체되는 위기에 처했지만, 앞으로도 열심히 취재할 생각입니다. 다음에는 『마리오 카트』를 해볼까 생각하는 중입니다.

그런데, 거기서부터가 문제였습니다.

취재를 통해서 얻은 지식을 어떻게 작품 속에 설정으로 반영할 것인가…… 당연한 이야기지만 그걸 결정하지 않으면 시작도 할 수가 없습니다.

열심히 상담한 끝에, 일단 친구에게 상담하기로 했습니다.

한밤중에 공원으로 불러내서, 이것도 아니고 저것도 아니고 하면서 이야기하던 중에. 그런 저희에게, 갑자기 한 남성이 말을 걸었습니다.

결론부터 말하자면, 불교 계열 신흥 종교 관련자로 보이는 분의 입교 권유였습니다.

"여러분은 부처님이 구원해주시기를 바라십니까?"

그 남성은 그렇게 말을 걸었습니다. 당연히 악마 때문에

---

*기동전사 건담 기렌의 야망. 기동전사 건담의 세계관을 무대로 삼은 전략 시뮬레이션 게임. 솔로몬은 해당 세계관에 등장하는 우주 요새의 이름

머릿속이 복잡하다는 말은 못 했습니다.

"언젠가 이 세상에 파멸이 찾아올 겁니다. 그때 살아남고 싶습니까?"

그다음에는 그렇게 말했습니다. 당연히 그런 것보다 작가로서 살아남을 방법을 가르쳐달라는 말은 못 했습니다.

"그 어떤 저항도 소용없습니다. 살아남기 위해서는 부처님의 구원을 받아야만 합니다."

왜 소용없는데! 가늘고 길게 살아가게 해줘! 난 부처님보다 출판사님의 구원이 필요하다고! 라는 말은 당연히 못 했습니다.

악마에 대한 관련 서적을 엉덩이 밑에 감추면서 정중하게 거절했더니, 그 남성은 결국 다른 곳으로 가버렸습니다.

그 사람은 알아차리지 못했습니다만, 사실 그 남성은 제 초등학교 & 중학교 동창이었습니다. 이상한 소설을 쓰고 있다는 걸 들키지 않아서 다행입니다.

……그런 제작 비화(?)를 거쳐서, 새로운 챕터가 시작됐습니다.

하지만 하는 짓은 똑같습니다. 코바야시 이치로가 열심히 발버둥 치는 이야기입니다. 그 녀석을 지금까지보다 더 괴롭혀줄 생각입니다.

그걸 여러분께서 즐겨주시는 것이 이 작품의 콘셉트라고 생각합니다.

부디 앞으로도 잘 부탁드립니다!

그럼 마지막으로 감사 인사를.

오랫동안 함께 하시게 돼버린 담당 편집자님. 만날 때마다 따뜻하게 대해주시는 가가가 문고 편집부 여러분.

캐릭터가 계속 늘어나고 있는데도 싫은 표정 한 번 짓지 않고서 귀엽고 멋진 일러스트를 그려주시는 베니오 님.

다양한 형태로 출판에 관여해주신 많은 분. 그리고 그런 책을 진열해 주시는 서점 여러분. 전자 서적으로 판매해주시는 플랫폼 여러분.

그리고 무엇보다, 독자 여러분. 할 수만 있다면 한 분 한 분 직접 찾아뵙고 감사의 말씀을 드리고 싶습니다. 스토커 규제 법규 때문에 포기했습니다만…….

그럼, 9권에서 다시 뵙기를 간절히 바라고 있습니다.

정말 감사합니다!

다테 야스시

친구 캐릭터는 어렵습니까? 8

2021년 1월 15일 1판 1쇄 발행

저 자 다테 야스시
일러스트 베니오
옮 긴 이 김정규
발 행 인 유재옥
본 부 장 조병권
담당편집자 조찬희
편 집 1 팀 김민지 정영길 조찬희
편 집 2 팀 김다솜
편 집 3 팀 김혜주 곽혜민 오준영
편 집 4 팀 성명신
라이츠담당 김슬비 한주원
디 지 털 박상섭 이성호 최서윤
발 행 처 ㈜소미미디어
인쇄제작처 코리아피엔피
등 록 제2015-000008호
주 소 서울시 마포구 토정로222, 403호 (신수동, 한국출판콘텐츠센터)
판 매 ㈜소미미디어
마 케 팅 이주희 우희선 한민지
전 화 편집부 (070)4164-3962, 3963 기획실 (02)567-3388
판매 및 마케팅 (070)4165-6888, Fax (02)322-7665

ISBN 979-11-6611-400-7 04830
ISBN 979-11-6190-091-9 (세트)